中医文化系列丛书

# 中华诗词成语与中医健康智慧

**主　编：**杨　璞　王小丁
**副主编：**海　霞　董鲁艳

东南大学出版社
南京

**图书在版编目（CIP）数据**

中华诗词成语与中医健康智慧 / 杨璞，王小丁主编.
—南京：东南大学出版社，2020.9
ISBN 978-7-5641-9035-4

Ⅰ. ①中… Ⅱ. ①杨… ②王… Ⅲ. ①古典诗歌－诗集－中国－通俗读物 ②汉语－成语－通俗读物 ③中医学－通俗读物 Ⅳ. ① I222 ② H136.31-49 ③ R2-49

中国版本图书馆 CIP 数据核字（2020）第 142262 号

# 中华诗词成语与中医健康智慧

Zhonghua Shici Chengyu Yu Zhongyi Jiankang Zhihui

主　　编：杨　璞　王小丁
出版发行：东南大学出版社
地　　址：南京市四牌楼 2 号　邮编：210096
出 版 人：江建中
网　　址：http：//www.seupress.com
经　　销：全国各地新华书店
印　　刷：南京玉河印刷厂
开　　本：700 mm × 1000 mm　1/16
印　　张：15.25
字　　数：291 千字
版　　次：2020 年 9 月第 1 版
印　　次：2020 年 9 月第 1 次印刷
书　　号：ISBN　978-7-5641-9035-4
定　　价：48.00 元

本社图书若有印装质量问题，请直接与营销部联系。电话：025-83791830

# 前 言

“中国诗词大会”“中国成语大会”在央视播出以来，引发了众多观众的共鸣，在全国乃至世界掀起了诗词热与成语热。

中华古诗词、成语与中医药养生文化一样都是中华文化的精髓，那么，如何在品赏中华诗词、成语的时候，领略中医文化养生的奥妙呢？

为进一步弘扬中华诗词文化、成语文化与中医养生文化，让更多的人从诗词和成语之中了解中医、爱上中医，我们特地精选了46首诗词和61个成语，编写了这本《中华诗词成语与中医健康智慧》，让我们在优美的诗词和有意思的成语之中学会中医养生！

需要说明的是，本书中所列中医药食疗、穴位按摩、方剂等内容，尽管经中医专业人士审核过，但鉴于地域、时间与个人体质等因素，生活中使用前仍请咨询中医药学专业人员意见。另，本书所列“成语”，不一定在每一本成语词典中，都能得到正式认可；得不到认可的，我们认为也不必争论，将它当成“类成语”使用，也是可以的。谢谢！

# 目 录

## 上篇 中华诗词与中医健康智慧

## 下篇　中华成语与中医健康智慧

# 上　篇

# 中华诗词与中医健康智慧

# 1. 投我以木瓜，报之以琼琚

## 木瓜

春秋·《诗经》

投我以木瓜，报之以琼琚。
匪报也，永以为好也！
投我以木桃，报之以琼瑶。
匪报也，永以为好也！
投我以木李，报之以琼玖。
匪报也，永以为好也！

**【诗词大意】**

你赠送给我的是木瓜，我回赠给你的却是琼琚。这不是为了答谢你，是求永久相好呀！你赠送给我的是木桃，我回赠给你的却是琼瑶。这不是为了答谢你，是求永久相好呀！你赠送给我的是木李，我回赠给你的却是琼玖。这不是为了答谢你，是求永久相好呀！

**【诗词赏析】**

这首《木瓜》出自我国最早的一部诗歌总集《诗经》里的《国风·卫风》，是通过赠答表达深厚情意的诗作，是春秋时期卫国的一首描述男女之情的民歌。古代有以瓜果之类为男女定情的信物的风俗。《诗经·大雅·荡之什·抑》有“投我以桃，报之以李”之句，这也是“投桃报李”这个成语的出处。《木瓜》这首诗里也有个类似的成语“投木报琼”，但在使用频率上不如“投桃报李”高，这首诗却是现今传诵最广的《诗经》名篇之一。

**【养生解读】**

**中药木瓜不能与水果木瓜混为一谈**

文中的木瓜属于中药材，另有一原产南美洲的“番木瓜”在17世纪传入我国，如今已成为大众化水果，也常被简称为“木瓜”，读者朋友不要混淆。

木瓜入药记载于中国最早的制药图书、南北朝时期的《雷公炮炙论》。木瓜为蔷薇科植物贴梗海棠的果实。一般9～10月采收成熟果实，置沸水中煮5～10分钟，捞出，晒至外皮起皱时，纵剖为2块或4块，再晒至颜色变红。若日晒夜露经霜，则颜色更为鲜艳。

中药木瓜一般分布在我国华东、华中及西南各地。主产地是安徽、浙江、湖北、四川等地。此外，湖南、福建、河南、陕西、江苏也有出产。安徽宣城产的木瓜，业内称宣木瓜，质量较佳。

**木瓜入药功效多　调理脾胃是特点**

中药木瓜的药效有很多，一些脾胃病患者可以在中医师的指导下辨证服用。比如《雷公炮炙论》中记载其能“调营卫，助谷气”。《本草再新》中记载它可以“敛肝和脾胃，活血通经”。《本草纲目拾遗》中记载木瓜治疗“下冷气，强筋骨，消食，止水痢后渴不止，作饮服之”。

对于胃肠神经官能症的患者也可以辨证服用木瓜来治疗。五代时期一部著名的本草书《日华子本草》中记载其能“止吐泻，奔豚及脚气，水肿，冷热痢，心腹痛，疗渴”。奔豚是中医病名，为五积之一，属肾之积；《金匮要略》称之为“奔豚气”。豚，即小猪。奔豚一由于肾脏寒气上冲，一由于肝脏气火上逆，临床特点为发作性下腹气上冲胸，向奔跑的小猪一样，虽然比较夸张，但是非常形象，这种气直达咽喉，腹部绞痛，胸闷气急，头昏目眩，心悸易凉，烦躁不安，发作过后如常，有的夹杂寒热往来或吐脓症状。从证候表现看，类于西医的胃肠神经官能症（肠道积气和蠕动亢进或痉挛状态）及冠心病、心血管神经症等。

此外，《名医别录》中还记载木瓜“主治湿痹邪气，霍乱，大吐下，转筋不止”。《日用本草》中记载木瓜可以“治脚气上攻，腿膝疼痛，止渴消肿”。这里提醒广大读者，中医所说的脚气范围与西医所指的脚气不一样，这里说的脚气上攻是以心悸气喘、面唇青紫、神志恍惚、恶心呕吐等为主要表现的脚气病。

**木瓜养生有趣闻　医书记载可借鉴**

说起木瓜的养生功效，医书记载的就有很多。曾流传这样一个故事，古时安徽广德有个叫顾安中的人患脚气水肿，乘船回家的时候，无意中将两脚放在木瓜袋上，下船时脚气水肿的症状竟然消除了不少。顾安中好奇地询问袋中到底装的是什么东西，得到的答案让他很惊讶，原来竟然是木瓜。于是，顾先生回家之后就买木瓜放入袋中治脚气，不但痊愈，还不复发。

成书于五代末至北宋初的《清异录》中记载了一个古人用木瓜树木做成脚盆来养生保健的故事：书中记载的这个人叫段文昌，用木瓜树制成脚盆，盛水洗脚，以健脚膝。

**真阴不足等人群不宜服用　多吃会诱发泌尿系统问题**

木瓜用对了可以养生，用错了却会伤身。元代名医罗天益在其所著的医书《卫生宝鉴》中记载了这么一个病例：有一位叫刘仲海的太保，每天都会吃数片木瓜，结果和他一起这样吃的人都有小便淋漓之病，之后到罗天益处就医，罗医生获知原委后，要他们停食木瓜，不吃药这种病就自愈了。

清代名医汪昂在其所著的《本草备要》中也记载了一个类似的故事：一大官船经金陵（南京），船员们喜爱木瓜的芳香，购数百颗置于舟中，不久全船人因解不出小便而痛苦不堪，按常规方法吃药却不能奏效，遂请名医郑奠一上船诊治。郑医生闻到船上四面皆有木瓜的香味，笑着告诉船上的人们说："把这些木瓜搬走，就能尿出来了。"船员们遵从医生的话，将木瓜尽投江中，小便不通的病竟然不药而愈了。

此外，成书于唐代的世界上现存最早的食疗专著《食疗本草》中还告诫各位读者朋友们，木瓜"不可多食，损齿及骨"。明代著名儒医李梴在其所著的《医学入门》中记载木瓜"忌铅、铁"。所以，不要用铁器熬药，以免损失药效。明代著名医家缪希雍在其所著的《神农本草经疏》中提示"下部腰膝无力，由于精血虚，真阴不足者不宜用。伤食脾胃未虚，积滞多者，不宜用"。也就是说，真阴不足以及脾胃虚弱的人不适合吃木瓜。

## 2. 墙角数枝梅，凌寒独自开

### 梅花

宋·王安石

墙角数枝梅，凌寒独自开。
遥知不是雪，为有暗香来。

**【诗词大意】**

那墙角的几枝梅花，冒着严寒独自盛开。为什么远远地望去就知道那是梅花不是雪呢？因为有梅花的阵阵幽香传来。

**【诗词赏析】**

这首诗是王安石诗作中的传世名篇，是王安石罢相退居南京钟山后所作。王安石名列“唐宋八大家”，是北宋著名思想家、政治家、文学家、改革家。诗人以梅花的坚强和高洁品格喻示那些像诗人一样为国家强盛而不畏艰难的人。

这首诗第一句中的“墙角”两字点出梅花生长的环境，这种看似冷清和空间狭小的地方，却绽放出“数枝”梅花。“凌寒”两字则是渲染了一种特别的气氛，这种寒冷的环境中，梅花孤芳自赏地“独自开”，映衬出梅花无惧严寒、傲首怒放的高尚品格。“遥知不是雪”，则把雪花与梅花进行了艺术化的区分，结尾给出了非常浪漫的答案：因为梅花有阵阵幽香，所以知道那是梅花不是雪花。这个意境在宋朝诗人卢梅坡那首著名的《雪梅》一诗中也得到了体现，有道是：“梅须逊雪三分白，雪却输梅一段香。”

**【养生解读】**

初春时节是赏梅的好时候，千百年来，梅花以其特有的美感、气质“收集”了众多文人墨客的诗香，梅花还是南京的市花。但是您知道吗？梅花不但可以用来观赏，还能做成营养可口、颇具养生保健功效的茶饮、佳肴。

**泡茶　疏肝理气助消化**

在我国著名的四大名著《红楼梦》中，贾母最爱喝的养生茶就是“老君眉”了。此茶是湖南洞庭湖中君山所产的一种银针茶。每次贾母喝此茶时，都取用梅花雪水浸泡，使得此茶色泽鲜亮，香气高爽，其味甘醇，既养心又养生，自然也就成为了贾母最喜爱的养生茶。

但是“老君眉”毕竟是名贵茶茗，一般人很难日日饮此茶养生。怎么办呢？别急，这里向你介绍一款“梅花茶”，也颇具养生与保健的功效，且物美价廉，制作起来非常简便。首先取绿萼梅（最好到正规药房购买）10克，绿茶4克，然后以沸水冲泡，代茶频饮。

中医理论认为，绿梅花气清香，味酸涩，性平，具有疏肝、和胃、化痰、解毒的功效，主治梅核气、肝胃气痛、食欲不振、头晕、瘰疬疮毒以及精神抑郁等。梅花与绿茶搭配具有理气疏肝、和胃止痛的功效，常常用于肝胃不和证，证见两胁胀痛、胃脘胀痛、郁闷不舒、食纳减少等。因此，像“林妹妹”一样多愁善感的女性朋友不妨适量饮用。对于一天到晚坐在办公桌前，缺乏运动，不思饮食的白领朋友们也是一个不错的选择。

阴虚重症（舌红无苔、少津等）的朋友们不宜长期饮用梅花茶，因为该茶是理气之饮，品饮时间过长会伤阴耗气。

**煮粥 健脾和胃除烦忧**

我们都知道，春天来了，万物复苏，整个世界都呈现一片“上升”的勃勃生机。而有些读者朋友却恰恰相反，总感觉犯困，没力气，到医院检查也没有查出什么病，这有可能和你“扶阳”不足有关。还有些朋友因为前些时间的节日较多，应酬不断，饮食不节制而导致脾胃失和，面对着一桌的美食，总是感觉没什么食欲。上述两种症状其实都可以通过食用梅花粥来缓解甚至消除。

肝主疏泄，喜条达，肝郁不舒则为病。梅花与粳米为粥，气香味甜，功专疏肝解郁，健脾开胃，对治疗肝胃气痛、梅核气、胸闷不舒、饮食减少等有较好的疗效。

这梅花粥怎么做呢？取绿梅花（最好到正规药房购买）5克，粳米80克，先将粳米煮成粥，再加入绿梅花，煮沸两三分钟即可，每餐吃一碗，可连吃三五天。绿梅花性平，能舒肝理气，激发食欲。食欲减退者食用该粥效果颇佳，健康者食用则精力倍增。

**炖汤 神清气爽肺气畅**

随着社会生活节奏的不断加快，很多职场人士感觉忙碌了一天过后，浑身困乏，脑子里面像被灌了糨糊似的，一团糟。对此，专家建议上述人群不妨试试自然疗法，比如吃点梅花鸡块汤就是不错的选择。

中医认为“肺朝百脉”，如果一个人的肺气不够顺畅，肯定会昏昏沉沉，就像一条河长久被堵塞一样，怎么会有生机勃勃的景象呢？而梅花正是一位善利肺气的“姑娘”。明朝中医药学家李中立在自己所著的《本草原始合雷公炮制》（又名《本草原始》）中对梅花的功效有着这样的记载：“清头目，利肺气，去痰壅滞上热。”现代医药研究也证实，梅花花蕾含挥发油，主要为苯甲醛、异丁香油酚、苯甲酸，能促进胃肠蠕动，增加食欲，帮助消化，具有一定的健胃作用；同时对多种病菌有抑制作用,为药食佳品。与鸡块一起炖汤更有补益身体的功效。

梅花鸡块汤的做法相对于上文中提到的两款食疗方稍显复杂。先要准备鸡块500克,鲜汤1000克,豌豆50克,梅花瓣、蘑菇适量,味精、盐、胡椒粉等调配料适量。具体的制作方法如下:熟鸡块去骨,切成小块。将鲜汤倒入锅中,再放进鸡块、蘑菇、豌豆,烧开后,放盐调好口味,再撒入梅花瓣,微微沸腾后,即可食用。这里要提醒大家,因为梅花花质轻气芳香,易挥发,所以,用梅花入粥或者炖汤时,都不宜时间过长,以免影响功效。

## 3. 华山处士如容见,不觅仙方觅睡方

### 午梦

宋·陆游

苦爱幽窗午梦长,此中与世暂相忘。
华山处士如容见,不觅仙方觅睡方。

**【诗词大意】**

非常喜欢在幽静的窗户下睡个较长时间的午觉,这样可以在睡梦中暂时远离喧嚣的尘世。我如果能见到华山处士的真容,不会向他寻觅成仙的方法,而要向他讨教入睡的良方。

**【诗词赏析】**

"苦爱"用现代的词汇解释意同酷爱,即非常喜欢的意思。"幽窗"的意思是清幽而安静的窗边。"幽"在这里也可以理解为僻静且光线不刺眼的地方。"午梦"可以理解为午睡入梦。古时候称善于自处,不求闻达于当时的人为"处士"。"华山处士"是指以善睡闻名的陈抟,人称"睡仙"。因其在华山修道四十年,故称"华山处士"。"相忘"意思是彼此忘却。陆游在诗中说自己非常喜爱睡午觉,也给出了具体原因:因为睡着以后可以与现实的世界彼此暂时忘却。他为什么要暂时忘却现实的世界呢?

陆游生逢北宋灭亡之际,少年时即深受家庭爱国思想的熏陶。宋高宗时,参

加礼部考试,因受秦桧排斥而仕途不畅。宋孝宗即位后,虽然走上了报效国家的仕途,但是因为坚持抗金,屡遭主和派排斥。宋光宗继位后,又因"嘲咏风月"被罢官,归居故里。同时,他那首传世名篇《钗头凤》也道尽了爱情的凄美。事业上,壮志难酬;爱情上,忧思难忘,种种不得不面对的现实怎能让陆游不想"与世暂相忘"呢?

需要指出的是,不少地方将这首诗的第一句错记为王安石的"花竹幽窗午梦长",有必要在此加以纠正。

**【养生解读】**

午睡不但是中医倡导的一种养生方法,也被现代医学所重视。比如德国萨尔布吕肯大学一项新研究发现,仅45分钟的午睡就可以使记忆力提高5倍。无独有偶,《系统神经科学前沿》杂志刊登的巴西一项新研究发现,在校学生午睡一会儿或者打会盹都有助于增强记忆力。

研究也证实睡眠不好影响身体健康。比如美国布莱根女子医院的研究发现,失眠的男性因心血管疾病而死亡的风险较高。《欧洲心脏病杂志》刊登挪威科技大学一项新研究发现,深受失眠折磨的人患心力衰竭(心衰)的危险会增加3倍。

有研究表明,我国42.5%的人都存在着不同程度的失眠问题。随着社会竞争愈加激烈、工作压力增大和互联网等种种消磨时光方式诱惑增加,失眠的人将越来越多。

如何拥有优质的睡眠质量呢?让我们跟五位国医大师学学吧!

**国医大师李玉奇:睡好"心"才能睡好觉**

国医大师李玉奇得享94岁高寿,被誉为"北国杏林泰斗,辽沈中医柱石"。他常说:"想睡觉,先睡心。"《素问·灵兰秘典论》记载:"心者,君主之官也,神明出焉。"《素问·调经论》则说:"心藏神。"中医认为,十二经脉之血皆主于心,十二经脉之气皆感而应心,心失所养,则神不守舍。因此,对失眠的治疗应从补益心气着手。李老根据"心主神明""先睡心,后睡人"等中医古训制成了良药"养心丸"。养心丸注重补心气,其补而不腻,利而不破,解决了心失所养、脑失濡养的问题,起到了益气、养血、安神的功效。

南宋理学家蔡元定在其所写的《睡诀铭》中已经告诉大家"睡侧而屈,觉正而伸,勿想杂念。早晚以时,先睡心,后睡眼”。唐朝名医孙思邈,活了102岁,他在著名的《千金方》中,也提出过关于“能息心,自瞑目”的睡眠理论。所以说睡好“心”才能睡好觉是历代养生专家的共识。

**国医大师李士懋:坚持午休**

国医大师李士懋在80岁的时候被学生敬称为“80后”。他是中国中医科学院第一批传承博士后导师。这个“80后”国医大师养生的秘诀就在“养神”。这个感悟,来自于他早期的人生经历。1962年大学毕业后,李士懋被分配到大庆油田总院工作。北大荒条件恶劣,除了精进医术,李士懋最大的业余爱好就是通过读书来凝神静思。李老曾介绍说,直到现在,他都每天很早起来读书,因为他觉得在早晨头脑最灵光。也因为有晨起读书的习惯,为了保证睡眠时间,李老一直坚持午休。

午时是从11时到13时,也是阴阳交会的时候,中医认为,此时阳气最盛,称为合阳,此时休息有利于养阳。午睡可以舒缓心血管系统,降低身体紧张度,有助降低工作压力过大引起的血压升高。午睡还有助于身体更好地消化处理碳水化合物,令体内激素保持平衡。多项研究发现,20分钟的午睡比早上多睡20分钟的效果更好。

**国医大师李振华:睡觉起床揉经穴**

全国首届、河南唯一的国医大师李振华亦享寿94岁。李老非常重视经穴,常以指代针揉搓经穴养生治病。他每日睡觉和起床时,常用手指揉搓百会穴及头面部,以促进头面部血液循环。20多年的穴位揉搓按压,确实使他收到了行气血、调营卫、益心脑、防外邪、强耳目的效果。

揉搓经穴有助于调畅气血,舒筋活络,帮助提高睡眠质量。比如揉搓涌泉、膻中穴有助于补肾、强心、健脑;揉搓听宫、耳门、颅息等穴有助于缓解耳鸣;揉搓瞳子、睛明穴有助于缓解眼部疲劳;指压足三里、内关、中脘、气海等穴,有助于增强胃肠消化吸收功能,以防“胃不和则卧不安”。头面部穴位一般揉搓按压50～100次,四肢和腹部穴位一般揉压150次,以有酸胀感而无不适感为宜。

**国医大师路志正:睡前沐足睡得香**

中国中医科学院主任医师、国医大师路志正近百高龄。路老习惯早上搓脸和晚上睡前沐足。晚上沐足有助于把血引下来,让大脑容易进入睡眠状态。

有的老年朋友睡不好,可能是血瘀体质或者阴阳失衡导致的。除了内服中药,还可结合足浴疗法,效果会更好。比如血瘀体质人群的泡脚方:艾叶 6 克,红花 6 克,怀牛膝 30 克,丹参 30 克,桂枝 10 克。但大家在使用之前最好到正规医院找中医师辨证,以免误用。

**国医大师禤国维:睡前先喝半杯水**

国医大师禤国维多年来坚持每天睡 6 个小时左右,每天的作息很规律,早上 5 点半起床,晚上 11 点睡觉。他说,熬夜对身体损害较大,最典型的就是易疲劳,导致人体免疫力下降,所以保证一定的睡眠很重要。他有一套自己的喝水方法:一般睡前喝下半杯水后再睡觉。他解释说,睡前半杯水,可以补充睡眠时丢失的水分,特别是有脑梗或心梗病史的人,一定要在睡前喝半杯水,以防因缺水而再次引起脑梗或心梗。

中医认为水能补阴、养阴,是滋阴生津的第一天然食材。睡前喝水最大的好处是,可以降低血液黏稠度。因此,睡前即使不渴也最好喝点水,稀释血液黏稠度,减少心肌梗死、心绞痛、脑血栓等突发事件发生的概率。建议心血管病人在床头放一杯水,夜里醒来时也可以抿一口。对于糖尿病人来说,保持一定的水分还有利于控制血糖。

有的人可能会质疑,这样难道不会对肾脏造成负担吗?第二天起床脸会不会水肿?其实,对于绝大多数人而言,睡前喝水没有坏处,关键是要适量,一般睡前半小时喝一小杯水即可。注意睡前不能大量饮水,尤其是严重肾衰竭及已经进行透析治疗的患者,大量喝水会造成身体负荷增加,引起浮肿等症状,严重的甚至会诱发心力衰竭。心脏功能不好的人睡前大量喝水,也有诱发心脏病的危险。另外,睡前大量喝水,会增加夜尿的次数,影响睡眠质量。

## 4. 去年今日此门中，人面桃花相映红

### 题都城南庄

唐·崔护

去年今日此门中，人面桃花相映红。
人面不知何处去，桃花依旧笑春风。

【诗词大意】

去年的今天，就在这长安南庄的一户人家门口，我看见一位女子美丽的面庞和盛开的桃花互相映衬，显得分外娇艳。时隔一年，今天我故地重游的时候，那位美女不知去了哪里，只有这似曾相识的桃花依然在这和煦的春风中含笑盛开着。

【诗词赏析】

诗人崔护是唐代的进士，一度官至御史大夫、广南节度使。其诗诗风精练婉丽，语极清新。《全唐诗》存诗六首，皆是佳作，尤以《题都城南庄》流传最广，脍炙人口，堪称经典。短短四句诗，就勾勒出一段动人的故事以及一幅优美的画卷，这首诗让崔护一诗成名。

崔护写这首诗的时候，不是官运亨通之时，而是名落孙山。一个清明节，他独游长安城郊南庄，走到一处桃花盛开的农家门前，一位秀美的姑娘出来与他有了一面之缘，彼此留下了难忘的印象。第二年清明节崔护再来时，却不曾想院门紧闭，姑娘不知在何处，只有桃花依旧迎着春风盛开，不免惆怅。那么这首诗是诗人自己杜撰的情节呢？还是确有此经历有感而作呢？

唐代一个叫孟棨(qǐ)的文人，编著的一本著名的笔记小说集《本事诗》中，对于《题都城南庄》一诗的具体故事有详细的记载，其中写道：“崔护……举进士下第。清明日，独游都城南，得居人庄，一亩之宫，而花木丛萃，寂若无人。扣门久之，有女子自门隙窥之，问曰：‘谁耶？’以姓字对，曰：‘寻春独行，酒渴求饮。’女入，以杯水至，开门设床命坐，独倚小桃斜柯伫立，而意属殊厚，妖姿媚态，绰有余妍。崔以言挑之，不对，目注者久之。崔辞去，送至门，如不胜情而入。崔亦睠

盼而归，嗣后绝不复至。及来岁清明日，忽思之，情不可抑，径往寻之，门墙如故，而已锁扃之，因题诗于左扉曰……”

诗人这首词从寻春遇艳到重寻不遇，“人面桃花相映红”的传神描绘让这首诗的色彩感更加浓厚，是唐代诗作中“诗中有画”的精品。最后一句“依旧”二字，不但透露出诗人的无限惆怅与无奈，也给读者留下了很多想象空间。

**【养生解读】**

自古以来就不乏对桃花的歌咏之词，人们对桃花的喜爱如今已经渗透到电视剧中。2017 年初春霸占荧屏榜首的热播剧《三生三世十里桃花》刚落幕，全国一些景区和乡村打造的“桃花节”就先后闪亮登场。

**桃花入酒益颜色**

桃花入药最初出自于《神农本草经》。一般于 3 月间桃花将开放时采收，阴干，放干燥处。

把桃花看做美颜的鲜花是有一定中医理论依据的。比如《神农本草经》里称桃花“令人好颜色”。民间也盛传桃花茶、桃花粥、桃花酒、桃花羹等活血祛斑、驻颜美容之法。现代研究显示，桃花中含有有助于扩张血管、改善血液循环、抗氧化及清除自由基、促进皮肤营养供给、滋润皮肤、防止黑色素沉积的有益成分。

《医方类聚》卷八十亦有桃花入酒养颜的记载：白杨皮、桃花、白瓜子仁用温酒调服，每日三次，头面手足皮肤粗黑者，久服可令面光泽白净。

**桃花做面膜曾是太平公主的美颜秘方**

宋代古籍《琐碎录》中记载过太平公主的一个类似面膜的桃花养颜方。她为了保持容颜，将三月三日采摘的桃花阴干捣末，与七月七日取得的乌鸡血调和，涂面及身，可令面身洁白。唐朝的《四时纂要》中对此也有描述：面药——（七月）七日取乌鸡血，和三月桃花末，涂面及身，二三日后，光白如素。

不过，这种含有鸡血的桃花美容方似乎有点太过重口味了，虽然《四时纂要》在配方之后有小字注解：“太平公主秘法。”但是，即便是太平公主用过的美容秘方，其科学性还有待研究和进一步验证。

那么，桃花用作美颜是不是确有其事呢？有“药王”之称的唐代著名医家孙思邈在其所著的《备急千金要方》《千金翼方》中都有提到带有桃花的美颜方剂。

比如《备急千金要方》中记载的“桃花丸”，是用桃花2升，桂心、乌喙、甘草各1两研末与白蜜炼成大豆大小的丸药，每日二次，每次10丸，有令肌肤光洁滋润的效果。

**桃花和面做馄饨有助通利肠道，但不宜久服**

《唐本草》中记载了桃花通利肠道的作用：“主下恶气，消肿满，利大小肠。”对于桃花有助于利肠的原因，《本草纲目》中做了解释：“桃花，性走泄下降，利大肠甚快，用以治气实人病水饮肿满、积滞、大小便闭塞者，则有功无害，若久服即耗人阴血，损元气。”

宋代官修方书《太平圣惠方》中记载了一条治疗便秘的方子，这个方子非常亲民，因为桃花都成了馄饨的馅。这个治干粪塞肠、胀痛不通的方子“需用毛桃花一两（湿者），面三两。上药，和面做馄饨，熟煮，空腹食之，至日午后，腹中如雷鸣，当下恶物”。

**桃花有助治疗泌尿系统结石及白秃疮**

《名医别录》中记载了桃花可以治疗泌尿系统的部分结石，比如“主除水气，破石淋，利大小便，下三虫”。西医泌尿系统疾病中的肾结石、输尿管结石和膀胱结石统属中医“石淋”范畴。

《外台秘要》卷三十二记载桃花可以治疗白秃：“取三月三日桃花开口者，阴干，与桑葚等分，捣末，以猪脂和以灰汁，洗后涂药差。”白秃，即白秃疮，属于头皮癣疾之一。

《本草纲目》中记载桃花可以“利宿水痰饮，积滞。治风狂”。《本草汇言》中记载其可以“破妇人血闭血瘕，血风癫狂”。桃花既然能破血，孕妇就要忌服，以免耗动胎气。还有一个值得说明的细节是，桃花带蒂入药的功效与不带蒂是不一样的，比如《岭南采药录》中记载桃花“带蒂入药，能凉血解毒，痘疹通用之”。

## 5. 负米无远近，所希升斗归

### 琴曲歌辞·白雪歌

唐·贯休

列鼎佩金章，泪眼看风枝。
却思食藜藿，身作屠沽儿。
负米无远近，所希升斗归。
为人无贵贱，莫学鸡狗肥。
斯言如不忘，别更无光辉。
斯言如或忘，即安用人为。

**【诗词大意】**

虽然身为贵族公卿，也要用慈悲的眼光去看待风枝一样生活无有依靠的人，虽然有着尊贵的地位，要看到这不过是一个无常的幻影，就像风雨飘摇的树枝随时会被风雨打掉。生活不要骄奢，要常常去想着吃一些粗糙的食物，比如像藜藿这一类的野菜，把自己当做普通的甚至是卑下的人。（屠沽儿，亦作“屠酤儿”，指以屠牲沽酒为业者，亦用为对出身微贱者的蔑称。）

背着大米，不是用远近来考量它，而是用斗升来称量，做人也是一样，人不能用身份贵贱来分，不要学鸡鸣狗盗损人肥己的事情，不要像鸡狗一样愚昧只是吃喝长肉（言外之意是人要衡量品德）。如果记住这些话，就是无上大光明，如果忘记，那还做什么人呢。

**【诗词赏析】**

贯休又叫僧贯休，是唐末五代著名画僧。贯休博学多才，《唐才子传》称赞他“一条直气，海内无双”。他能诗善书，又擅绘画，尤其所画罗汉，更是状貌古野，绝俗超群，在中国绘画史上，有着很高的声誉。

贯休七岁到和安寺出家。他爱憎分明，关心人民疾苦，痛恨贪官污吏。他的《酷吏词》，愤怒谴责了贪官污吏欺压百姓的暴行。他又有不畏权势的傲骨，在杭州时曾给吴越王钱镠写诗《献钱尚父》。钱镠读后大喜，但要他把诗中的“十四州”改为“四十州”。贯休断然回答:“州亦难添,诗亦难改。”不肯依附权贵。

**【养生解读】**

越来越重视健康的城里人,到了春季就会开始寻觅起各种野菜。菜场上售卖的野菜一般比较贵,所以很多人喜欢自己到郊外去寻找。其中一种叫做灰灰菜的野菜是很多读者童年的美味,如今有的地方还能找到。但是很多人不知道,这种野菜实际上是一种中药——藜。

灰灰菜是一种历史悠久的野菜,最早在《诗经》中就有记载:“南山有台,北山有莱”。莱就是灰灰菜。《四川中药志》中收录的时候叫做灰灰菜,《医林纂要》中又称其为灰蒴、灰苋,《草木便方》收录名为灰苋菜。

在《汉语大词典》中,藜的释义为:灰藋、灰菜。一年生草本植物。嫩叶可食,老茎可为杖。也就是说这个野菜跟一般的野菜也不一样,嫩的时候可以吃,长大了可以作为手杖。

《本草纲目》中,红心的灰藋才是藜。李时珍在“藜”条的释名部分提到了藜别名“红心灰藋”,并在集解中写到:“藜处处有之,即灰藋之红心者,茎叶稍大……老则茎可为杖。”在“灰藋”条的集解中,又重申了灰藋和藜的区别:“灰藋生于熟地,叶心有白粉,似藜,但藜心赤茎,大堪为杖。”所以说,不是所有灰藋都能叫藜。

明朝内阁首辅大臣李东阳作有《咏藜》一诗:“藜新尚可蒸,藜老亦堪煮。明年幸强健,拄杖看秋雨。”

这种野菜最佳的采摘时间为3~4月,因为它性味甘、苦,凉,所以跟很多野菜一样有清热的作用,一般用于治疮疡肿毒,疥癣风瘙。比如《医林纂要》中记载这种野菜有“去湿热”的功效。《本草拾遗》中记载这种野菜“亦可煮食,亦作浴汤,去疥癣风瘙;烧为灰……取灰三、四度淋取汁,蚀息肉,除白癜风、黑子面皯、著肉作疮”。所以,古代医家还用这种野菜外治白癜风,但是目前机理尚不明确,值得进一步研究,不建议大家轻易尝试和使用。

如果不是作为野菜食用,而是作为中草药采摘的话,灰灰菜最好在6~7月间采收,鲜用或晒干后入药,具有清热、利湿、杀虫等作用,可用于治疗腹泻、痢疾、湿疮痒疹、毒虫咬伤等疾病。在有的地方,一些村医会将灰灰菜用水煎服治痢疾腹泻。如果是治皮肤湿毒、周身发痒、疥癣湿疮等皮肤疾病,用灰灰菜的茎叶煮水,外敷于患处即可。

需要注意的是，灰灰菜虽好，也有使用禁忌。比如《医林纂要》中提醒："赤灰者，有小毒。"又因为它是一种光敏性蔬菜，所以大家最好安排在晚餐时食用，平常对光过敏的人群则要慎食。不了解这种野菜的读者不要按图索骥，以免误食给健康带来危害！

## 6. 分明记得约当归，远至樱桃熟

### 生查子·药名闺情

宋·陈亚

相思意已深，白纸书难足。
字字苦参商，故要槟郎读。
分明记得约当归，远至樱桃熟。
何事菊花时，犹未回乡曲。

**【诗词大意】**

相思的情意太深了，仅仅靠白纸是写不完的。即便如此，每一个字还要仔细揣摩，因为要给意中人读。明明记得我们相约在樱桃熟的时候你就归来，为何到了菊花开时仍未相见呢？

**【诗词赏析】**

在很多读者的印象中，药名诗词一般是中医的"专利"，但是，在中华诗词的长河中，很多文人墨客也会写一些药名诗词，而且非常经典，这也从一个侧面显示出中医药与诗词的不解之缘。

陈亚是宋朝的一名进士，官至太常少卿。在宋代众多的词人中，他熟谙药名，有药名诗百余首。《全宋词》录其《生查子》药名词四首。

这首词以深挚的感情和浅近的语言，别具一格、匠心独运地妙用一连串药名，通过闺中人以书信向客居在外的夫君倾诉相思之情的情节，抒写了闺中人思念离人的款款深情。

词的起首两句，"苦参商"三字极传神，谓因夫妻离别、隔如参商而苦恨不已。词的下片,以怨詈口气,进一步抒写闺中人怀念离人的情怀。结尾出以反问,更显思念之深切。词中使用的药名,有当归、远至(志)、樱桃、菊花、回乡(茴香)等。作者在词中对药名的妙用,显示了他医药知识的精深。

【养生解读】

唐朝诗人张说的《代书寄吉十一》中有“口衔离别字,远寄当归草”。对于当归这个药名的解释有些意思。李时珍在《本草纲目》中称:“古人娶妻为嗣续也,当归调血为女人要药,有思夫之意,故有当归之名。”正与唐诗“胡麻好种无人种,正是归时又不归”之旨相同,即因为当归为妇科要药,引申“思夫归来”而得名。

《三国志》中有两处记载和中药当归有关的故事。第一则是《三国志·吴书·太史慈传》中说,曹操听闻太史慈为东吴服务,知道他很有才华,要他弃吴北归来魏,便给太史慈一封信,里面放入一些当归。第二则是《三国志·蜀书·姜维传》中载:建兴六年,魏国天水郡太守马遵对姜维极不友善,怀疑他有异心,姜维便毅然投靠诸葛亮。魏国的谋臣知道姜维是一个不可多得的人才,便想方设法争取他“回归”。他们知道姜维是个孝子,便将他母亲接到洛阳,诱逼她写信给姜维,并在信封里附上当归,其意要姜维回归魏国。姜维接信后,明白其意。但他公私分明,反复思量,认为蜀国是汉室正统,而且诸葛亮对自己十分信任和器重,认为统一中原之时,便是母子团圆之日,到那时辞官归故里侍奉老母,就可以忠孝两全,岂不更好。于是他给母亲回信,附上一些药材述说志向:“良田百顷,不在一亩(母);但有远志,不在当归。”知子莫若母,姜母接到儿子的信,非常理解地说:“儿有远志,母无它求。”魏国后来又多次逼姜母写信劝姜维弃蜀投魏,都被姜母拒绝。姜维死后,蜀人对他十分景仰,并在他屯军多年的剑阁建立一座姜维庙,又叫姜公祠,祠内有联云:

雄关高阁壮英风,捧出热心,披开大胆
剩水残山余落日,虚怀远志,空寄当归

当归在近年热播的很多古装剧中都是常见中药,南京市中西医结合医院妇科副主任中医师李新珍介绍说,当归是妇科常用药,补中有动,行中有补,为血中之要药。当归主要能治疗血症,妇科的很多疾病也属于血症,所以一般用于妇科更多一些。比如《药性论》中记载当归能“止呕逆、虚劳寒热,破宿血,主女子崩中,下肠冏冷,补诸不足,止痢腹痛。单煮饮汁,治温疟,主女人沥血腰痛,疗齿疼痛不可忍。患人虚冷,加而用之”。

当归的功效还有不少,不是妇科病也一样可以使用,比如头痛的患者、心腹痛的患者,都可以辨证使用,甚至连胃肠筋骨与皮肤也可以借助当归来滋润。比如《本草纲目》中记载当归可以“治头痛心腹诸痛,润肠胃筋骨皮肤。治痈疽,排脓止痛,和血补血”。

五代时期著名的本草著作《日华子本草》中对当归的功效更是用了三个“一切”来说明:“治一切风,一切血,补一切劳,破恶血,养新血及主症癖。”

当归的使用注意事项主要有以下 4 点:① 湿阻中满及大便溏泄者慎服;② 与四种中药不宜同用,《本草经集注》中记载当归“恶蕳(lǘ)茹,畏菖蒲、海藻、牡蒙”;③《本草经疏》中告诫以下人群不宜使用当归:“肠胃薄弱、泄泻溏薄及一切脾胃病恶食、不思食及食不消,并禁用之,即在产后胎前亦不得入”;④ 一些感受风寒之邪还没有痊愈的人也不适合服用当归,比如《本草汇言》中说:“风寒未清,恶寒发热,表证外见者,并禁用之。”

## 7. 常记溪亭日暮,沉醉不知归路

### 如梦令

宋·李清照

常记溪亭日暮,沉醉不知归路,
兴尽晚回舟,误入藕花深处。
争渡,争渡,惊起一滩鸥鹭。

**【诗词大意】**

还时常记起出游溪亭的那些时光,一玩就玩到太阳快落山的时候,这美好的景色与时光让人深深地沉醉,甚至忘记了归路。一直玩到兴尽,回舟返途,却误入藕花的深处。大家争着划呀,船儿争着飞渡,惊起了一滩的鸥鹭。

**【诗词赏析】**

这是一首充满回忆的词，寥寥数语，却句句含有深意。“常记”两句起笔平淡，自然和谐，把读者自然而然地引到了她所创造的词境。“常记”明确表示是追述，地点在“溪亭”，时间是“日暮”，作者与亲友聚餐后，已经醉得连回去的路径都辨识不出了。

“沉醉”二字泄露了作者心底的欢愉，“不知归路”也曲折传出作者流连忘返的情致。接着的“兴尽”两句，把这种意兴递进了一层，兴尽方才回舟，那么，兴未尽呢？恰恰表明兴致之高，不想回舟。而“误入”一句，行文流畅自然，毫无斧凿痕迹，同前面的“不知归路”相呼应，显示了主人公的忘情心态。盛放的荷花丛中正有一叶扁舟摇荡，舟上是游兴未尽的少年才女，这样的美景，一下子跃然纸上，呼之欲出。

一连两个“争渡”，表达了这首词的作者急于从迷途中找寻出路的焦灼心情。正是由于“争渡”，所以又“惊起一滩鸥鹭”，把停栖在洲渚上的水鸟都吓飞了。至此，词戛然而止，言尽而意未尽，耐人寻味。这首小令用词简练，只选取了几个片断，把移动着的风景和作者怡然的心情融合在一起，富有一种自然之美。

**【养生解读】**

李清照这首《如梦令》中的“藕花”就是荷花。荷花不仅外形美丽，也是一种养颜的中药，可谓养眼又养颜。早在五代时期的一部著名的本草书《日华子本草》中已经记载荷花有“镇心，益色驻颜”之功效。明代的《滇南本草》中记载了荷花治疗妇科疾病的功效：“治妇人血逆昏迷。”清代名医叶天士在其所著的《本草再新》中记载了荷花的另外五种功效：“清心凉血，解热毒，治惊痫，消湿去风，治疮疥。”

从中医外治法的角度看荷花也有较好的功效，比如《河北药材》记载荷花“揉碎贴肿毒，促脓肿之吸收”。《山东中药》中又进一步记载了荷花“活血祛瘀”的功效。

与荷花相比，历来文人墨客似乎对藕的笔墨比较“吝啬”。实际上，藕是一种非常好的养生食材！到过江苏、浙江的读者朋友，应该会对一种食物印象深刻，这种食物呈粉状，用开水冲泡之后别有一番风味，对！就是藕粉！藕粉是江浙地区的一种传统风味小吃，如今很多超市都有销售，用温开水冲泡后搅拌成半透明状，入口香滑，回味无穷。

藕粉的主要成分——莲藕在古代已经是药食同源的著名食物,不少医学著作都有以莲藕为主料的食疗方剂。民谚曰:“荷莲一身宝,秋藕最补人。”到了秋季,莲藕堪称塘鲜第一补!为什么这么说呢?

据说在南宋时期,宋孝宗是一位非常喜欢吃阳澄湖大闸蟹的人。有一次,他吃过阳澄湖大闸蟹不久,突然肚子特别的疼痛,泻下胶黏带血的粪便。这下可把所有人都吓坏了,赶紧请来了专门的太医。经太医们诊断为痢疾,但治疗痢疾的各种方剂都用过了,他的病却毫无起色,这下可急坏了太上皇赵构。孝宗不是赵构的亲生儿子,但因为赵构年岁已高,后继无人,寻来觅去,好不轻易才从赵匡胤的第七代孙子中挑选出了孝宗,从小在宫中抚养,盼望今后好接替皇位,现在眼看孝宗已长大成人,却又病体缠身,怎不令他焦虑呢!

赵构心中郁闷,就带了一个宫中太监,两人装扮成主仆,在临安城内闲游散心。走着走着,他看到路旁有一间大药铺,门上写着一副对联:“善医奇难杂症,专卖妙药灵丹”。赵构心中一动,即派人召见药铺老板严某,严某问过孝宗的病情,随后又进宫中替孝宗诊过脉,便道:“这是冷痢,因食蟹中毒所致。”然后他用新采来的鲜藕捣烂取汁,与热酒一起服用,结果孝宗仅仅吃了几回药,疾病就痊愈了。赵构大喜,重重赏赐了药铺的老板严某。藕汁可以解蟹毒的说法也就这么传了下来。

上面这个故事的真实性已经无从考据,但是中医认为,莲藕确实不是一般的食物,不仅是较好的食材,还是一种良药。

现存最早的中药学著作《神农本草经》中就有记载:藕“补中养神,益气力,除百病,久服轻身耐老”。《本草纲目》更是夸赞其“四时可食,令人心欢,可谓灵根矣”。《神农本草经疏》也不吝赞美之词:“藕实得天地清芳之气,禀土中冲和之味,故味甘气平。”清代著名的中医食疗养生著作《随息居饮食谱》中对藕的食疗功效记载得更为详细,称其“生食生津,行瘀,止渴除烦,开胃消食,析醒,治霍乱口干,疗产后闷乱。罨金疮,止血定痛,杀射罔、鱼蟹诸毒。熟食补虚,养心生血,开胃舒郁,止泻充饥”。

不仅中医对藕的疗效大加称赞,《印度时报》也曾刊出营养专家桑杰纳·古普塔总结出的秋季吃莲藕的七大保健功效,足见莲藕在国外也是很受欢迎的营养保健菜肴!

1. 降糖降脂益肠道。藕富含膳食纤维,热量却不高,因而能控制体重,有助降低血糖和胆固醇水平,促进肠蠕动,预防便秘及痔疮。鲜藕生姜汁还可治疗肠道炎症。

2. 抗衰防癌补维C。藕的含糖量不算很高,但含有较高的维生素C,对于肝病、便秘、糖尿病等患者都十分有益。藕还富含多酚类物质,可以提高免疫力,缓解衰老进程,预防癌症。

3. 止痛减压护心脏。藕中富含B群维生素(特别是维生素B6)。补充B族维生素有益减少烦躁,缓解头痛和减轻压力,进而改善心情,降低患心脏病的危险。

4. 补血益神助消化。鲜藕含有丰富的铜、铁、钾、锌、镁和锰等微量元素。在块茎类食物中,莲藕含铁量较高,因此缺铁性贫血者最适宜吃藕。藕中的多种微量元素有益红细胞的产生,保持肌肉和神经正常工作。另外,这些营养素还有助分泌消化酶,改善消化。

5. 稳定心率降血压。藕中钠钾比为1∶5,钠少钾多有益调节血压和心率,有益心脏及全身健康。

6. 补充维K防出血。藕中含有丰富的维生素K,具有止血作用。鲜藕榨汁喝下,有助防止出血。

7. 祛痰镇咳防哮喘。鲜藕汁可用来治疗咳嗽、哮喘和肺炎等呼吸系统疾病。热莲藕茶具有镇咳祛痰的功效。

## 8. 夜寒客枕多归梦,归得黄柑紫蔗秋

### 次韵喜陈吉老还家二绝

宋·黄庭坚

夜寒客枕多归梦,归得黄柑紫蔗秋。
小雨对谈挥麈尾,青灯分坐写蝇头。

**【诗词大意】**

在寒冷的夜里,枕着异乡的枕头入睡,多半都是梦归故里,梦里回到家乡看到秋天黄色的柑橘和紫色的甘蔗。下小雨的时候与人对谈,挥动麈尾打扫卫生,于青灯两旁分别坐下写着蝇头大小的字。

**【诗词赏析】**

黄庭坚是北宋著名文学家、书法家，为盛极一时的江西诗派开山之祖，与杜甫、陈师道和陈与义素有“一祖三宗”（黄庭坚为其中一宗）之称。与张耒、晁补之、秦观都游学于苏轼门下，合称为“苏门四学士”。生前与苏轼齐名，世称“苏黄”。著有《山谷词》。黄庭坚书法亦能独树一格，为“宋四家”之一。

江西诗派作诗风格以吟咏书斋生活为主，重视文字的推敲技巧。黄庭坚的诗的特点之一就是注重用字。比如这首词中的“夜寒”突出了客居他乡的一种清冷氛围，而梦里回到故乡时的“黄柑”与“紫蔗”，这种暖色调渲染，营造了故乡的一种温暖。

这首诗中的麈尾，是一种于手柄前端附上兽毛（如马尾等）或丝状麻布的工具或器物，一般用作扫除尘迹或驱赶蚊蝇之用。青灯亦作“青镫”，指光线青荧的油灯。蝇头，意为像苍蝇头那样小的字，有个成语叫做蝇头小楷，指极小的楷书，亦称“蝇头楷”。黄庭坚在后两句用简明的笔法勾勒出恬静的生活氛围，也体现了一种书法修身养性的美感。

**【养生解读】**

春季吃甘蔗在古代是很难的事情，正如诗中所说的“归得黄柑紫蔗秋”，秋天才是甘蔗成熟的时候。如今随着储存技术的成熟与发展，我们在春季吃甘蔗已经不是新鲜事了。

细心的读者会发现，市场上的甘蔗不都是一类品种，比如青绿的甘蔗与黄庭坚这首诗中提到的“紫蔗”到底有什么区别呢？是不是什么样的人都适合吃呢？不同种类的甘蔗各自有哪些营养与食疗特点呢？我们又该如何根据自己的体质选择适合自己吃的甘蔗呢？

**外形颜色 PK：青皮甘蔗更清凉**

皮色深紫近黑的甘蔗，俗称黑皮蔗，甘蔗比较粗，节点比较稠密，比较温和滋补；皮色偏绿的青皮蔗，俗称竹蔗，比较细，节点也比较稀疏，比较甘凉。因此，虽然总体来说，生吃甘蔗都有清热的作用，但是青皮甘蔗的寒凉之性更大一些，所以脾胃虚寒的人不要多吃。

**含糖量 PK：紫皮甘蔗更清淡**

青皮甘蔗的含糖量相较于紫皮甘蔗高一些，所以血糖高的人最好少吃青皮甘蔗。这里必须指出的是，蔗糖主要就来自于甘蔗，这是大自然赋予的天然糖分，适量食用是对健康有益的。比如，蔗糖有利于氨基酸的活力与蛋白质的合成。蔗糖分解出的葡萄糖作为能源物质对脑组织和肺组织都是十分重要的。糖是构成肌体的重要物质，如糖蛋白是体内的激素、酶、抗体等的组成部分，糖脂是细胞膜和神经组织的成分，核糖和脱氧核糖是核酸的重要成分。

**蔗糖 PK：直接吃甘蔗才叫脾之果**

有读者可能会问，既然都是蔗糖，直接吃甘蔗与吃甘蔗制成的糖有什么区别呢？到底哪种更健康呢？我们来看《本草纲目》中的这段话："蔗，脾之果也，其浆甘寒，能泻火热……煎炼成糖，则甘温而助湿热，所谓积温成热也。"这句话点评了直接吃甘蔗获取的蔗糖与甘蔗经过加工获得的蔗糖的优劣。直接吃能泻火，被称为脾之果。甘蔗经过煎炼制作成的蔗糖有"助湿热"的弊端，则湿热体质的人不适合多吃。

南京市中西医结合医院治未病中心夏公旭副主任中医师介绍，对于甘蔗"脾之果"的说法，另一些中医古籍也有佐证。比如清代名医叶天士所著的《本草再新》中记载甘蔗能"和中清火，平肝健脾"。清代中医食疗家王士雄在其所著的《随息居饮食谱》中记载甘蔗能"利咽喉，强筋骨，息风，养血，大补脾阴"。

**食疗功效 PK：青皮甘蔗功力更强**

如今有很多景点的商铺叫卖甘蔗汁的，但是大都是紫皮甘蔗。如果是青皮甘蔗的话，那可是一杯良药呢。这杯良药是治什么的呢？治疗痘疹急症！《本草纲目拾遗》中记载："凡痘疹不出，及闷痘不发，毒盛胀满者，此痘属急症，宜青皮甘蔗榨汁与食，不时频进，则痘立起，其寒散解毒之功，过于蚯蚓、白鸽，惜人不知其功用。"治疗这种病症的时候，古代医家认为青皮甘蔗比蚯蚓、白鸽这些动物药还要强！

**甘蔗为何被称为"接肠草"**

清代医家王秉衡撰写的医论著作《重庆堂随笔》中把甘蔗叫做接肠草。为何会有此称呼呢?

从象形的角度分析,大家想一想,甘蔗是不是像一节一节的肠子呢?从甘蔗的药效分析,它有“利大肠”的作用。比如著名医家陶弘景在其所著的《名医别录》中记载甘蔗“主下气,和中助脾气,利大肠”。五代时期的著名药学著作《日华子本草》中记载甘蔗能“利大小肠,下气痢,补脾,消痰,止渴,除心烦热”。明代医家缪希雍在其所著的《神农本草经疏》中记载:“(甘蔗)甘寒,除热润燥,故主下气,利大肠也。”

此外,甘蔗还有两种鲜为人知的功效:第一种是外敷治疗疮类疾患。《滇南本草》中记载甘蔗“治一切百毒诸疮,痈疽发背,捣烂敷之”。第二种是解毒。《滇南本草图说》中有“同姜汁服之,可解河豚毒”的记载。

## 9. 且将新火试新茶,诗酒趁年华

### 望江南 超然台作

宋·苏轼

春未老,风细柳斜斜。
试上超然台上看,半壕春水一城花。
烟雨暗千家。

寒食后,酒醒却咨嗟。
休对故人思故国,且将新火试新茶。
诗酒趁年华。

**【诗词大意】**

春天还没有过去,细细微风轻抚着柳枝斜斜。登上超然台远远眺望,护城河里半满的春水与城内竞相开放的花朵交相辉映。家家户户隐约在这朦胧的烟雨之中。

寒食节过后,酒醒却叹息不已,不要在老朋友面前思念故乡了,姑且点上新火来烹煮一杯刚采的新茶,趁年华尚在,作诗饮酒。

**【诗词赏析】**

宋神宗熙宁七年(1074)秋,苏轼由杭州移守密州(今山东诸城)。次年八月,他命人修葺城北旧台,并由其弟苏辙题名“超然”,取《老子》“虽有荣观,燕处超然”之义。熙宁九年暮春,苏轼登超然台,眺望春色烟雨,触动乡思,写下了此作。

这首词豪迈却又不失婉约,词的上片写登台时所见暮春时节的郊外景色。首句以春柳在春风中的姿态点明写诗时的季节。“试上”二句直说登临远眺,而“半壕春水一城花”,在句中设对,以春水、春花,将眼前图景铺排开来。然后,以“烟雨暗千家”作结,居高临下,说烟雨笼罩着千家万户。于是,满城风光,尽收眼底。

下片写情,其实乃因上片触景生情。“寒食后”,进一步点明登临的时间。寒食,在清明前二日,相传为纪念介子推,从这一天起,禁火三天。寒食过后,重新点火,称为“新火”。此处点明“寒食后”,有两种含义:一是寒食过后,可以另起“新火”,二是寒食过后,正是清明节,应当返乡扫墓,但是,此时却欲归而归不得,寄寓了作者对故乡、故人不绝如缕的思念之情。

“休对故人思故国,且将新火试新茶”,实际上是作者借煮茶来自我排遣对故乡的思念之情,既隐含着词人难以解脱的苦闷,又表达出词人解脱苦闷的自我心理调适。“诗酒趁年华”,进一步突出不要辜负青春时光,与开头“春未老”相呼应,写异乡之景与抒思乡之情结合得非常巧妙。

**【养生解读】**

在很多诗词中,茶都是文人墨客传情达意的标志性元素,苏轼的这首词也不例外,而且茶贯穿了一年四季的悲欢离合,其中,有的节气与茶还有不解之缘,比如,这首词中的茶就是清明前后的清明茶。而谷雨节气是春季的最后一个节气,这个节气内采摘的茶叶叫谷雨茶,自古以来被很多研究茶叶的专家学者认为是最好的!适量饮用谷雨茶有养生保健功效,喝剩下的茶叶水也有防病的作用,您如果感兴趣的话,一起来了解一下吧!

**谷雨前后　其时适中**

明代著名品茶专家许次纾在其所著的《茶疏》中谈到采茶时节时说:“清明太早,立夏太迟,谷雨前后,其时适中。”谷雨节气期间,正值谷雨茶上市的时候,虽然价格稍高，但是由于此时的茶口感最好、最养人，因此还是吸引了不少爱茶之人。福建茶客在谷雨节气便有喝谷雨茶的习惯。谷雨茶是谷雨时节采制的春茶，又叫二春茶。春季温度适中，雨量充沛，这个时候茶树的芽叶肥硕、色泽翠绿、叶质柔软，富含多种维生素和氨基酸，使得这个时候的茶叶喝起来滋味鲜活、香气宜人。谷雨茶除了嫩芽外，还有一芽一嫩叶的或一芽两嫩叶的，一芽一嫩叶的茶叶泡在水里像展开旌旗的古代的枪，被称为旗枪；一芽两嫩叶则像雀类的舌头，被称为雀舌，为一年之中的佳品。那么，谷雨时节喝谷雨茶到底有什么养生保健功效呢？

**护肤防过敏**

古时有“走谷雨”的风俗，谷雨这天青年妇女或者走村串亲，或者到野外走走，意与自然相融合，强身健体。但是对于过敏体质的人而言，谷雨前后花粉、柳絮和梧桐毛毛较多，又需要防皮肤过敏等。谷雨茶比较珍贵，喝剩下的茶叶水倒掉是不是很可惜呢？大家不妨用喝剩下的茶叶水洗把脸，不但能减少皮肤病的发生，而且可以使脸部皮肤光泽、滑润、柔软。用纱布蘸茶水敷在眼部黑圈处，每日 1～2 次，每次 20～30 分钟，有助于消除黑眼圈。因茶叶中含有茶多酚，有抗氧化作用，故可防止肌肤衰老。茶叶还能抗辐射，尤其适合长期用电脑的女性，可抑制皮肤色素沉着，减少过敏反应的发生。此外，茶叶中的鞣酸可以缓解皮肤干燥。

**利尿祛体湿**

南京市中西医结合医院风湿病专科张永文副主任中医师介绍说，谷雨后空气中的湿度逐渐加大，潮湿的环境容易让湿邪侵入人体，造成胃口不佳、身体困重不爽、头重如裹、关节肌肉酸重等症状，各类关节疾病患者，如风湿性关节炎患者，更应引起足够重视。从中医角度来说，利尿是祛湿的好方法之一，而谷雨茶就有较好的利尿功效，所以谷雨时节如果连续遇到阴雨的天气，不妨喝些谷雨茶来保健养生。

**冷茶有寒滞、聚痰等副作用　五个时间最好少喝茶**

这里需要提醒大家的是，谷雨茶虽好，饮用也必须适量，切忌贪多贪浓。正常人，特别是中老年人，以每天 4～5 杯为宜。茶水以淡为好。喜欢喝浓茶的人，每天以喝1～2杯中等浓茶为佳。饮茶过多，体内水分过多会增加心、肾负担。浓茶会使大脑过分兴奋，心跳加快，导致尿频、失眠等。泡茶以沸水冲泡为宜。温水泡茶浸出的有益化学成分不如沸水泡茶充分，但饮用时，以温茶为宜，不宜喝过热烫嘴的茶，否则会对咽喉、食道和胃造成强刺激，可能引起这些器官的黏膜病变。也不宜喝冷茶和冲泡过久茶，因为冷茶对身体有寒滞、聚痰等副作用；冲泡太长时间或是过夜的茶有效成分会大为降低，茶水中的有害微生物会增多。

南京市中西医结合医院治未病中心夏公旭副主任中医师提醒，4个时间段最好少喝茶：① 空腹时忌喝茶，否则会因为绿茶的寒性伤害脾胃，容易“茶醉”。② 饭前、饭后不宜立即饮茶，因为饭前饮茶会冲淡胃酸，使饮食无味，还会影响消化器官的吸收功能；饭后立即饮茶，茶中的鞣酸会与食物中的蛋白质、铁等发生凝固作用，影响对蛋白质、铁元素的吸收。③ 不宜用茶水服药，因为茶中的鞣酸会与许多药物结合，产生沉淀，影响药效。④ 酒后喝茶无助于解酒，只会伤肾、损心。

## 10. 岂无青精饭，使我颜色好

### 赠李白·二年客东都

唐·杜甫

二年客东都，所历厌机巧。
野人对膻腥，蔬食常不饱。
岂无青精饭，使我颜色好。
苦乏大药资，山林迹如扫。
李侯金闺彦，脱身事幽讨。
亦有梁宋游，方期拾瑶草。

**【诗词大意】**

旅居东都洛阳的两年中，我所经历的那些玩弄心机的事情，最使人讨厌。我是个居住在郊野间的人，但对于发了臭的牛羊肉，也是不吃的，即使常常连粗食都吃不饱。难道我就不能吃青精饭，使脸色变得更好一些吗？我感到最困难的是缺乏炼金丹的药物原料，这深山老林之中，好像用扫帚扫过了一样，连这些药物的痕迹都没有了。您这个朝廷里才德杰出的人，脱身金马门，独去寻讨幽隐。我也要离开东都，到梁宋去游览，希望与你相约一起去采拾仙草。

**【诗词赏析】**

《赠李白》是唐代著名诗人、有诗圣之称的杜甫写给有诗仙美誉的李白的诗，一共有两首。其一为五言古诗，在这首诗中作者表达了对都市生活的厌恶和对隐居山林的羡慕之情；其二为七言绝句，在这首诗中作者自叹失意漫游，怜惜李白兴致豪迈却怀才不遇。

这首五言古诗《赠李白》为杜甫公元744年（天宝三年）所作，是杜甫赠李白最早的一首诗。杜甫那时在洛阳，李白这一年先受诏供奉翰林，随后被宦官高力士诬陷，皇帝赐金放还。李白离开皇宫后去了洛阳，遇到了杜甫，二人相谈甚欢，临别之时有了这首诗。

此赠诗有自叙，表达厌都市而羡山林之情。后面两句则表达自己欲效仿李白归隐山林之志。李白曾托鹦鹉作赋曰："落羽辞金殿，是脱身也。"是年，李白从高天师授箓，同时事华盖君，隐居王屋山艮岑，因此说"脱身事幽讨"。

**【养生解读】**

到了农历四月初八，江浙一带的"乌饭季"也就要来了。乌饭就是上面这首诗里提到的"青精饭"。去过江苏和浙江旅游的网友可能在一些著名景区尤其是水乡品尝过这种美食，但是你知道这种美食是怎么做出来的吗？为何要在四月初八吃这种饭呢？这种乌黑的饭又有什么养生功效呢？

**为何四月初八开始就到了乌饭季?**

农历四月初八是浴佛节，在这一天江浙等地流传着一个传统——吃乌米饭。据说，这是因为乌米饭的方言发音与"阿弥饭"相近。明朝医家李时珍在其所著的《本草纲目》中曾介绍乌米饭："乃仙家服食之法，而今之释家多于四月八日造之，以供佛耳。"

还有一种说法源于牛的生日。天宫的仙牛偷偷地在四月初八下凡为百姓犁田，玉帝十分生气，就罚仙牛永留人间。百姓为了感谢仙牛，就将它下凡那天定为牛的生日，煮乌饭给牛吃让其健身壮体，并让牛休息一天。

**乌米饭养生古已有之　染料是种绿色的树叶**

人称“山中宰相”的南朝梁代药物学家陶弘景，在他所著的道家著作《登真隐诀》一书中就介绍了这种饭的做法，但叫做“青精饭”，是“用南烛草木叶，杂茎皮煮，取汁浸米蒸之”。也就是说，乌米饭即青精饭的染料是一种叫做南烛的中药，这种中药外表不是黑色的，而是绿色的，其果实跟蓝莓外形很像，如果没有经验不容易辨认。

到了唐代，很多文人墨客都把乌米饭看作养生的佳品，比如前文诗圣杜甫所咏诗句。

唐代中医药专家陈藏器在《本草拾遗》中记载这种饭的制法更为详细：“取(南烛)茎叶捣碎，渍汁浸粳米，九浸九蒸九曝，米粒紧小，黑如璧珠，袋盛可以适远方也。”

到了宋代，基本把这种饭的称谓统一了。宋代的《山家清供》中记载：“南烛木，今名黑饭草，又名旱莲草，即青精也。”

**南烛叶有强筋益气力等七大食疗养生功效**

南烛叶为杜鹃花科植物乌饭树的叶，一般8～9月采收，拣净小枝及杂质，晒干，然后贮藏于干燥处。这种植物多分部在江苏、浙江等地，所以，吃乌饭这种习俗也在江浙一带更为普遍。

唐代药学著作《本草拾遗》中记载南烛叶有“止泄除睡，强筋益气力”的功效，所以对气虚型的嗜睡人群是比较好的药材。

南京市中西医结合医院老年病科主任卢岱魏介绍说，肠胃虚弱的人也可以吃一些乌米饭，五代时期的本草书《日华子本草》中记载南烛叶能“益肠胃。捣汁浸蒸，晒干服”。此外，明代药学著作《本草汇言》中记载其能“益气添精，凉血养筋”。

还有种吃乌饭有利于让白发变黑的养生传说，这种说法有无道理呢？明代药学著作《神农本草经疏》中对此是这么解释的：“发者，血之余也，颜色者，血之华也，血热则鬓发早白而颜枯槁；脾弱则困倦嗜卧而气力不长；肾虚则筋骨软弱而行步不前。入心凉血，入脾益气，入肾添精，其云轻身长年，令人不饥者，非虚语矣。凡变白之药，多是气味苦寒，有妨脾胃，惟南烛气味和平，兼能益脾。”这段话简单地理解就是血热、脾弱、肾虚都会导致须发早白，南烛叶却可以“入心凉血，入脾益气，入肾添精”，因此有助于让须发变得乌黑发亮，即这种说法是有一定的中医理论依据的。

## 11. 百啭无人能解，因风飞过蔷薇

### 清平乐

宋·黄庭坚

春归何处？寂寞无行路。

若有人知春去处，唤取归来同住。

春无踪迹谁知？除非问取黄鹂。

百啭无人能解，因风飞过蔷薇。

**【诗词大意】**

春天回到了哪里？找不到它的踪迹，如此寂静孤单。若是有人知道春天归于何处，请将它唤回与我同住。可是春天去得无影无踪谁人又会知晓它的踪迹呢？除非问一问黄鹂。但是，它的叫声婉转多样，无人能够理解，因此只能默默看着它随着轻风飞过蔷薇去了。

**【诗词赏析】**

黄庭坚为苏门四学士之一，是江西诗派的开山祖师，生前与苏轼齐名，世称“苏黄”。《宋词通论》中对这首词的评价很高：“通体无一句不俏丽，而结句‘百啭无人能解，因风飞过蔷薇’，不独妙语如环，而意境尤觉清逸，不着色相。为山谷词中最上上之作，即在两宋一切作家中，亦找不着此等隽美的作品。”

这是一首惜春词，上片惜春在不知不觉中过去；下片惜春之无踪影可以追寻。用笔委婉曲折，层层加深惜春之情。直至最后，仍言虽尽而意未尽。作者采用拟人的手法，构思巧妙，设想新奇，创造出优美的意境。

上片开首两句以疑问句，对春的归去提出疑问：春天回到哪里去了，为什么连个踪影也没有？“若有人知春去处，唤取归来同住？”两句是一种设想，用曲笔来渲染惜春的程度，使词情跌宕起伏，变化多端。

下片头两句，把思路引到物象上，“春无踪迹谁知？除非问取黄鹂”。既然无人能知道春天的去处，看来只好去问黄鹂了，因为黄鹂是在春去夏来时出现。这种想象极为奇特，很有情趣。后两句“百啭无人能解，因风飞过蔷薇”则回到现实中来。春之踪迹，终于无法找寻，而词人心头的寂寞也就更加重了。

全词构思新颖委婉，笔情跳脱，风格清奇，不但有峰回路转之妙，还有超逸绝尘之感。

**【养生解读】**

人间四月天的收尾之时正是蔷薇初绽的美丽时节。蔷薇花在中国已有悠久栽培历史，早在明代介绍栽培植物的著作《二如亭群芳谱》中已经有她的倩影。

蔷薇在中国代表爱情，可谓是“东方玫瑰”，我们在很多古装影视剧的镜头里都会看到，比如用蔷薇作花篮，烘托喜气洋洋的气氛。即便是如今的婚庆，很多新娘手上拿的花束也是用蔷薇组合而成的。青年男女互赠红色蔷薇花，一般寓意初恋之情。若是婚姻嫁娶，赠送红色或粉红色蔷薇花表示祝福新人婚姻美满、幸福吉祥。节日里如果互赠色彩鲜艳的蔷薇，则主要表达节日的祝福。

世界上很多国家将蔷薇花作为真、善、美的象征。比如在法国，红色蔷薇表示“我疯狂地爱上了你”；白色蔷薇表示爱情悄悄地萌发。

蔷薇花作为爱情的象征源自一个古代的凄美爱情传说。相传很久以前，在浙江天目山下，住着一户人家，姑娘名叫蔷薇，父亲早年去世，她和母亲相依为命，艰难度日。邻居青年阿康，为人善良，更乐于助人，常帮助蔷薇砍柴、挑水。日久天长，两人互相爱慕，私订了终身。有一年，皇帝下旨，选美女进宫，蔷薇被选中。她得知这个消息后当即昏厥。但是官吏依然逼迫，要带人进京。因为母亲苦苦哀求，才答应推迟两天。好心的乡亲们暗中告诉蔷薇，躲进深山，如官府要人，就说患急病死了。谁知此事走漏了风声，被贪财的人向官府告密。县官上奏朝廷，皇上大怒，下令追捕。阿康和蔷薇双双逃往深山，但追兵越来越近，为了不牵累阿康，蔷薇毅然跳下了万丈山崖。阿康悲痛万分，亦随着跳下。二人死后合葬于天目山下，终于可以长相厮守。不久，那座新坟上长出一朵美丽的花，花茎上长着许多刺。人们都说这花是蔷薇姑娘所变，花刺乃阿康为保护蔷薇而生，故取名“蔷薇”。

这段凄凉的爱情故事似乎也印证了蔷薇花的中医性味——甘凉。蔷薇花作为中药材还有很多别名，比如在《本草纲目》中说其一称为刺花，在《药材资料汇编》中叫做白残花,在《江苏植药志》中叫做柴米米花。若留作药用,一般于5～6月花盛开时,择晴天采收,晒干。

蔷薇花可谓一身都有药效。

**蔷薇花:祛瘀生肌　芳香健胃**

有伤口的患者,用干蔷薇花有助于祛瘀生肌,比如清代名医汪绂所著的《医林纂要》中记载蔷薇:"干之可罨金疮,去瘀生肌。"

忧郁致病的女性患者也可以用蔷薇花治病,比如清代另一位名医赵学敏在其《本草纲目拾遗》中记载蔷薇花可以"治疟……妇人郁结吐血"。《现代实用中药》中记载蔷薇花"芳香健胃"的作用。《上海常用中草药》中记载蔷薇可以"清暑热,顺气和胃,解渴,止血"。但是需要注意的是,《本草纲目拾遗》中提示体质虚弱的人不适合服用蔷薇花,因为"香烈大耗真气,虚人忌服之"。

**蔷薇枝:外治秃发**

蔷薇枝即蔷薇的茎,一般多用于外治而不是内服,如《本草纲目拾遗》中记载了一个治疗妇人秃发的方子:"妇人秃发,用蔷薇嫩枝同猴姜煎汁刷之。"

**蔷薇根:通血经　除风热湿热**

蔷薇根性味苦涩凉,约成书于魏晋时期的《名医别录》中记载蔷薇的根入药可以"止泄利腹痛,五藏客热,除邪逆气,疽癞,诸恶疮、金疮、伤挞,生肉复肌"。成书于五代时期的《日华子本草》中则记载蔷薇根有"治热毒风,痈疽恶癌,牙齿痛,涪邪气,通血经,止赤白痢,肠风泻血,恶疮疥癣,小儿疳虫,肚痛"的效用。

有风热湿热症状的患者也适宜用蔷薇根入药,比如明代著名药学著作《本草纲目》中记载蔷薇根能"除风热湿热,缩小便,止消渴"。《本草纲目拾遗》中记载了蔷薇根用酒煎服之后的另一种功效"治肺痈吐脓痰"。《浙江民间草药》中记载蔷薇根能"活血调经,清下焦湿热"。

## 12. 黄栗留鸣桑葚美，紫樱桃熟麦风凉

### 再至汝阴

宋·欧阳修

黄栗留鸣桑葚美，紫樱桃熟麦风凉。
朱轮昔愧无遗爱，白首重来似故乡。

**【诗词大意】**

黄鹂啼鸣桑葚美，紫色的樱桃熟了，轻风吹起麦浪，微微凉。我很惭愧在我的任期没有给予乡亲们更多的关爱，但是等我白发苍苍年老的时候重新来这里，依然会感觉像我的故乡一样！

**【诗词赏析】**

汝阴在今安徽阜阳，宋时在颍州的治下，欧阳修曾长期在颍州担任太守。作者当时写了相对独立的三首绝句，后世统称“再至汝阴三绝”，这是第一首。

黄栗即黄鹂。《燕京岁时记·黄鹂》中记载：“黄鹂既鸣，则桑椹垂熟，正合今京师节候。”说明一般黄鹂啼鸣的时候也是桑葚成熟的时候。“朱轮”指官员乘坐的车，这里代指欧阳修自己。遗爱是给予关爱，诗人说很惭愧在任的时候没有给予百姓们更多的关爱，这里是有自我反省和自谦的意味在里面。

作者前两句写景，表达了作者对汝阴这个地方的喜爱。第三句自谦更显对这里百姓的热爱之情。最后一句把这种感情继续升华，让异乡有了故乡的情愫，字里行间透露着浓浓深情！

**【养生解读】**

桑葚又作桑椹，是桑树的成熟果实，又名桑椹子、桑蔗、桑枣、桑果、桑泡儿、乌椹等。桑葚与樱桃成熟的季节差不多，所以诗人会把两种水果放到一起写，也因此可以推测诗人写这首诗的时候大致在春末夏初的早上。

**桑葚传递了中华传统文化精髓中的孝与信**

相比于樱桃，桑葚在中国古代文学中的历史更为悠久。我国现存最早的诗歌总集《诗经·卫风·氓》中有“桑之未落，其叶沃若。于嗟鸠兮，无食桑葚”的诗句，这是我国文学史上最早出现的含有桑葚的诗句。

桑葚不但是一种养生美食，也是一种文化符号，传递了中华传统文化精髓中的孝与信。

“拾葚异器”是古代“二十四孝”故事之一，说的是汉代有一位少年名叫蔡顺，他少年丧父，与母亲相依为命，当时正值王莽之乱，又遇饥荒，粮食昂贵，母子只得拾桑椹充饥。蔡顺拾桑椹时，总是把红色的桑椹和黑色的桑椹分别装在两个不同的篓子里。一日，当他这样做时，被赤眉军遇见，问道：“你为什么把两种不同颜色的桑葚，分别装在不同的篓子里？”蔡顺答道：“黑色的桑椹供老母食用，红色的桑椹留给自己吃。”吃过桑椹的人都懂得，成熟的桑椹是由绿慢慢变红，最后变为紫黑色，颜色越暗，味道越甜；颜色亮的、红的则较酸。因此，赤眉军听后立即觉得蔡顺是个大孝子，怜悯他的孝心，送给他二斗大米、牛蹄一只，供奉母亲，以示敬意。当今，从小学到大学的课本很少见到关于孝的内容，四十岁以下的公民知道我国传统的二十四孝故事的已是微乎其微了！

《隋书·循吏传》记载了这样一个关于诚信的故事：隋代有个人叫赵轨，从小好学，行为非常检点。邻家有棵大桑树，桑葚成熟后落在他家的地上，他便要人将落下的桑葚拾起，送还邻家，并告诫儿子说：“我并不是以此来求上好名声，而是不属于我们的东西我们不能要，你们应以为戒”！

**利五脏尤滋肝肾　通血气兼清虚火**

春末夏初的4～6月是桑椹成熟期，一般在其呈红紫色时采收，晒干或略蒸后晒干。以个大、肉厚、紫红色、糖性大者为佳。桑葚的主产地位于江苏、浙江、湖南、四川、河北等。中药炮制的桑葚需要用水洗净，拣去杂质，摘除长柄，晒干。

中医认为桑葚性味甘寒。比如《唐本草》中记载其“味甘寒，无毒”。《本草衍义》中称其性“微凉”。《滇南本草》中记载其性“味甘酸”。

从归经上来分析，桑葚主要入肝、肾经，这在《本草从新》《本草撮要》等中药古籍中都有明确记载。一些古籍中也记载了它对肝肾的补益功效。比如《滇南本草》中记载桑葚能“益肾脏而固精，久服黑发明目”。《随息居饮食谱》中记载桑葚可以"滋肝肾，充血液……祛风湿……健步履，息虚风，靖虚火"。

这里需要指出的是，桑葚性寒，主要是滋阴，而不是壮阳，想靠吃桑葚来壮阳补肾是不可取的，尤其是对于阳虚体质的人更是不合适。那么，为何《本草拾遗》中说桑葚可以"利五脏关节"呢？《本草经疏》里作了详细的解释："五脏皆属阴，益阴故利五脏。阴不足则关节之血气不通，血生津满，阴气长盛，则不饥而血气自通矣。"

桑葚对于瘰疬（颈部淋巴结结核）等患者也是不错的食物，比如清朝中医药著作《玉楸药解》中记载桑葚可以"治……癃淋，瘰疬，秃疮"。

**不同用法功效不同　脾胃虚寒泄泻者不宜服用**

如何用桑葚直接决定了它能发挥什么样的效果。最常见的方法是直接吃，这对于上面提到的阴虚火旺证型的糖尿病患者是比较合适的，因为《唐本草》中记载桑葚"单食，主消渴"。如何能"利五脏关节"呢？《本草拾遗》中记载"捣末，蜜和为丸"。把桑葚捣汁或者酿酒其功效也不相同，《本草纲目》中记载桑葚："捣汁饮，解中酒毒，酿酒服，利水气，消肿。"

需要注意的是，脾胃虚寒泄泻者不宜服用桑葚，因为桑葚性寒，明代药学著作《神农本草经疏》里已经明确提示："脾胃虚寒作泄者勿服。"

## 13. 香篆吐云生暖热，从教窗外雨漫漫

### 芒种后积雨骤冷三绝（其二）

宋·范成大

梅黄时节怯衣单，五月江吴麦秀寒。
香篆吐云生暖热，从教窗外雨漫漫。

**【诗词大意】**

黄梅时节，衣着单薄又担心受凉，五月江南吴地的麦子秀发而未实，透露着丝丝寒意。香篆吐着香粉燃起的云雾，生发出阵阵暖热，任凭窗外长时间的下着绵绵细雨。

**【诗词赏析】**

范成大，平江府吴县（今江苏苏州）人。南宋名臣、文学家、诗人。范成大素有文名，尤工于诗。他从江西派入手，后学习中、晚唐诗，继承白居易、王建、张籍等诗人新乐府的现实主义精神，终于自成一家。风格平易浅显、清新妩媚。诗题材广泛，以反映农村社会生活内容的作品成就最高。与杨万里、陆游、尤袤合称南宋“中兴四大诗人”。

这首诗是范成大所写的《芒种后积雨骤冷三绝》中的一首。绝句，一般四句一首，短小精粹，是唐朝流行起来的一种中国诗歌体裁，属于近体诗的一种形式。三绝的意思是三首绝句。

从这首诗中我们可以感受出诗人对于农村社会生活内容的细节描写非常生动。比如芒种节气会迎来的黄梅时节在很多人的印象中应该是闷热的，但是身居过江南乡下的人就能体会到诗人这种“怯衣单”与“麦秀寒”的意境。香篆是一种专门用来燃点香粉的模具，古人焚香一来可以驱蚊虫，二来可以宁心静气，湿热烦闷的黄梅天里，焚香静心，隔窗听雨，何尝不是一种难得的心境！

**【养生解读】**

今年（2019）的6月6日是芒种节气，与世界爱眼日是同一天。养生专家指出，这两个节日都与大家的健康息息相关，在运动健身方面如果能较好地运用以下三种健身方法，对大家在芒种时节的健康大有裨益。

**扩胸拉筋　锻炼腰背防抑郁**

芒种节气里，降雨虽可能增加，但气温仍稍高，这样的阴雨高温天气容易让很多繁忙的上班族牢骚不断、抑郁，出现“话痨”。我们通常认为，抑郁就是孤僻、不爱说话。而实际上，过分爱说话的人往往也是由于内心焦虑，需要通过不断说话来释放，一旦别人不接受或暂时失去发泄对象，他们的压力就会积攒起来，给自己造成伤害。

在心情不好的时候，运动疗法往往很有效果，比如做做扩胸运动就很不错。该运动可非常准确地锻炼人体腰背部的肌肉力量和耐力，并可有效拉伸腰背部筋脉，改善腰背部肌肉和覆盖肌肉之上结缔组织的生理活性，使人感觉“如释重负”。从中医学的角度看，腰背部的穴位非常多，而扩胸运动可直接刺激这些穴位，有助于通利筋脉，进而达到防治抑郁的效果。但是需要注意每次进行该运动时前 5 分钟速度要由慢到快，这样可保证腰背部充分活动，而不会受伤。每次锻炼的力度以小、中、大的顺序为宜。

**按摩丰隆　健脾胃祛痰湿**

芒种节气的黄梅时节，空气中的湿度增加，夏季繁忙的劳作让人体内的汗液无法通畅地发散出来，所以容易让人感到四肢困倦，萎靡不振，还容易导致痰湿内聚，影响大家的学习和工作效率。

中医讲的痰湿，通俗地讲是体内代谢废物堆积。芒种节气后，很多读者喜欢在晚上吃大排档，常吃辣的、甜的，“肥甘厚腻”会困住脾胃，湿排不出去，进而出现痰湿体质的特征，如偏肥胖、食量大、容易疲倦、面色发白、舌苔白腻、不爱喝水、大便不成形等等。

如何健脾胃祛痰湿呢？大家不妨试试按摩丰隆穴。丰隆穴乃足阳明胃经的络穴，经常按摩此穴有健脾胃祛痰湿的作用。从腿的外侧找到膝眼和外踝这两个点，连成一条线，然后取这条线的中点，接下来找到腿上的胫骨，胫骨前缘外侧 1.5 寸，大约是两指的宽度，和刚才那个中点平齐，这个地方就是丰隆穴，每天按压 1～3 分钟。

丰隆穴的穴肉厚而硬，点揉时要用按摩棒，或用手指重按才行。找穴要耐心些，可在经穴四周上下左右点按试探，取最敏感的点。当有痰吐不出的时候，丰隆穴会变得比平时敏感许多。

**远近看树　缓解眼部疲劳**

芒种节气期间除了相对频繁的阴雨天，也少不了高温艳阳天气，出门戴太阳镜成为不少时尚养生达人的选择。但是人们戴上太阳镜后，看东西的感觉会与不戴有所不同。首先是对比度的不同，戴上太阳镜之后大多数人都会觉得看东西不如不戴前清楚，因此为了能看清楚事物眼睛会更加努力。有色的太阳镜都会让眼睛处于相对较暗的环境里，这时候人的瞳孔就会散大，如果长时间戴太阳镜，眼睛会疲劳。

眼疲劳是一种眼科常见病，它所引起的眼干、眼涩、眼酸胀、视物模糊甚至视力下降直接影响着人们的工作与生活。要缓解眼疲劳大家不妨试试“看树运动”，具体怎么做呢？比如你站在某处，找一棵远点的树和一棵近一点的树，然后察看近处的树一会儿，再看远处的树一下。这样有利于调节眼部肌肉，改善结状肌痉挛现象，尤其适合放松眼睛，缓解视疲劳，对于预防和治疗假性近视也有积极作用。

## 14. 大叶耸长耳，一梢堪满盘

### 枇杷

宋·杨万里

大叶耸长耳，一梢堪满盘。
荔支分与核，金橘却无酸。
雨压低枝重，浆流水齿寒。
长卿今尚在，莫遣作园官。

**【诗词大意】**

大大的叶子好似耸立的长长的耳朵，一个树梢结出的果实几乎都能装满一个盘子。它的果核像荔枝核一样，外形像金橘但是却没有金橘那么酸。下雨的时候，枝叶好像被雨增加了重量压得更低了，吃到嘴里的果浆如水一般散开在齿间有些许寒凉。长卿如今尚在，不要遣去做了管理园囿的官吏。

**【诗词赏析】**

杨万里（1127—1206），字廷秀，号诚斋。江西吉州人（今江西省吉水县）。南宋著名诗人。历任国子博士、太常博士、提举广东常平茶盐公事、广东提点刑狱、吏部员外郎等。反对以铁钱行于江南诸郡，改知赣州，不赴，辞官归家，闲居乡里。在中国文学史上，与陆游、范成大、尤袤并称“南宋四家”“中兴四大诗人”。他的诗歌有4200余首，产量颇丰。

这首诗的前三句都是写景，形象地刻画出枇杷的形态与口感。最后一句写的是诗人的感慨，其中的长卿指的是汉代著名文学家司马相如，其原名司马长卿，因仰慕战国时的名相蔺相如而改名。相如少年时代喜欢读书练剑，二十多岁时做了汉景帝的武骑常侍，但这些并非其所好，因而有不遇知音之叹。后来经蜀人杨得意引荐，方能入朝见汉武帝，最终被赏识提拔重用。园官是管理园囿的官吏。

**【养生解读】**

唐代文学家柳宗元说“寒初荣橘柚，夏首荐枇杷”。枇杷，因其叶形似琵琶而得名，它与樱桃、梅子被称为“初夏三友”。

您别瞧枇杷它个头不大，但是浑身都是宝，有人说五月枇杷满树金，这“金”不仅是指其充满丰收喜悦的金黄色，更是指其价值黄金的食疗作用。

枇杷果皮为淡黄或橙黄色，因此有“黄金果”之称。它的胡萝卜素的含量在各类水果中位居第三，胡萝卜素在体内可转化为维生素A，因此，多摄入胡萝卜素可保护视力、养护眼睛。枇杷另含有丰富的糖、维生素B、维生素C以及脂肪、蛋白质、钠、钾、铁、磷等对人体新陈代谢有益的物质，为极具养生功效的春季水果。

**枇杷独备四时之气　果实和叶子都是中药**

如果你细心留意就会发现，枇杷与很多果树不同，它不是在夏季也不是在春季开花，而是在秋天或初冬开花，果子也不是在秋季成熟，是在春天至初夏成熟，所有自古便有“果木中独备四时之气者”的美誉。

枇杷主要的食疗作用是辅助治疗肺热咳喘、吐逆、烦渴等疾患。枇杷果能清肺、生津与止渴。《滇南本草》记载其能“治肺痿痨伤吐血，咳嗽吐痰，哮吼。又治小儿惊风发热”。枇杷中丰富的维生素B对保护视力，保持皮肤健康润泽，促进儿童的身体发育都有着十分重要的作用。

枇杷花茶具有润喉、润肺、化痰止咳、清火解热，以及治头痛、伤风、鼻流清涕等功能。枇杷花制作的蜜属稀有蜜种，这主要是因为枇杷花期短而且蜜少。枇杷花蜜营养丰富、芳香甜美，具有清肺和胃、降气化痰，治疗因风热燥火、劳伤虚损而引起的咳嗽、呕呃、饮食不下、利尿降水等功效。

枇杷核味苦、性平，入肺、胃经，经过专业处理，有生津止渴、祛痰止咳、和胃降逆的功效。

枇杷叶也是宝贝，《本草新编》里记载“枇杷叶，味苦，气平，无毒。入肺经，止咳嗽，下气，除呕哕不已，亦解口渴。用时去毛，但只用之以止阴虚之咳嗽，他嗽不可用也”。

但是,与其他有食疗作用的果实一样,枇杷也不能多吃,比如《随息居饮食谱》中就有言:多食助湿生痰,脾虚滑泄者忌之。

**止咳枇杷膏原料不是果实是叶子**

有过咳嗽经历的读者朋友可能都吃过枇杷止咳糖浆或者川贝枇杷膏,这些含有枇杷的止咳中成药被不少网友视为止咳化痰的“必备良药”。每年,金黄的枇杷上市高峰之时,微博和微信朋友圈里不少网友晒出自制枇杷膏的步骤和照片,引得不少网友效仿,以防不时之需。但是中医专家看后却觉得这与真正的枇杷膏原料有些不一样,止咳效果未必好,这是为什么呢?

很多人都认为枇杷膏就是用枇杷做的,这是典型的望文生义。实际上真正有止咳作用的枇杷膏的主要原料不是枇杷的果实而是枇杷的树叶!这是很多网友服用了自制品之后效果不佳的原因之一!在中医历代的古方中,枇杷的果肉是很少入药的。那为什么医生开的枇杷膏是甜的呢?那也不是枇杷的果肉的甜,而是加了蜂蜜或者其他有甜味的中药炮制造成的。为什么说枇杷叶的止咳功效比枇杷果实好呢?因为就功效而言,枇杷叶偏于止咳,枇杷果偏于润肺止烦渴,而且枇杷叶还有化痰的功效,“止咳化痰”常是连在一起说的,很多读者朋友咳嗽的直接原因也是因为呼吸道有痰液不容易排出。需要指出的是,真正的止咳枇杷膏中的枇杷叶的炮制是比较复杂的,需要刷去枇杷叶的绒毛,用水洗净,稍润,切丝,晒干。蜜炙枇杷叶需要取枇杷叶丝,加炼熟的蜂蜜和适量开水,拌匀,稍闷一会儿,置锅内用文火炒至不黏手为度,取出,放凉。由于做工考究,不建议读者朋友自己在家尝试。

枇杷膏要对症服用才有效果。而且网传的自制枇杷膏加入了太多的白糖或者冰糖,吃多了不利于健康,尤其是血糖高的读者朋友更不宜服用。

中医认为咳嗽有寒热之分。枇杷膏和枇杷一样,性味偏凉,对于咽喉肿痛、痰黄黏稠、有痰咳不出来的热性咳嗽,如风热咳嗽、燥热咳嗽、肺火咳嗽等有效;而喉咙干痒、咳嗽少痰或无痰的情况下,吃多了反而可能使症状加重。夏季吹空调引起的感冒一般为风寒性感冒,治疗主要从发散风寒的角度入手,性味偏凉的枇杷膏不适合多吃或者久服。治疗风寒性感冒的常用食疗方法是,用生姜、葱白加上红糖水,帮助发散风寒,这种方法还常用于淋雨受凉的情况。建议大家在选择止咳中成药的时候,即便是非处方药也要咨询专业的中医师,以免影响疗效。

# 15. 接天莲叶无穷碧，映日荷花别样红

## 晓出净慈寺送林子方

宋·杨万里

毕竟西湖六月中，风光不与四时同。
接天莲叶无穷碧，映日荷花别样红。

**【诗词大意】**

六月里西湖的风光景色到底和其他时节的不一样：那密密层层的荷叶铺展开去，与蓝天相连接，一片无边无际的青翠碧绿；那亭亭玉立的荷花绽蕾盛开，在阳光辉映下，显得格外的鲜艳娇红。

**【诗词赏析】**

《晓出净慈寺送林子方》是南宋诗人杨万里的组诗作品，一共二首。这两首诗通过描写六月西湖的美丽景色，曲折地表达对友人林子方的眷恋之情。其中第二首也就是上文这一首被广为传诵。

杨万里的诗以白描见长，这首诗最能体现其深厚的白描文字功底。"毕竟西湖六月中，风光不与四时同"，"毕竟"二字，突出了六月西湖风光的独特、非同一般。虽然读者还不曾从诗中领略到西湖美景，但已能从诗人赞叹的语气中感受到了。诗句似脱口而出，是大惊大喜之余最直观的感受，因而更强化了西湖之美。然后，诗人用"接天莲叶无穷碧，映日荷花别样红"这两句具体地描绘了"毕竟"不同的风景图画，连天"无穷碧"的荷叶和映日"别样红"的荷花，不仅春、秋、冬三季见不到，就是夏季也只在六月中荷花最旺盛的时期才能看到。诗人抓住了这盛夏时特有的景物，概括而又贴切。

**【养生解读】**

荷花也叫莲花，是我国的十大名花，中国最早的诗歌集《诗经》中已经有关于荷花的描述："山有扶苏，隰与荷华""彼泽之陂，有蒲有荷"。从古至今，描写荷花的诗词数不胜数，杨万里的这首诗是写荷花的著名代表作之一。自北宋著

名文学家周敦颐写出“出淤泥而不染，濯清涟而不妖”的名句后，荷花便成为“君子之花”，更加被文人墨客所喜爱。

**荷花有六种美好寓意**

和很多美丽的花一样，荷花也有自己美好的寓意，总结起来主要有以下六种。

1. 圣洁。荷花被佛教尊为神圣净洁之花，还具有“花中君子”的美誉，人们学习莲花洁身自好的高贵品质。

2. 清廉。荷花也被叫做青莲，青莲与“清廉”谐音，因此荷花也被用以喻示为官清正。

3. 吉祥。荷与“和”谐音。古代以莲花和鱼剪成图纸张贴，称为“连年有余”；民间吉祥画“和合二仙”中一人持荷，一人捧盒，以示和合。

4. 爱情。唐代著名诗人王勃在《采莲曲》中写到“牵花怜共蒂，折藕爱莲丝”，以并蒂莲和藕丝不断表示男女爱情的缠绵。

5. 美女。《诗经》中有将莲花比作美女的诗句，《国风·陈风·泽陂》中说：“彼泽之波，有蒲与荷。有美一人，伤如之何？寤寐无为，涕泗滂沱。”描写一男子久未见到倾慕的如荷花般的美女，伤心不已。不管是醒着还是睡着，眼泪如下雨般情不自禁地淌下来。

6. 友谊。中国古代民间有春天折梅赠远、秋天采莲怀人的传统，荷花象征着人与人之间的纯洁友情。

**荷花荷叶入药历史悠久　益色驻颜消湿去风功效多**

荷花、荷叶的药用历史十分悠久，荷花全株都有药用价值，是我国医药宝库中不可多得的一枝奇葩。

荷花是一种美容的药材，《日华子本草》中记载有“镇心，轻身，益色，驻颜”的功效。荷花还可以治疗一些妇科疾病，比如《滇南本草》中记载其能“治妇人血逆昏迷”。对于男性而言，荷花也是一种较好的中药，比如《日用本草》中记载其可以“涩精气”。此外，《本草再新》中还记载了荷花可以“清心凉血，解热毒，治惊痫，消湿去风，治疮疥”。

荷叶可以治疗一些产科疾病，另有解毒的作用。比如《本草拾遗》中记载荷叶“主血胀腹痛，产后胞衣不下，酒煮服之；又主食野菌毒，水煮服之”。《品汇精要》记其治“食蟹中毒”。《日华子本草》中记载荷叶能“止渴……并产后口干,心肺燥闷”。

荷叶还常用于治疗一些血症疾患,比如《日用本草》中记载其可以“治呕血、吐血”。《本草纲目》记载其能“生发元气,裨助脾胃,涩精滑,散瘀血,消水肿、痈肿,发痘疮。治吐血、咯血、衄血、下血、溺血、血淋、崩中、产后恶血、损伤败血”。

此外,荷叶还有很多功效,比如《滇南本草》中记载荷叶可以“上清头目之风热,止眩晕发晕……清痰,泄气,止呕,头闷”。《本草通玄》记载荷叶能“开胃消食,止血固精”。

**荷叶食疗　养生保健**

荷叶药食同源,很多食疗药膳中都有它的参与,这里为大家介绍两款荷叶食疗方:

荷叶茶:荷叶9克,山楂9克,陈皮9克。洗净,混合,沸水冲泡。代茶饮,连服3个月为一疗程。可理气祛湿减肥。

荷叶饭:将好大米500克洗净,放在盆里,配清水一斤、猪油100克,搅匀,放在锅内隔水蒸熟。然后取出摊开晾凉,保持松散。将虾肉、叉烧肉、瘦猪肉、烧鸭肉、冬菇等切成小丁,炒熟;鸡蛋煎熟切片,混合作馅,拌入饭中,用新鲜荷叶包裹。放入笼中用大火蒸20分钟即可。

## 16. 微雨过,小荷翻,榴花开欲然

### 阮郎归・初夏

宋・苏轼

绿槐高柳咽新蝉,薰风初入弦。
碧纱窗下水沉烟,棋声惊昼眠。
微雨过,小荷翻,榴花开欲然。
玉盆纤手弄清泉,琼珠碎却圆。

【诗词大意】

窗外绿槐阴阴，高高的柳树随风轻动，蝉鸣声戛然而止，和风将初夏的清凉吹入屋内。绿色的纱窗下，沉水香的淡淡芬芳随风飘散；惬意的昼眠，忽而被落棋之声惊醒。

雨后的小荷，随清风翻转，石榴花愈见得红丽如燃。美丽女子正在清池边用盆舀水嬉耍，清澈的泉水溅起就像晶莹的珍珠，一会儿破碎一会儿又圆。

【诗词赏析】

这首词写的是初夏时节的闺阁生活，采用从反面落笔的手法，用一幅幅无声画来展示大自然的生机。整首词淡雅清新而又富于生活情趣。

“绿槐高柳咽新蝉”，都是具有初夏特征的景物：枝叶繁茂的槐树，高大的柳树，还有浓绿深处的新蝉鸣声乍歇，好一片阴凉幽静的庭院环境。“薰风初入弦”，写出了初夏的气候特征。薰风，就是暖和的南风。这里的“薰风初入弦”，是说《南风》之歌又要开始入管弦被人歌唱，以喻南风初起。“碧纱窗下水沉烟，棋声惊昼眠”，进入室内描写，不仅具有形象之美，且有异香可闻，显得幽静闲雅。这时传来棋子著枰的响声，把正在午睡的女主人公惊醒。

下片写少女梦醒来以后，尽情地领略和享受初夏时节的自然风光。“微雨过，小荷翻，榴花开欲然”，又是另一番园池夏景。小荷初长成，小而娇嫩，一阵细雨过去，轻风把荷叶翻转；石榴花色本鲜红，经雨一洗，更是红得像火焰。这生机，这秀色，大概使这位少女陶醉了，于是出现了又一个生动的场面：“玉盆纤手弄清泉，琼珠碎却圆。”此时此刻这位少女的心情也恰如这飞珠溅玉的水花一样，喜悦、兴奋，不能自持。

在苏轼之前，写女性的闺情词，总离不开相思、孤闷、疏慵、倦怠等种种弱质愁情，苏轼这里写的闺情却不是这样。女主人公单纯、天真、无忧无虑，不害单相思，困了就睡，醒了就去贪赏风景、拨弄清泉。她热爱生活，热爱自然，愿把自己融化在大自然的美色之中。这是一种健康的女性美，与初夏的勃勃生机构成一种和谐的情调。苏轼的此种词作，无疑给词坛，尤其是给闺情词，注入了一股甜美的清泉。

【养生解读】

夏季最美的红花莫过于石榴花，它那种纯粹的红让人过目不忘，正如上面这首词中写的“榴花开欲然”，与这种高调的美不同的是它低调的药效。

**石榴花红功效多　涉及妇科五官科**

石榴花作为中药，功效有很多，无论是妇科疾病还是五官科的疾病，都能用到它，比如以下三类。

1. 治疗吐血、月经不调、红崩白带和烫火伤。这些在《分类草药性》里记载了，如对烫火伤，可将石榴花研末，用香油调涂。

2. 治疗牙齿疼痛。《福建民间草药》中记载石榴花可以治齿痛，用水煎代茶常服。

3. 治疗中耳炎。《野生药植图说》中记载石榴花能治中耳发炎，防止流脓。

**石榴皮扔掉太可惜　驱蛔虫治腹泻用得着**

石榴花开罢之后，大家会逐渐看到石榴的影子。对于很多喜欢吃石榴的读者来说，被你扔在一边的石榴皮是一种功效多多的中药！

很多人都不知道，石榴皮对于筋骨感受风邪的人来说可是一味良药，还有止痢之功！比如《药性论》中记载它：“治筋骨风，腰脚不遂，行步挛急疼痛。主涩肠，止赤白下痢。”

很多人可能都听说过蛔虫病，这种虫比较畏惧石榴皮，《本草拾遗》中已经有记载了：“主蛔虫。煎服。”

经常拉肚子的人可以试试砂糖炒石榴皮，这个方法在《滇南本草》中有记载：“治日久水泻，煨砂糖吃，治久痢脓血，大肠下血。”

对于有肛肠科和妇产科疾病的人，看似不起眼的石榴皮也能帮上忙，比如《本草纲目》中记载石榴皮可以治疗“脱肛，崩中带下”。

如何剥取石榴皮呢？这里教大家一个简单的方法：① 准备一个石榴；② 在带蒂的那一头，切掉一小块；③ 顺着白色的线条在石榴皮上划上四刀；④ 用刀尖抠掉中间的白色部分，这样很明显的四瓣就分开了；⑤ 用手轻轻打开；⑥ 取下一块，可以看到完整而整齐的石榴粒，只要轻轻一剥就可以。

**石榴打成汁不但养护心血管，还有助预防中年发福**

随着果汁机的普遍应用，石榴汁也成为居家饮品。国外近年来对石榴汁的功效有了越来越多的认知，其中许多是鲜为人知的。

石榴汁可降低心血管疾病风险。第44届美国肾脏周上，以色列 Nahariya 西加利利医院肾脏病科 Batya Kristal 博士发表报告称，血液透析患者连续食用适量石榴汁一年后，其血脂、血压以及需要服用降压药的数量等都有持续、累积性的有利影响。专家表示，食用石榴汁可降低血透患者的心血管疾病风险。

石榴汁有助预防中年发福。英国爱丁堡大学卫生科学院科学家发现，参试者每天饮用1瓶石榴汁，一个月之后，其腹部脂肪细胞更少，血压也相对更低，因而有助于降低心脏病、中风和肾病危险。

喝纯石榴汁保护大脑。英国赫德斯菲尔德大学的最新研究表明，石榴中的一种化合物（安石榴甙），可对大脑健康起到保护作用，从而为阿尔茨海默氏症和帕金森症的治疗提供了一条新途径。

**温馨提示**

石榴食用过量有风险

石榴汁含钾量高，存在钾超负荷的风险，特别是对有慢性肾病及饮食限钾的患者。此外，石榴汁摄入可能影响某些药物的代谢，使药物在血液中的浓度上升，这些都可能对患者造成影响。

## 17. 既有柔情慕高节，即宜同抱岁寒心

### 夹竹桃花

宋·曹组

晓栏红翠净交阴，风触芳葩笑不任。

既有柔情慕高节，即宜同抱岁寒心。

**【诗词大意】**

天刚亮的时候，栅栏里的夹竹桃花干净翠绿的叶子与红红的花朵交织成阴凉的地方，吹来的风触动起她华美的芳姿，让人忍不住开心微笑。既然已向往高尚的节操，就应该与岁寒三友松竹梅一样抱有一颗高洁之心。

**【诗词赏析】**

夹竹桃作为中国城市建设的一种观赏花卉历史悠久，在南宋的都城临安，就曾怒放在御街的两边。著名文学家季羡林曾专门写过散文《夹竹桃》：夹竹桃不是名贵的花，也不是最美丽的花，但是对我说来，它却是最值得留恋最值得回忆的花……客人一走进大门，扑鼻的是一阵幽香，入目的是绿蜡似的叶子和红霞或白雪似的花朵，立刻就感觉到仿佛走进自己的家门口，大有宾至如归之感了……然而，在一墙之隔的大门内，夹竹桃却在那里静悄悄地一声不响，一朵花败了，又开出一朵；一嘟噜花黄了，又长出一嘟噜。在和煦的春风里，在盛夏的暴雨里，在深秋的清冷里，看不出什么特别茂盛的时候，也看不出什么特别衰败的时候，无日不迎风弄姿，从春天一直到秋天，从迎春花一直到玉簪花和菊花，无不奉陪。这一点韧性，同院子里那些花比起来，不是形成一个强烈的对照吗？

季羡林因为这篇《夹竹桃》而被宗璞称为“夹竹桃知己”，我们也能够从季羡林的这篇散文中读出宋代诗人曹组那两句“既有柔情慕高节，即宜同抱岁寒心”的意境。

**【养生解读】**

随着城市对绿化的重视程度日渐加深，越来越多的植物被引种到城里，比如近年来比较受欢迎的夹竹桃，在很多城市的路边都有种植，不知道它的中药背景的读者还会觉得这种花非常好看，夏季盛开的时候，很多市民都会停留其间合影。

看过一些宫斗剧，比如《甄嬛传》的读者可能会问：“夹竹桃不是有毒吗？为何还被广泛种植呢？”

从城市绿化的角度来看，夹竹桃之所以被大量栽种在道路两边，美丽的“外貌”是原因之一，但主要原因是夹竹桃是世界上吸尘能力最强的植物之一，有天然“绿色吸尘器”之称，具有较强的抗烟雾、抗灰尘、抗毒物和净化空气的作用，特别对空气中的二氧化硫、氟化氢、氯气等有毒气体有较强的抵抗、吸附作用，所以在园林界被称为“环保卫士”。更难得的是，夹竹桃即使全身落满了灰尘，仍然可以旺盛地生长。从这个角度看它是有利于为大家营造养生保健的环境的。

从中医的角度分析，夹竹桃的确是有毒的。比如《广西药植图志》中明确记载夹竹桃“微苦，有大毒”。《云南中草药》中更明确其性味毒，“辛，温，剧毒”。

但是，它也有自己的药效，《岭南采药录》中记载夹竹桃可以“堕胎”。《陆川本草》中记载其叶能“镇痛，去瘀。治跌打损伤肿痛”。所以要注意孕妇忌服，其他患者也不宜多服久服，过量则中毒。

虽然夹竹桃的叶、皮、根、花粉均有毒，但是这主要是因为它分泌出的乳白色汁液含有夹竹桃苷，中毒后轻则出现食欲不振、恶心、腹泻，严重则累及心脏乃至死亡。由于其毒性隐藏在叶、花及树皮中，只要不去食用，或者不用有伤口的地方去碰触它的汁液，就不用过分担心。

## 18. 一帚常在旁，有暇即扫地

### 冬日斋中即事

宋·陆游

一帚常在旁，有暇即扫地。
既省课童奴，亦以平气血。
按摩与引导，虽善亦多事。
不如扫地法，延年直差易。

**【诗词大意】**

一把扫帚常常放在身边，有空的时候就扫扫地。既节省了请人打扫的费用，也有助于全身气血运行。按摩与导引，虽然是很好的养生法，但是习练起来却比较费事，还不如去扫地，延年益寿、祛病除疾，操作起来也很容易。

**【诗词赏析】**

中国的古诗词不只有风花雪月，更多的是接地气的生活感悟。比如陆游这首诗，一把扫帚竟然能让诗人诗兴大发，而且融汇了中医的养生要素，不得不佩服陆游深厚的中医养生功底。

宋代养生专家蒲虔贯所撰的《保生要录》中也提倡人既宜经常劳动，又不可过分劳累，比如书中说："养生者，术要小劳，无至大疲，水流则清，滞则夸。""手足不时曲伸，两臂如挽弓，手臂前后左右摆动"的扫地之类的"小劳"恰恰是很好的养生方法，陆游重视这样的养生方法，所以长寿，值得我们借鉴与学习。

**【养生解读】**

陆游给大家的印象一直是文人墨客，其实，他也是一位名副其实的土郎中。因为他不但上山采过药，园圃种过药，甚至还开过药店，卖过药，给人看过病。陆游的很多诗中都隐含了他这个身份，比如"云开太华插遥空，我是山中采药翁"（《花下小酌》）；"采药今朝偶出游，溪边小立唤渔舟"（《出游》）；"呼鹰雪暗天回路，采药云迷御爱山"（《蜀汉》）；"自惊七十犹强健，采药归来见暮鸦"（《野兴》）。我们也因此可以体悟到一个道理：为什么很多中医师都长寿呢？因为他们深谙中医养生法则，并且落实到行动上，虽然一生辛劳，却依然可以长寿！

第三届国医大师表彰活动于2017年在北京举行，全国30位中医名家被授予"国医大师"荣誉称号，30位入选的国医大师名单中有五位女性，她们分别是上海中医药大学附属岳阳中西医结合医院主任医师朱南孙、江苏省中医院主任医师及教授邹燕勤、首都医科大学附属北京中医医院主任医师柴嵩岩、浙江省中医院主任医师葛琳仪、成都中医药大学教授廖品正。

为了让广大读者朋友更好地了解这些中医大家们的养生之道，笔者选择了三个养生保健方法比较有特点的女国医大师为大家作一个介绍，她们的平均年龄接近90岁，但是其养生秘诀却非常简单！

**朱南孙：养生秘诀是开心**

1921年1月出生的朱南孙教授为上海中医药大学附属岳阳中西医结合医院主任医师。1942年8月起从事中医临床工作，为享受国务院政府特殊津贴专家，全国老中医药专家学术经验继承工作指导老师，上海市名中医。

朱南孙并没有所谓的养生秘诀，她说无非是多运动，荤素都吃。"我年轻时喜欢打篮球和棒球，现在虽然不可能打了，但人无论到什么年纪都要想办法活动，动起来就能产生活力。"

研究女性健康一辈子，朱南孙坦言，女性养生的关键不在于吃多贵的补品，也不在于用多贵保健品,而是要开开心心,“总是多愁多虑,疾病就会跟着来,现在乳腺增生甚至乳腺癌比以前多,我看和现代人思虑多、压力大有关”。

南京市中西医结合医院治未病中心夏公旭副主任中医师介绍说,养生之重在于养神。中医强调“精气神”的修养。《素问·病机气宜保命集》中说:“神太用则劳,其藏在心,静以养之。”养神的方法首先要安静,有一个平和的心态,注意调摄七情,避免情绪波动太大,尤其不要过度思虑,保持一颗平常心,摈弃各种私心杂念,顺应四时,即可延年益寿。

**邹燕勤:从来不让家人吃冷饮**

1933年4月出生的邹燕勤教授是江苏省中医院主任医师、教授。1962年2月起从事中医临床工作,为享受国务院政府特殊津贴专家,全国老中医药专家学术经验继承工作指导老师,江苏省国医名师。

邹燕勤说,她的父亲、中医肾病学宗师邹云翔先生从来不让家人吃冷饮。因为“胃喜温不喜凉”“肾也是喜暖不喜寒”。人体的气血、五谷营养,都要靠脾胃来吸收运化,靠肾脏排除人体代谢毒素,所以保护好脾胃和肾脏非常重要。

北宋时期著名的思想家邵雍,写了一首对人们养生颇有启迪价值的哲理诗,说明冷饮之类的看似爽口的食物的确不宜多吃,其诗云:“爽口物多终作疾,快心事过必为殃。与其病后再求药,不若病前能相防。”

**柴嵩岩:福从善中来,福从膳中来**

1929年10月出生的柴嵩岩教授是首都医科大学附属北京中医医院主任医师,1948年12月起从事中医临床工作,为享受国务院政府特殊津贴专家,全国老中医药专家学术经验继承工作指导老师,首都国医名师。

有人曾向她索求养生秘诀,她拿起笔,在纸上写下了十个字:“福从善中来,福从膳中来”,并笑谈:“我的养生秘诀没有‘洋方’,尽是‘土法’”。

随着年龄的增加,柴老一日三餐甚少食肉,亦不食辛辣之物。她说:“两千多年前孔子告诉我们‘肉虽多,不使胜食气’,就是提倡肉类虽多亦不可食肉过于食谷。油甘厚味滋腻,多食脾不运化,水湿内停,就有疾病发生的可能;阴血不足是女性大忌,辛辣之品伤阴,内外因结合,正常生理就可能转向病理。”她透露,“我不用保健品。调理阴阳、阴平阳秘,药食同源、寓医于食,审因施食、辨证用膳。这些老祖宗留下的教条,就是我的健康观、食疗观、膳食观”。

## 19. 有此通大道，无此令人老

### 葫芦颂

宋·黄庭坚

大葫芦干枯，小葫芦行酤。
一居金仙宅，一往黄公垆。
有此通大道，无此令人老。
不问恶与好，两葫芦俱倒。

**【诗词大意】**

大葫芦干枯了，小葫芦用来买酒。一个住在仙家里，一个去朋友相聚畅饮的地方。有了这两个葫芦，就能通达成仙之道，没有这些会让人感到年华易老。无论喜不喜欢，两个葫芦都能倒出来这其中的奥妙！

**【古诗赏析】**

黄庭坚以诗文受知于苏轼，为“苏门四学士”之一，其诗宗法杜甫，并有“夺胎换骨”“点石成金”“无一字无来处”之论，风格奇硬拗涩。他开创了江西诗派，在两宋诗坛影响很大。词与秦观齐名，少年时多做艳词，晚年词风接近苏轼。又擅长行、草书，为“宋四家”之一。

这首《葫芦颂》带有一定的道教思想。从唐代开始，葫芦与道教产生特殊关系，葫芦又被人称为“壶天”或“壶中日月”，成为文人墨客常常作书吟咏的神仙之境，如李白的“何当脱屣谢时去，壶中别有日月天”，陆游也有“葫芦虽小藏天地，伴我云云万里身”。

黄庭坚的人生价值观及其文学创作深深地受到道教思想观念的影响，这在这首诗中体现得比较充分。他一生又与酒相伴，所以这首诗中既有道教文化色彩，也有浓浓的酒意。黄庭坚诗中酒的气息极为浓郁，他对酒的种种体验皆表现了对超然独立心态的追求以及对出世、归隐生活的向往。

诗中的黄公垆亦作“黄公罏”，为“黄公酒庐”的略称，为魏晋时王戎与阮籍、嵇康等竹林七贤会饮之处。后世诗文常以“黄公酒垆”指朋友聚饮之所，抒发物是人非的感叹。

**【养生解读】**

葫芦，不但如这首诗中提到的跟中国的道教文化和酒文化有很大的关系，与中医药也有着很密切的联系，甚至葫芦本身就是一种中药。

**中医药与葫芦有不解之缘**

葫芦文化与中医药文化一样，历经千年，长盛不衰。由于“葫芦”与“福禄”音同，故是富贵的象征，代表长寿吉祥，民间以彩葫芦做佩饰，就是基于这种观念。另外因葫芦藤蔓绵延，结子繁盛，故又被视为子孙万代的吉祥物。古代吉祥图案中有不少关于葫芦的题材，如“子孙万代”“万代盘长”等。

葫芦在古代与中医药有不解之缘，甚至一度成为医生的标志之一，并用于盛放药物，故有俗语“葫芦里面卖的什么药？”。

据《后汉书·费长房传》记载：“市中有老翁卖药，悬一壶于肆头。”从此，后人称行医为“悬壶”。元代诗人张昱有诗传世：“卖药不二价，悬壶无姓名。”“悬壶济世”便成为治病救人的代名词，也成为古代医家追求的人生境界。

这里的壶，即壶卢，是葫芦的别称。葫芦幼嫩的果实和叶子是先民的食物，“七月食瓜，八月断壶”，说的就是甜嫩的瓠瓜可做食用。葫芦果实外壳色白，外层有蜡质，质坚硬而轻虚。“一个葫芦两个瓢”，在陶器尚未发明的时代，先民将葫芦瓢作为碗、壶、勺、杯使用。在我国一些地区，至今葫芦依然是轻便而实用的生活工具。

关于“葫芦”的称谓，在明朝李时珍的《本草纲目》里出现了七种名称：瓠瓜、悬瓠、蒲卢、茶酒瓠、药壶卢、约腹壶、长瓠。之所以出现众多名称，主要是古人把葫芦按其性质、用途与形状大小的不同分类或用同音字假借造成的。

药用的葫芦为秋季采摘已成熟而未老的果实，表面黄棕色，较光滑，气微，味淡。以色黄白、洁净、无异味者为佳。

中药葫芦的药性甘、淡、凉，归肺、脾、肾、膀胱经。功效主治总结起来有以下几种：

① 南北朝梁代著名本草专著《本草经集注》中记载葫芦可以“利水道”。

② 唐代著名药学著作《千金食治》中记载葫芦可以“主消渴，恶疮，鼻、口中肉烂痛”。这里的消渴类似于西医的糖尿病。

③ 宋代药学著作《宝庆本草折衷》中记载葫芦可以“止渴，消热”。

④ 元代中医食疗著作《饮膳正要》中记载葫芦可以"主消水肿,益气"。

⑤ 清代药学著作《本草再新》中记载葫芦可以"治腹胀,黄疸"。

因为葫芦性凉,所以脾胃虚寒者禁服。虽然葫芦可以作为食疗菜肴,但有记载葫芦"多食令人吐"。

## 20. 鈒镂银盘盛蛤蜊,镜湖莼菜乱如丝

### 答朝士

唐·贺知章

鈒镂银盘盛蛤蜊,镜湖莼菜乱如丝。
乡曲近来佳此味,遮渠不道是吴儿。

**【诗词大意】**

金银嵌饰的银盘盛放着蛤蜊,产自镜湖的莼菜如丝一般散乱在汤面上。这些近年来流行于北方长安的美味佳肴,为何不说它们本来是来自吴越的呢?

**【诗词赏析】**

贺知章(约659—约744),字季真,号四明狂客,唐越州(今绍兴)永兴(今萧山)人,贺知章诗文以绝句见长,除祭神乐章、应制诗外,其写景、抒怀之作风格独特,清新潇洒,著名的《咏柳》《回乡偶书》两诗脍炙人口,千古传诵。

贺知章在长安做了国子四门博士后,一批朝臣在背后嘲笑他是"南金复生中土",意思是他虽长于南方,在南方并不算怎么样,而在北方这样的环境里,倒是发出了金子那样的光彩!有人把此话传给贺知章,于是其作诗"回敬"他们,这首诗就是《答朝士》。

"鈒镂银盘"指贵族使用的饰有金质的银盘。"蛤蜊"是一种海鲜,味极鲜美,上品出自浙江明州和越州,明州的蛤蜊在唐代是贡品,每年派人运送至京师长安。贺知章年轻时常在家乡的埭上河中摸蛤蜊吃。

"镜湖"即今绍兴鉴湖,以大禹在会稽山下铸镜的传说而得名。"莼菜"是生长在南方水乡一种味佳质鲜的水生食物,鉴湖和湘湖都种植莼菜,有的用作贡

品。据说唐代时把镜湖的莼菜根熬制成汤羹,作为酒宴上的一道名菜。

"乡曲近来佳此味",是指"东南一曲"的吴越地方,近年来把蛤蜊与莼菜作为佳肴。"吴儿"泛指南方人,贺知章是吴中四士之一,亦是吴儿。"遮渠"指北方人,"渠水"一在江北的射阳县,另一在郑县之巴岭。"不道"是为什么不说之意。最后两句的意思是:现流行于北方长安的这些佳肴,你们为什么不说是来自吴越,而在别的地方对南方人故意挑剔呢?

**【养生解读】**

蛤蜊在古代是王公贵族的盘中餐,如今寻常人家也能吃到,而且价格也不是很贵。很多人都喜欢吃蛤蜊,蛤蜊有文蛤、西施舌等诸多品种。其肉质鲜美无比,被称为"天下第一鲜""百味之冠",江苏民间还有"吃了蛤蜊肉,百味都失灵"之说。但你知道蛤蜊都有哪些养生保健功效吗?吃蛤蜊又需要注意些什么呢?

**蛤蜊有两大食疗功效**

很多人只知道蛤蜊味道鲜美,却不知它有两大食疗作用。这里为大家简要介绍一下。

一、为人体提供多种营养物质

蛤蜊的营养特点是高蛋白、高微量元素、高铁、高钙、少脂肪。蛤蜊中的营养物质丰富,含有蛋白质、维生素、碳水化合物及钙、镁、铁、锌等多种人体必需的微量元素,而且它的氨基酸种类组成及其配比较为合理,能很好地被人体吸收消化。

二、有利于降低胆固醇

蛤蜊属于贝类软体动物,含具有降低血清胆固醇作用的代尔太7-胆固醇和24-亚甲基胆固醇,它们兼有抑制胆固醇在肝脏合成和加速排泄胆固醇的独特作用,有利于降低胆固醇。

**吃蛤蜊时尽量少喝啤酒 最好不要吃过夜的蛤蜊**

蛤蜊最好不要和啤酒等一起吃,以免诱发痛风。蛤蜊属于海鲜类的食品,不提倡吃过夜的。因为蛤蜊本身就是寒性的,寄生在里面的细菌抗低温的能力很强,即使在冰箱里冷冻也并不能把细菌杀死。吃新鲜的蛤蜊也要充分加热。

由于蛤蜊性寒,一些脾胃虚寒者吃过之后容易出现拉肚子等症状,加之贝类更容易死亡和变质,因而食用时要特别注意。为保险起见,黑色的内脏部分尽量不要食用。

**选购蛤蜊要选择张嘴换气的**

读者买蛤蜊要选择张嘴换气的活蛤蜊,这样吃起来更鲜美,而且尽量选择全身舒展吐沙比较均匀一些的。不要选张开壳的,因为这说明蛤蜊已经死亡,这样的蛤蜊炒熟后有股腥臭味,影响口感。

**蛤蜊的清洗要仔细**

蛤蜊身体内含有很多沙子,如何才能把蛤蜊清洗干净呢?这里教大家一种方法,以供参考。首先,将蛤蜊放入一盆温水中,并在温水中加入盐,用量根据盆里的水量来定。这是模仿蛤蜊的生长环境,从而使其张开贝壳吐沙。一般静置两到三个小时就会看到多数蛤蜊都把贝壳张开,而且水浑浊不清,这时候蛤蜊的吐沙过程就完成了。如果想缩短吐沙时间,可以用手按一个方向搅动盆内的水,并且反复换水,这样可以快速让蛤蜊吐尽泥沙。

**蛤蜊蒸蛋最营养**

蛤蜊的做法有很多,到底是哪种做法更营养更健康呢?我国素有“无菜不蒸”的说法。蒸就是以蒸气加热,使调好味的原料成熟或酥烂入味。其特点是保持了菜肴的原形、原汁、原味,能在很大程度上保存菜的各种营养素。蒸菜的口味鲜香、嫩烂清爽、形美色艳,而且原汁损失较少,又不混味和散乱,因而蒸适用面广,品种多。蛤蜊这种营养丰富的美食也适合蒸,最经典的莫过于蛤蜊蒸蛋了。

从中医的角度分析,鸡蛋有滋阴润燥的功效,与蛤蜊的润五脏的功效很般配。从西医营养学的角度分析,鸡蛋蛋黄中含有丰富的卵磷脂、固醇类以及钙、磷、铁、维生素 A、维生素 D 及维生素 B 族。尤其是胆固醇十分丰富,而蛤蜊含有降低胆固醇的物质,有利于更好地吸收鸡蛋的营养。

这里为大家介绍一个简单的蛤蜊蒸蛋的做法:准备蛤蜊 6~16 只、鸡蛋 2 个、盐适量、料酒适量、姜适量。

1. 提前将蛤蜊用盐水浸泡 2 小时以上(也可以在水里放入适量香油),让其吐尽泥沙,用刷子将蛤蜊表面清洗干净。

2. 水中放入姜片和料酒烧开，将蛤蜊煮至开口立即捞出。蛤蜊开口时间先后不一，要及时把开口的蛤蜊捞出来，不然就煮老了。

3. 将煮好的蛤蜊排放在蒸盘中，煮蛤蜊的水捞去姜片晾凉待用。

4. 鸡蛋打散，加入盐，和凉至温热的蛤蜊水调匀，鸡蛋：蛤蜊水＝1∶1。

5. 盛鸡蛋盘上再覆盖一个盘子或蒙上保鲜膜，冷水时放入蒸锅，蒸10分钟左右。注意水开后要转为中火。

6. 将蒸好以后的蒸蛋滴上香油，撒上葱花。

## 21. 睡起秋色无觅处，满阶梧桐月明中

### 立秋

宋·刘翰

乳鸦啼散玉屏空，一枕新凉一扇风。
睡起秋声无觅处，满阶梧桐月明中。

**【诗词大意】**

小乌鸦的啼叫声散去时，只有玉色屏风空虚寂寞地伫立着。一阵清新微凉的秋风吹过，好像枕边有人用纸扇在扇风一样。

睡梦中隐隐约约听到秋风瑟瑟的声音，可是醒来去找，却什么也找不到，只见落满台阶的梧桐叶，沐浴在明媚的月色中。

**【诗词赏析】**

《立秋》是南宋诗人刘翰创作的一首七言绝句。这首诗写了诗人在夏秋季节交替时的细致入微的感受，时令感极强。全诗的境况，紧扣题意，构思很巧妙。

此诗精神全在一个“寻”字，写出了一种朦朦胧胧、惆怅无奈的情态。

首句写傍晚时景色的变化。起初小乌鸦还待在树枝上或屋檐上叫着，天黑归巢了，就再也听不到叫声了。天黑了，玉屏上的字画就看不见了，显得空空的了。

这首诗的次句写诗人躺在床上感受秋风的微凉。“新凉”中的“新”字写出

了这种变化。当然这种感觉上的质变,也有心理因素在起作用。

第三句写夜里秋风由吹到停的过程。末句写在明亮的月色中,见到台阶上落满了梧桐叶,诗人终于清楚地见到了秋天到来的足迹。

这首诗的最大特点是写出了夏秋之交自然界的变化,有的变化是显而易见的,如"满阶梧叶",所谓"一叶落而知天下秋",反映出诗人对生活的观察与体验特别细致。

**【养生解读】**

立秋节气,很多地方至今还保留着"啃秋"这一传统:立秋日买个西瓜回家,全家围着啃,据说可以不生秋痱子。此外,民间还有"贴秋膘"(吃味厚的美食佳肴,"以肉贴膘")的习俗。但是也应提醒读者,立秋无论是"贴秋膘"还是"啃秋",都要因人因地因时而异,否则不但起不到保健的作用反而有害健康。

**"啃秋"这样"啃"更有效**

立秋过后,西瓜渐渐归属于反季节水果,这个时候,气候逐渐转凉,人体消化功能下降,肠道抗病能力减弱,胃肠道对寒冷的刺激非常敏感。如果贪吃凉西瓜就容易引发胃肠道疾病,或者使原来的胃病加重。所以,"啃秋"的时候不能像夏季那样多吃冰西瓜了。

大家一般"啃秋"都是啃瓜瓤,其实,继续往下的部分更有养生功效。西瓜皮又称"瓜衣",共分三层,分别为"青衣""翠衣""白衣"。这其中的"翠衣"这一层,属于瓜皮中的"瓜肉"部分,用刨子刨下一片,放在亮处查看,其透明、青翠,犹如碧玉一般。清代著名医家叶天士所著的《临证指南医案》一书中把西瓜皮叫做"西瓜翠衣"。如果夏天感到头昏、睡不醒、周身乏力、吃什么都没味道,舌苔上还有一层厚厚的黄苔,吃些"西瓜翠衣"是最好不过的了。

此外,西瓜皮还可以治疗口腔溃疡。比如元代名医朱丹溪在其所著的《丹溪心法》中记载:"治口疮甚者……西瓜皮烧灰敷之。"这里要提醒广大读者朋友,消化系统疾病如胃溃疡、十二指肠溃疡、慢性或迁延性肝炎等,还有一些免疫系统疾病,也会表现出口腔溃疡的症状。所以,使用这些验方之前最好先咨询有经验的中医师,如果某处的口腔溃疡超过两周不愈合,最好及时到口腔科就诊。

## 立秋“贴秋膘”别着急　这三类人悠着点

经过一个漫长酷暑的煎熬，人体内的蛋白质、微量元素及脂肪等营养耗损不少。适当的“贴秋膘”有益于恢复体力，但是若贴补过分，相对运动不足，消耗的热量过低，则易导致肥胖。在立秋后的饮食中，人们应科学地选择适宜秋季吃的蔬菜，如豆芽、菠菜、胡萝卜、芹菜、小白菜、莴笋等，这些都是营养丰富又不容易发胖的蔬菜。

“贴秋膘”最早源于北方，这与北方的气候有关。而江南立秋后，天气不会马上转凉，暑湿还比较重，这时人的脾胃功能仍然不是很好，如果这时“贴秋膘”，会加重脾胃的负担，导致湿热积聚在胃肠中，反而更容易诱发感冒、便秘、发热，所以在早秋进补可以说是得不偿失。

以下三类人，“贴秋膘”时要特别注意食材的选择和“贴秋膘”的技巧。

1. 脾虚患者。脾虚的人常常表现为食少腹胀、食欲不振、肢体倦怠乏力、时有腹泻、面色萎黄，这类朋友进补前不妨适度吃点健脾和胃的食物，以促进脾胃功能的恢复，如茯苓饼、芡实、山药、豇豆、小米等都是不错的选择。食粥能和胃、补脾、润燥，因此，将上述食物煮粥食用，疗效更佳。

2. 胃火旺盛者。平素嗜食辛辣、油腻之品的朋友，日久易化热生火，积热于肠胃，表现为胃中灼热、喜食冷饮、口臭、便秘等。这类朋友进补前一定要注意清胃中之火，适量摄入苦瓜、黄瓜、冬瓜等，待胃火退后再进补。

3. 老年人及儿童。由于消化能力较弱，胃中常有积滞宿食，表现为食欲不振或食后腹胀。因此，在进补前应注重消食和胃，不妨适量吃点山楂等消食健脾的食物。

## 立秋不妨喝三汤　润肺降火有良方

随着立秋节气的到来，天气逐渐开始干燥，中医认为燥邪最易伤肺，所以感兴趣的读者朋友不妨试试立秋三汤食疗方，以润肺降火，建议在专家的指导下食用。

莲子百合汤

做法及功效：莲子 15 克、干百合 15 克、鸡蛋 1 个、白糖适量。将莲子去芯，与百合同放在砂锅内，加适量清水，文火煮至莲子肉烂，再加入鸡蛋、白糖。待鸡蛋煮熟后即可食用。可补益脾胃、润肺，宁心安神。

雪梨银耳汤

做法及功效：雪梨1只，水发银耳30克，贝母5克，白糖适量。将水发银耳去根、去杂洗净，撕成小片；将雪梨去皮、去籽，切成多块。将银耳片、雪梨块、贝母、白糖同放在炖皿内上笼蒸30～40分钟，取出，即可装盘食。此汤滋阴清肺、消痰降火。

芝麻木耳汤

做法及功效：把10克左右的黑芝麻炒熟，与用温水发泡好的木耳一起放在锅里，加水煎煮，煎煮好可加一点白糖，分几次食用。芝麻具有良好的润燥作用，尤适用于大便干燥者。

## 22. 身骑厩马引天仗，直入华清列御前

### 温泉行

唐·韦应物

出身天宝今年几，顽钝如锤命如纸。
作官不了却来归，还是杜陵一男子。
北风惨惨投温泉，忽忆先皇游幸年。
身骑厩马引天仗，直入华清列御前。
玉林瑶雪满寒山，上升玄阁游绛烟。
平明羽卫朝万国，车马合沓溢四鄽。
蒙恩每浴华池水，扈猎不蹂渭北田。
朝廷无事共欢燕，美人丝管从九天。
一朝铸鼎降龙驭，小臣髯绝不得去。
今来萧瑟万井空，唯见苍山起烟雾。
可怜蹭蹬失风波，仰天大叫无奈何。
弊裘羸马冻欲死，赖遇主人杯酒多。

**【诗词大意】**

自从天宝年中我开始担任官职以来，至今已好几年。自己顽钝得像锤子一

样，命运薄得像纸一样，官没有做好，却回了老家，仍然是一个居住在杜陵的普通人。

在北风惨惨的天气，来到温泉，忽然想起了玄宗皇帝幸游温泉的那几年。当时我总是骑着御厩里挑选出来的骏马，率引着仪仗队，一直走进华清宫，侍立在皇帝跟前。

当时十月寒天，满山尽是冰枝雪地，一路走上山顶的朝玄阁，仿佛在红色的烟雾中游览。次日天明，我们都拥卫着皇帝，接受万国使臣的朝见。此时车马喧阗，挤满了四面的街市。（古代皇帝禁军称羽林军，故用“羽卫”。）

自己也蒙受到皇帝的恩惠，常常在华清池中洗浴。在扈从皇帝出去狩猎的时候，绝不蹂躏渭北农民的田地。那时的朝廷，太平无事，君臣都兴高采烈地一同宴会，还有奏乐的美女也随从在皇帝所在的高楼画阁之上。

玄宗皇帝一朝仙去，小臣们不得跟从，流落在人间。今天重到温泉，所见的惟有烟雾中的青山。从前的万家市井，都已空无所有，只剩一片萧条的景象。

可怜我现在蹭蹬失势，如蛟龙之失去风波，纵使仰天大叫，也毫无办法。穿的是弊裘，骑的是瘦马，差一点要冻死。幸而碰到一位好客的主人，以丰盛的酒肴款待我，才得免于饥寒。

**【诗词赏析】**

韦应物（737—792），诗人，京兆长安（今陕西西安）人。

韦应物是山水田园诗派著名诗人，后人每以“王孟韦柳”并称。诗风恬淡高远，以善于写景和描写隐逸生活著称，涉及时政和民生疾苦之作亦颇有佳篇。

这首诗的体式是七言歌行，仍是四句一绝的结构，转韵三次。

《温泉行》是韦应物在安史之乱后极其潦倒的时候写的。那天，他到温泉附近一个朋友家去作客，感慨过去的盛况因而写下这首诗。这首诗主要描绘了天宝年间玄宗和杨贵妃每年十月中游幸温泉的繁华情景。《旧唐书·玄宗本纪》记载着有关此诗的几件事。天宝四年，册太真妃杨氏为贵妃。是年十月丁酉，幸温泉宫，以后每年十月，都到温泉宫去住一个月。天宝六年，改温泉宫为华清宫。七年十二月，玄元皇帝见于华清宫之朝玄阁，乃改为降圣阁。韦应物这首诗，称其为华清宫、华清池，又称玄阁，可知他所回忆的是天宝六年或七年之事。韦应物对于他的这一段历史念念不忘。

《温泉行》是一个新乐府题目，虽然可以列入乐府诗一类，但事实上已不是乐府,因为并不谱入曲调。它和李白的《梦游天姥吟留别》、杜甫的“三吏”“三别”等作品一样,一般称为“歌行”。乐府诗的范畴小,歌行的范畴大。乐府诗都是歌行体,歌行并不都是乐府诗。

**【养生解读】**

中医养生文化历史悠久,温泉养生是其中比较独特的中医外治养生方法,自古至今都是非常受欢迎的。古代温泉养生文化还没有完全普及到民间,更多的是在皇亲贵族之中。如今,温泉养生已经成为老百姓的常见养生方式之一,很多旅游景点推出的温泉养生旅游项目吸引了很多游客,秋冬季节更是旺季。

**中医温泉养生历史悠久　唐代时达到高峰**

秦始皇为治疗疮伤而建“骊山汤”,由此开中国温泉养生之先河。汉朝皇帝喜欢将西域进贡的香料煮成香水倒入温泉池中,以沐香汤。隋唐皇家大兴土木,扩建华清池,还设有温泉监一职,专门负责皇家沐汤事务。

北魏元苌在《温泉颂》中记载了当时温泉养生的盛况:温泉“乃自然之经方,天地之元医,出于河渭之南,泄于骊山之下,渊华玉澈……左汤谷,右蒙汜,南九江,北翰(瀚)海,千城万国之氓,怀疾沉疴之□,莫不宿粻而来宾,疗苦于斯水”。

北魏晚期的郦道元所著的中国地理名著《水经注》中记载的温泉共有31个,其中12个明确记载可以用于养生。书中还对各个温泉的特点、矿物质、生物等情况进行了比较详细的叙述,如有的温泉有硫磺气,有的有盐气,有的有鱼等。《水经注》多次提到温泉可以“治百病”,如尧山皇女汤“可以熟米,饮之,愈百病,道士清身沐浴,一日三饮,多少自在,四十日后,身中万病愈”,真实地记载了温泉的保健养生作用。

诗人韦应物所生活的唐代是帝王将相、皇亲国戚等温泉养生的高峰时期,那个时候对温泉养生已十分讲究,温泉养生的器物用品大多采用玉器、桃木等辟邪之物,唐皇沐浴前后的饮食都由随行太医特别调备,并详细记录在案,甚至连入浴的时间都有要求。如唐太宗时,御驾东征经过辽宁鞍山汤岗子温泉,唐太宗亲率士兵泡温泉,展开“浴战活动”,以练兵和欢娱身心。唐太宗晚年因为“忧劳积虑,风疾屡婴”,他写了一篇《汤泉铭》表达自己“每濯患于斯源,不移时而获损”以温泉治风疾的愿望。贞观十八年(644年),他命阎立德在骊山营建宫殿,名为“汤泉宫”。

**温泉入药谓之温汤　祛风通络　解毒杀虫**

温泉入药始见于唐代药学著作《本草拾遗》,谓之温汤。这也从一个侧面说明唐朝对温泉养生祛病功效的重视。

明代著名药学著作《本草纲目》中记载:“温泉有处甚多”。按宋代胡仔《渔隐丛话》记载:“汤泉多作硫黄气,浴之则袭人肌肤。”惟骊山是礜石泉……黄山是珠砂泉……,春时色即微红。说明古代有治病作用之温泉以硫黄泉为主,此外尚有礜石泉、朱砂泉等,与现今情况基本一致。

中医一般认为温泉性味甘辛热,有小毒,多外用,功能主治为祛风通络,解毒杀虫。《本草拾遗》中记载:“(温泉)下有硫黄,即令水热。硫黄主诸疮病,水亦宜然。水有硫黄臭,故应愈诸风冷为上。”

**温泉养生有禁忌　警惕养生不成反伤身**

近些年来,温泉市场花样繁多,健康隐患也随之增加。泡温泉之前最好咨询有关专家,以免养生不成反伤身。

温泉疗法属于中医的自然康复外治疗法,的确有一定的保健养生作用。近年来很多温泉洗浴中心出现了花样繁多的温泉疗养项目,让人目不暇接。不少消费者抱着好奇的心理尝试消费,殊不知这些保健项目的设置其实也是有讲究的。比如露天温泉一般比较适合周围环境温度比较温暖的时候洗泡,否则一冷一热的刺激,对于很多体质较弱的人而言很容易出现意外。泡浴时间不宜超过15分钟,否则容易造成皮肤油分失去太多,或使皮肤表面的有益菌被消灭,或心脏负荷过重。

急性疾病患者、隔离性传染病患者,如急性肺炎、急性支气管炎、急性扁桃腺发炎、急性中耳炎或发烧的急性感冒患者、结核病患者,最好不要浸浴。癌症、白血病患者不宜浸浴,因会刺激新陈代谢,导致身体加速衰弱。营养不良或是病后身体极度衰弱时,切勿浸浴。带有血管并发症的糖尿病重症患者、严重湿疹、皮肤炎及皮肤有溃烂伤口者、心脏病、高血压、血管病患者,最好不要浸浴。此外,怀孕初期和后期、女性月经来时,不宜浸浴。

对于近年来比较流行的温泉鱼疗,应提醒广大读者朋友,鱼疗有可能造成病毒、细菌、真菌等交叉感染,出现跖疣、寻常疣、扁平疣、体癣、股癣、手癣、足癣、毛囊炎、疖、痈等皮肤疾病。特别提醒广大市民,享受温泉鱼疗时要谨慎,以免造成不必要的伤害。

## 23. 儿读秋声赋，令人忆醉翁

### 处暑后风雨

宋末元初·仇远

疾风驱急雨，残暑扫除空。
因识炎凉态，都来顷刻中。
纸窗嫌有隙，纨扇笑无功。
儿读秋声赋，令人忆醉翁。

**【诗词大意】**

疾风驱赶着急雨，残留的酷暑被一扫而空。好像这些风和雨因为感受到了天气要从炎热变得凉爽，都顷刻间汇集来到这里。纸糊的窗户被风雨吹打出了缝隙，好像在笑话细绢做成的团扇已经没有用武之地了（因为已经不需要再用扇子扇风驱热了）。孩子朗读着《秋声赋》，让人回想起了它的作者醉翁欧阳修。

**【诗词赏析】**

这首诗的作者仇远（1247—1326），字仁近，一字仁父，钱塘（今浙江杭州）人。因居余杭溪上之仇山，自号山村、山村民，人称山村先生。仇远生性雅澹，喜欢游历名山大川，每每寄情于诗句之中，其词风则大致与北宋词人周邦彦和南宋词人姜夔相近。他生当乱世，诗中不时流露出对国家兴亡、人事变迁的感叹。

宋朝末期，仇远即以诗名与当时文学家白珽并称于两浙，人称“仇白”。元大德年间（1297—1307），五十八岁的他任溧阳儒学教授，不久罢归，遂在忧郁中游山河以终。

这首诗生动地描绘了处暑时节诗人居家所见所感的天气变化和生活小景，读来令人仿佛也和诗人一样，感受到处暑疾风骤雨带来的清凉，听到小儿在初秋中诵读诗书的声音，可谓是身临其境。

**【养生解读】**

“处暑”这个节气有“暑气至此而止”的意思，这个时候市民朋友们要注意养肺、防“秋乏”和防霉菌。“出伏”以后养生保健方面要注意三“点”。

**饮食润一点　助养肺**

出伏过后，虽然中午依旧热，但是早晚凉，昼夜形成较大的温差，特别是在处暑节气之后，“一场秋雨一场凉”的气候特征明显。应提醒广大读者，这个时候饮食上要润一点。

“出伏”之后，夏季开始真正意义上向秋季过渡，气候逐渐干燥，人体的肺气相对旺盛，而中医认为“肺气太盛可克肝木，故多酸以强肝木”，因此要多吃些滋阴润燥的食物，避免燥邪伤害，如银耳、百合、莲子、蜂蜜、海带、芹菜、菠菜、糯米、芝麻、豆类及奶类、芝麻、菠菜、豆腐，其有补肝益肾、开胸润燥、益气宽中、安神养心的功效。

**睡觉早一点　防“秋乏”**

出伏以后很多读者朋友容易感到疲乏，这就是老百姓常说的“秋乏”。出伏之后一直到处暑节气，是天气由热转凉的交替时期，自然界的阳气由疏泄趋向收敛，人体内阴阳之气的盛衰也随之转换，经过昼长夜短的炎热盛夏，很多人都有睡眠不足的现象，特别是老年朋友。此时如果不改变夏季晚睡的习惯，“秋乏”更容易出现。

要减缓“秋乏”，睡眠尤其要充足，最好比平时多增加 1 小时睡眠。另外，还要加强锻炼，如早晚跑步、打拳、做操、爬山等。

**通风勤一点　少发霉**

出伏以后，温度会逐渐降下来，虽然不明显，仍有 30℃上下，但是却是霉菌适宜繁殖的温度，而且出伏以后雨水会逐渐增多，空气中的霉菌只要遇到适宜的条件，便会在媒介物上生菌。霉菌生存力很强，一般温度在 25～30℃、湿度在 80% 以上，并有充足的氧气，便会生长繁殖。

三伏天的时候空调大开，通风次数少，病菌容易聚集室内，出伏以后，读者不在家的时候要注意通风勤一点。准备换秋装的读者朋友，应把衣物从箱中取出，挂在通风干燥的地方，有条件的可以用电熨斗熨一下，以减少衣物上的水分。衣物挂起来的时候要保持一定的间隔，以保证良好的通风，服装店里挂着很多衣服却不发霉就是这个道理。

# 24. 露从今夜白，月是故乡明

## 月夜忆舍弟

唐·杜甫

戍鼓断人行，边秋一雁声。
露从今夜白，月是故乡明。
有弟皆分散，无家问死生。
寄书长不达，况乃未休兵。

**【诗词大意】**

戍楼上响起禁止通行的鼓声，秋季的边境传来孤雁的哀鸣。今天是白露，更怀念家里人，还是觉得家乡的月亮更明亮。虽有兄弟，但都离散各去一方，已经无法打听到他们的消息。寄书信询问也不知送往何处，因为天下依旧战乱没有太平。

**【诗词赏析】**

《月夜忆舍弟》是唐代大诗人杜甫创作的一首五律。

此诗首联和颔联写景，烘托出战争的氛围。颈联和尾联在此基础上写兄弟因战乱而离散，居无定处，杳无音讯，于是思念之情油然而生，特别是在入秋以后的白露时节，在戍楼上的鼓声和失群孤雁的哀鸣声的映衬之下，这种思念之情越发显得深沉和浓烈。

这首诗是描写“白露”的所有诗词中最为著名的一首，尤其是“露从今夜白，月是故乡明”这一句。作者所写的不完全是客观实景，而是融入了自己的主观感情。如客观地说，普天之下共一轮明月，本无差别，但是作者却要从主观上说故乡的月亮最明亮。然而，这种以幻作真的手法却使人觉得合乎情理，这是因为它深刻地表现了作者微妙的心理，突出了对故乡的感怀。这两句在炼句上也很见功力，它要说的不过是“今夜露白”“故乡月明”，只是将词序这么一换，语气便分外有力。

全诗托物咏怀，层次井然，首尾照应，承转圆熟，结构严谨，语言精工，格调沉郁哀伤，真挚感人。

**【养生解读】**

俗话说:“白露秋分夜,一夜冷一夜。”一般白露为我国全年昼夜温差最大的一个节气,大家做好日常的预防保健非常重要。饮食上要少吃海鲜,多吃些山药。起居要注意早睡早起。

**夜凉勿露身　早睡养阳早起舒肺**

俗语云:“白露勿露身。”这句话的意思是说,到了白露,要注意保暖,不要像夏天那样穿得太少,以免着凉。白露节气晚上睡觉的时候不要再多露身了,以免夜里的寒凉之气侵入机体,损伤人体的阳气,诱发疾病。

白露节气起居应做到早睡早起。“早睡”可调养人体中的阳气,“早起”则可使肺气得以舒展,可防止收敛太多。此外,对于睡眠时卧的方向,古人提出“秋冬向西”的观点,仅供参考,感兴趣的读者朋友不妨试试中国最早的临床百科全书、唐代的《千金要方·道林养性》里说:“凡人卧,春夏向东,秋冬向西”。清朝老年养生专著《老老恒言》引《保生心签》的记载:“凡卧,春夏首宜向东,秋冬首宜向西”,原因是春夏属阳,头宜朝东卧;秋冬属阴,头宜朝西卧,以合“春夏养阳,秋冬养阴”的原则。

**少吃海鲜防过敏　多吃山药补肺肾**

白露节气里,气管炎和哮喘等疾病容易复发,特别是对于那些体质容易过敏的市民而言更要注意,在饮食上尽量少吃海鲜。吃海鲜易引起疾病,海鲜中含有过量的组织胺会造成人身体不适,少数人因天生缺少分解组织胺的酵素,吃了现捞的新鲜鱼或海鲜,就会引起过敏,甚至诱发哮喘。此外,海鲜大都性凉,白露时节温度又较低,故不适宜多吃,以免脾胃受凉,诱发胃溃疡。

白露时节的适宜膳食有莲子百合粥、银杏鸡丁、山药等,这些饮食有清肺润燥、止咳平喘、补养气血、健脾补肾的功效。下面介绍香酥山药的做法。

[配方]鲜山药500克,白糖125克,豆粉100克,植物油750克(实耗150克),醋、味精、淀粉、香油各适量。

[做法]山药洗净,上锅蒸熟,取出后去皮,切1寸长段,再一剖两片,用刀拍扁。锅烧热倒入植物油,等油烧至七成热时,投入山药,炸至发黄时捞出待用。另烧热锅,放入炸好的山药,加糖和水两勺,文火烧5、6分钟后,即转武火,加醋、味精,淀粉勾芡,淋上香油起锅装盘即成。

[功效]健脾胃,补肺肾。对于脾虚食少、肺虚咳嗽、气喘者更为适合。

**白露节气喝白露茶**

爱喝茶的茶友们都十分青睐“白露茶”。茶树经过夏季的酷热,至白露前后正是生长的极好时期。白露茶既不像春茶那样鲜嫩、不经泡,也不像夏茶那样干涩味苦,而是有一种独特的甘醇清香味。

适量饮用白露茶不仅可以补充水分,预防秋乏,清洁口腔,而且茶叶中的茶多酚可以增强微血管壁的韧性,同时具有抑菌效果。据不完全统计,我国16种古医书记载的茶保健作用有20项219种药效。唐代著名医家陈藏器在其所著的《本草拾遗》中更是大赞曰:“茶为万病之药”。古代饮茶延寿的历史记载不少,所以,秋季适量饮用热茶是对身体有很多好处的。

## 25. 金气秋分,风清露冷秋期半

### 点绛唇 · 金气秋分

宋·谢逸

金气秋分，风清露冷秋期半。
凉蟾光满，桂子飘香远。
素练宽衣，仙仗明飞观。
霓裳乱，银桥人散，吹彻昭华管。

**【诗词大意】**

金秋已到了风清露冷、秋季过半的秋分时节。在凉凉的月光下,桂花香气飘得很远。遥想仙宫宴会,素衣霓裳翩翩起舞,仪仗飘飘,银河的桥上人影散乱,彻夜吹奏着昭华丝竹之声。

**【诗词赏析】**

《点绛唇 · 金气秋分》是北宋谢逸所做的秋分时节的诗词。谢逸(1068—

1113），字无逸，号溪堂，临川城南（今属江西省抚州市）人，北宋文学家。他是五代花间词派的传人，其诗风格与南朝山水诗人谢灵运相似，清新幽远，时人称之为“江西谢康乐”。其文似汉朝刘向、唐朝韩愈，气势磅礴，自由奔放，感情真挚。

这首词在开篇便点名了“秋分”这个时间节点。里面的“风清露冷”“凉蟾”“桂子”等词汇形象生动地描述了秋分节气的气候特征及景色，虽然有虚幻的描写，但是更加凸显出词人自由奔放的写作特点。

**【养生解读】**

农谚说：“白露秋分夜，一夜冷一夜”“一场秋雨一场寒，十场秋雨好穿棉”。专家提醒，随着秋分节气到来，冷空气开始日渐活跃，气温降低的速度明显加快，大家要准备好换季的秋装，以防着凉感冒。此外，以下的四个养生细节也要注意。

**饮食：南瓜煮粥暖脾胃**

秋分后，气候渐凉，是胃病多发与复发的时节。胃肠道对寒冷的刺激非常敏感，患有慢性胃炎等消化系统疾患的朋友们，应特别注意胃部的保暖。中医认为，南瓜性温味甘，入脾胃二经，能补中益气，正是这个时候的暖胃护胃佳品。南瓜中还含有丰富的果胶成分，有助于保护胃部不受刺激。早餐煮粥时放几块南瓜，或者在晚餐桌上加一道南瓜粉丝汤，简单方便，营养美味。秋分之后，我们周围的空气会变得渐渐干燥，眼睛容易干涩，皮肤也不容易保养，南瓜中含丰富的β－胡萝卜素和维生素B6，有益于眼睛健康和护肤。

秋分之后是秋蟹大量上市的季节。中医认为，秋蟹肉性寒，脾胃虚寒者尤应引起注意，以免引起腹痛、腹泻。吃蟹时和吃蟹后1小时内不要喝茶。因为开水会冲淡胃酸，茶会使蟹的某些成分凝固，不利于消化吸收，还可能引起腹痛、腹泻。蟹肥的时候柿子也熟了，这两种东西应当注意不要同时吃，因为柿子中的鞣酸等成分有可能会使蟹肉蛋白凝固，凝固物质长时间留在肠道内会发酵腐败，引起呕吐、腹痛、腹泻等反应，还可能引起结石症等。

**居家：防“电”垫褥盖薄被**

从秋分这一天起，气候主要呈现三大特点：① 白天逐渐变短，黑夜变长。秋夜较凉，要注意在床上垫上保暖效果较好的纯棉材质的床褥，尤其是有慢性疾患的老年朋友，不宜再睡凉席了；② 昼夜温差逐渐加大，幅度将高于10℃以上，所以晚上睡觉的时候一定要盖好薄被,尤其是阳虚体质的人不宜再盖毛巾被之类比较单薄的东西了;③ 随着气温逐日下降,雨水逐渐减少,周围空气也较干燥。

皮肤与衣服之间以及衣服与衣服之间互相摩擦,便会产生静电。由于老年人秋天的皮肤相对比年轻人干燥以及老年人心血管系统老化、抗干扰能力减弱等因素,因此老年人更容易受静电的影响。为了防止静电的发生,室内要保持一定的湿度,要勤拖地、勤洒些水,或用加湿器加湿。梳头时可将梳子浸入水中片刻,等静电消除之后再梳,便可以将头发梳理服贴了。脱衣服之后,用手轻轻摸一下墙壁或摸门把手、水龙头之前用手摸一下墙,将体内静电"放"出去,这样静电就不会伤你了。对于老年人,应选择柔软、光滑的棉纺织或丝织内衣、内裤,尽量不穿化纤类衣物,以使静电的危害减少到最低限度。

**工作:桌前放点橘子皮**

秋分节气之后,橘子大量上市,坐班族不妨在办公桌上或者卧室的床榻边放一些吃剩的橘子皮,它清新的气味能够刺激神经系统的兴奋,让人神清气爽,也能清除污浊的空气,美化室内的环境。

橘子具有的芳香味有助于化湿、醒脾、避秽、开窍。另外,当感觉乏力、胃肠饱胀、不想吃东西时,适当闻闻橘子的清香,还可以缓解不适。橘子芳香的气味能够使人镇静安神,而橘子柔和的色彩,会给人温暖的感觉,所以说把橘子放在床头,有利于促进睡眠。用鼻子"吃"橘子,不失为一种时尚的健康之选。

**民俗:登高望远健眼肺**

秋分之后便是重阳节,这个时节,秋高气爽,不少地方都有登高望远的民俗。山林地带空气清新,大气中的浮尘和污染物较少,负离子含量高,登高对身心健康尤为有益。登高能使人的肺通气量和肺活量明显增加,血液循环增强,脑血流量增加,可达到增强体质、防病治病的目的;还可以培养人的意志,陶冶情操。

登高要避开气温较低的早晨和傍晚。登高时,要沉着,速度要慢,以防腰腿扭伤;下山不要走得太快,以免膝关节受伤或肌肉拉伤。登高过程中,应通过增减衣服来适应温度的变化;休息时,不要坐在潮湿的地上和风口处;出汗时可稍松衣扣,不要脱衣摘帽,以防伤风受寒。对于患有心血管疾病、肺气肿、支气管炎的人来说,应慎重登高。心脏代偿功能良好者可参加轻微的登山活动,而代偿功能不佳者不要勉强登山,以免发生意外。

## 26. 浮香绕曲岸，圆影覆华池

### 曲池荷

唐·卢照邻

浮香绕曲岸，圆影覆华池。
常恐秋风早，飘零君不知。

**【诗词大意】**

荷花的芳香在弯曲的池岸飘浮着，圆圆的叶子的倒影覆盖了美丽的水池。常常担心萧瑟的秋风来得太早，让你来不及欣赏荷花的美景它就凋落枯萎了。

**【诗词赏析】**

卢照邻(约635—约680)，唐代诗人，字升之，号幽忧子，幽州范阳(今北京市)人，为“初唐四杰”之一。《曲池荷》是唐代诗人卢照邻创作的一首五言绝句。这首诗前两句写的是花好月圆，后两句突然借花自悼。此诗托物言志，情感真切自然。

“浮香绕曲岸”，未见其形，先闻其香。曲折的池岸泛着阵阵清香，说明荷花盛开，正值夏季。

“圆影覆华池”，写月光笼罩着荷池。月影是圆的，花与影，影影绰绰，莫能分解。写荷的诗作不在少数，而这首诗采取侧面写法，以香夺人，不着意描绘其优美的形态和动人的纯洁，却传出了夜荷的神韵。

“常恐秋风早，飘零君不知”，是沿用屈原《离骚》“惟草木之零落兮，恐美人之迟暮”的句意，但又有所变化，含蓄地抒发了自己怀才不遇、早年零落的感慨。

**【养生解读】**

很多高血压患者都知道常用的降压药，但是很少知道身上有什么降压的穴位(这里需要强调的是，穴位只能用来辅助降压，不能替代药物治疗，但学会穴位按摩帮助降压对于血压高的人来说终究是件好事情)，这里我们就为大家介绍一个经典的降压穴位——曲池穴！

说到曲池，大家可能首先想到的不是穴位，而是美丽的景色，比如想到九曲回廊，想到曲院风荷，想到一池清水等等。

卢照邻的这首《曲池荷》虽然有些悲秋的情绪，但是具体到曲池这个穴位，却具有正能量的意味在里面，为什么这么说呢？

曲池是人体腧（俞）穴之一，属于手阳明大肠经之合穴，出自中医经典古籍《灵枢》。

曲池这个曲是屈曲的意思。脉气流注此穴时，似水注入池中。又因为取穴时，屈曲其肘，横纹头有凹陷，形似浅池，所以就有这个形象生动的名词。

明代著名医书《普济方·针灸》中对曲池的功效记载为能治疗“头项痛”。很多高血压患者都有头痛的症状，是比较适用的。

曲池穴有调和气血、疏经通络、清热解表、散风止痒、消肿止痛等作用，所以对于气血不和、经络不畅等导致的高血压有一定的辅助降压作用。

曲池穴五行属土，具有清热化痰的作用，加之可以解表热、泻内火，可用于治疗风阳上扰、气血上冲等高血压证型的头痛头晕等。

那么，如何找到曲池穴呢？将肘屈成90度，在手肘的内侧，会发现一条横纹，横纹外侧的终点就是曲池穴。

每日按压曲池穴1～2分钟，使酸胀感向下扩散，有预防高血压的作用。此外，发热感冒及咳嗽、哮喘时，可用刮痧板刮拭，如有痧排出，有助于解表、退热。每天早晚用拇指指腹垂直按压曲池，每次1～3分钟，可改善上肢瘫麻、哮喘等症。

对于高血压患者，可以通过按摩曲池穴进行辅助控制，但是，治疗高血压的根本方法，还是药物疗法。中医认为，高血压常与气血亏虚、肾阳不足有关，建议除了服用常规降压西药外，还可搭配中药调理。

除了辅助降压，曲池穴还有很多功效。

曲池穴为手阳明大肠经穴，大肠经与肺经相表里，肺主皮毛。此穴位于肘部，乃经气运行之大关，能通上达下，通里达表，既可清在外之风热，又能泻在内之火邪，是表里双清之要穴，具有疏散风热、解表散邪之功，善解全身风热表邪，主治外感热病、风热上扰的头痛、咽喉肿痛，风热犯肺的咳嗽、气喘，具有清热解毒、凉血祛风、消肿止痛之功，可泻除热毒郁遏肌表的各种皮肤疾患。

此穴不但疏散表热，还可清解里热，具有清泻热毒、通经止痛之功，治疗阳明积热所致的头痛、齿痛、目痛等五官疾患。

此穴为手阳明大肠经合穴，五行属性属土，“合治内腑”，故可清泻阳明，清利湿热，调理大肠气血，调节大肠功能，治疗湿、热、气、血壅滞大肠，肠腑传导失职的腹胀、腹痛、吐泻、痢疾、便秘、肠痈及阳明郁热的乳痈等。还具有清热化痰的作用，加之可以解表热、泻内火，用于治疗痰火扰心或热扰神明的胸中烦满、善惊、癫狂等神志病。

此穴位于肘部，具有通经络、调气血、祛风湿、利关节、止痹痛之功，可用于治疗上肢痿痹、瘫痪诸疾。

## 27. 但愿人长久，千里共婵娟

### 水调歌头·明月几时有

宋·苏轼

明月几时有，把酒问青天。
不知天上宫阙，今夕是何年。
我欲乘风归去，又恐琼楼玉宇，高处不胜寒。
起舞弄清影，何似在人间？

转朱阁，低绮户，照无眠。
不应有恨，何事长向别时圆？
人有悲欢离合，月有阴晴圆缺，此事古难全。
但愿人长久，千里共婵娟。

**【诗词大意】**

明月从什么时候才开始出现的？我端起酒杯遥问苍天。不知道在天上的宫殿，今天晚上是何年何月。

我想要乘御清风回到天上，又恐怕在美玉砌成的楼宇，受不住高耸九天的寒冷。翩翩起舞玩赏着月下清影，哪里比得上人间？

月儿转过朱红色的楼阁，低低地挂在雕花的窗户上，照着没有睡意的自己。

明月不该对人们有什么怨恨吧，为什么偏在人们离别时才圆呢？人有悲欢离合的变迁，月有阴晴圆缺的转换，这种事自古来难以周全。只希望这世上所有人的亲人能平安健康，即便相隔千里，也能共享这美好的月光。

**【诗词赏析】**

这首词是公元1076年（宋神宗熙宁九年）中秋，苏轼在密州（今山东诸城，宋时辖胶西、高密、安丘、诸城、莒县五县）时所作。

词前的小序交代了写词的过程："丙辰中秋，欢饮达旦，大醉，作此篇，兼怀子由。"意思是说丙辰年的中秋节，高兴地喝酒直到第二天早晨，喝到大醉，写了这首词，同时思念弟弟苏辙。

这首词以月起兴，以与其弟苏辙七年未见之情为基础，围绕中秋明月展开想象和思考，把人世间的悲欢离合之情纳入对宇宙人生的哲理性追寻之中，反映了作者复杂而又矛盾的思想感情，又表现出作者热爱生活与积极向上的乐观精神。词作上片问天反映执著人生，下片问月表现善处人生，落笔潇洒，舒卷自如，情与景融，境与思偕，思想深刻而境界高逸，充满哲理，是苏轼词的典范之作。从艺术成就上看，它构思奇拔，畦径独辟，极富浪漫主义色彩，是历来公认的中秋词中的绝唱。

**【养生解读】**

每年中秋节，很多读者，尤其是身在异乡的读者喜欢用苏轼的这首词来表达自己的思乡之情，还有不能与家人团圆的缺憾。

中秋节是我国传统节日中仅次于春节的第二大团圆节日，节期为农历八月十五，恰逢三秋之半，故也叫"仲秋节"。又因有祈求团圆的相关节俗活动，故亦称"团圆节"。中秋节里不少民俗活动都蕴含养生保健的寓意，如果您也感兴趣的话，不妨一起来了解一下吧。

**抬头望月预防颈椎病**

中秋赏月的风俗在唐代已十分流行，流传下来的唐诗名篇中很多都有咏月的诗句，诗仙李白更是与月亮在诗中有不解之缘。到了宋代，中秋赏月之风更盛，每逢这一日，无论王公贵族，还是布衣百姓，都争相赏月。明清时期，宫廷和民间的拜月赏月活动更具规模，各地至今仍遗存着许多"拜月坛""拜月亭""望月楼"

等古迹。直到今天,无论是团圆的一家人围坐在一起,还是遥望明月与千里之外的家人"共婵娟",赏月依旧是中秋佳节必不可少的活动之一。

经常伏案工作和喜欢低头玩手机的人,非常容易出现颈椎疾患,中秋佳节的这个抬头赏月的过程是一种很好的活动颈椎的过程,随着你颈部主动地进行仰伸运动,你的颈椎也自然得到了有效放松和锻炼。如果想要锻炼效果更好,可以在医生的指导下做以下步骤:两脚开立,与肩同宽,双手叉腰。头颈缓慢左转,左转至最大限度,下颌上抬,双眼向左后上方看,稍停留,还原。缓慢低头看地,下颌尽量触及前胸,还原。头颈缓慢右转,右转至最大限度,下颌上抬,双眼向右后上方看,稍停留,还原。重复4~8次。

**桂花酒酿化痰散瘀**

中秋节前后正是桂花初放的时候,人们在赏月之时也会品尝用桂花制作的各种食品,比如桂花糕、桂花鸭等等。中秋之夜,如果在赏月的时候还能闻着阵阵桂香,喝一杯桂花酒酿,真是合家欢庆、甜甜蜜蜜,不失为节日中的一种美的享受。

桂花甜酒酿是上海和江苏一带的传统名点。从中医的角度来说,桂花辛温,无毒,有化痰、散瘀的功效。对于痰饮、肠风血痢、牙痛、口臭等疾患都有一定的疗效。比如明代药学著作《本草汇言》中记载桂花能"散冷气,消瘀血,止肠风血痢……凡患阴寒冷气,瘕疝奔豚,腹内一切诸冷病,蒸热,布裹熨之,诸疾皆愈"。《陆川本草》中记载桂花能治"痰饮喘咳"。

**变着花样吃月饼**

如今的月饼,按地方特色划分,主要有京、津、苏、广、潮五大类别,很多读者朋友不知道,月饼除了吃,还可以玩。如江南的"卜状元":把月饼切成大中小三块,叠在一起,最大的放在下面,为"状元";中等的放在中间,为"榜眼";最小的在上面,为"探花"。而后全家人掷骰子,谁的数码最多,即为状元,吃大块,依次为榜眼、探花,游戏取乐。

如果中秋节之后月饼还有一些剩余,不妨试试换个花样吃月饼,以下四种月饼的吃法,您如果没有吃过,不妨试试吧!

1. 烙月饼。切碎月饼,少放些酵母粉,打一个鸡蛋,放一袋牛奶,再放些白面,放点水将其搅成粥状,然后烙成饼。

烙月饼增加了月饼的营养，保持了月饼的味道，又降低了甜腻的口感，而且便于操作。要注意把握住火候，以免影响营养。

2. 炸月饼。把月饼先放到冰箱里冻一下，趁半冻状态拿出来用刀切成两片，在油中炸至黄色，然后盛出来，稍冷片刻食用。

豆沙、枣泥等软馅类的月饼比较适合这种做法，蛋黄、肉松等类型的使用这种做法太过油腻。这种做法的月饼虽然皮酥可口，但毕竟是油炸食品，一次吃上一两片即可。

3. 炒月饼。将月饼切成小长条，加葱花、姜丝、味精，在油锅中略炒即成。

肉馅类月饼比较适用于这种做法。由葱花、姜丝炒过的月饼，少了些月饼的甜腻，多了些家常菜的口感，姜丝能刺激胃粘膜，促进血液循环，振奋胃功能，有健胃作用，还能增强胃液的分泌和肠壁的蠕动，从而帮助消化。所以，长假吃腻了大鱼大肉的读者朋友不妨试试这种月饼新吃法。

4. 月饼八宝粥。把素馅的月饼切成丁块，放在煮好的八宝粥上面，配合食用。

秋凉时节吃一碗热乎乎的月饼八宝粥有利于暖胃。八宝粥富含膳食纤维，配合少量月饼食用，有利于取长补短、增加营养，也利于吸收，但是这种做法依然偏甜，糖尿病患者最好在医生或者营养师的指导下食用。

## 28. 袅袅凉风动，凄凄寒露零

### 池上

*唐·白居易*

袅袅凉风动，凄凄寒露零。
兰衰花始白，荷破叶犹青。
独立栖沙鹤，双飞照水萤。
若为寥落境，仍值酒初醒。

**【诗词大意】**

轻柔的凉风吹起来了，清晨的露珠也带着丝丝寒意零落在草丛间。兰花草的叶子渐渐衰败，花也开始变白。池塘里的荷花残破不堪，荷叶却青绿依然。

白鹤有的独立在沙滩栖息，有的一起双飞翱翔，身影映照在波光盈盈的水面。像这样寂寥冷清的画境，又好像适逢酒醉初醒的感觉。

**【诗词赏析】**

白居易（772—846），字乐天，号香山居士，又号醉吟先生，祖籍太原，生于河南新郑。白居易是唐代伟大的现实主义诗人，唐代三大诗人之一，与元稹共同倡导新乐府运动，世称“元白”，与刘禹锡并称“刘白”。白居易的诗歌题材广泛，形式多样，语言平易通俗，有“诗魔”和“诗王”之称。官至翰林学士、左赞善大夫。

像这首《池上》之类的闲适诗是白居易特别看重的一类诗作，具有尚实、尚俗、务尽的特点。这首《池上》不但生动描绘了寒露时节花草与动物的形态，更从这些如画的诗句中表现出淡泊平和、闲逸悠然的情调。

**【养生解读】**

农谚道：“吃了寒露饭，单衣汉少见。”专家提醒广大读者朋友，“寒露”节气后饮食居家都需注意重点提防凉燥，以防疾病缠身。

**饮食：多吃山药、萝卜等“根”菜，还有莲藕**

寒露节气养生保健不妨多吃些山药、萝卜等“根”菜。山药既是中药，也是美食，是大家熟悉的滋补珍品。研究证明，山药中的B族维生素的含量是大米的数倍，矿物质中钾含量极其丰富。此外，山药对于糖尿病有辅助疗效，除了易产生饱腹感，有利于控制食量外，甘露聚糖还有改善糖代谢，提高胰岛素敏感性的功用。由于山药中淀粉含量较高，因此在食用山药时，最好能用山药代替一部分主食，也就是适当减少主食的量，尤其是糖尿病人，以免带来能量过剩的问题。

莲藕中含有黏液蛋白和膳食纤维，能与人体内胆酸盐、食物中的胆固醇及甘油三酯结合，使其从粪便中排出，从而减少脂类的吸收。莲藕散发着一种独特的清香，还含有鞣质，有一定的健脾止泻的作用，能增进食欲，促进消化、开胃，有益于胃纳不佳、食欲不振者恢复健康。

**饮食：空腹吃柿子最不宜**

民谚有“立秋核桃白露梨，寒露柿子红了皮”。柿子营养价值很高，含有丰富的蔗糖、葡萄糖、果糖、蛋白质、胡萝卜素、维生素C等营养物质。所含维生素和糖分比一般水果高 1～2 倍。柿子有清热去燥、润肺化痰、软坚、止渴生津、健脾、治痢、止血等功能。柿子富含果胶，它是一种水溶性的膳食纤维，有良好的润肠通便作用，对于纠正便秘，保持肠道正常菌群生长等有很好的作用。柿子还可以缓解干咳、喉痛、高血压等症。所以，柿子是慢性支气管炎、高血压、动脉硬化、内外痔疮患者的天然保健食品。新鲜柿子含碘也很高。

中医认为以下三类人群不宜吃柿子：① 风寒咳嗽的人；② 寒性腹泻的人；③ 脾胃虚寒、寒性腹痛和呕吐患者。此外，还需要提醒大家注意的是：柿子不要空腹吃，一次不要吃太多，吃柿子后不要再吃酸性食物，柿子不熟不可以吃。柿子含有大量的柿胶酚、可溶性收敛剂、果胶等，这些成分在胃中酸性环境下会凝成不溶性硬块，成为"胃柿石症"，所以不要多吃，一般一天最好不要食用超过一个。柿子的鞣酸成分可与铁质结合，影响铁剂补血药的吸收和利用。药理研究发现，新鲜柿含碘量高，甲亢等患者最好不要吃。

**居家：夜凉勿憋尿，卧室备"夜壶"**

寒露节气，不少人为了防止口干，晚上睡觉前会喝不少水，这样一来，夜尿的频率就会增加。一些读者朋友即便是夜里或者凌晨感觉到了尿意，由于嫌起床较冷，常常下意识地憋尿继续睡，这是非常不健康的坏习惯。尿液中含有毒素，含有细菌的尿液不能及时排出，易诱发膀胱炎。高血压患者憋尿会使交感神经兴奋，导致血压升高、心跳加快、心肌耗氧量增加，引起脑出血或心肌梗死，严重的还会导致猝死。

如果不习惯半夜起床到卫生间小便，不妨在卧室放个"夜壶"，类似于医院一些行动不便的住院患者用的小便器。夜壶是我国历代老者常用的传统器皿，以前惯用陶瓷，现在常用塑料，轻便、安全，一般放在床下。

**居家：出门泡个热水脚**

常言道："寒露脚不露。"寒露节气前后要注重足部的保暖，凉鞋基本可以收起来了，以防"寒从足生"。由于两脚离心脏最远，血液供应较少，又因为脚部的脂肪层较薄，故特别容易受到寒冷的刺激。脚部受凉，特别容易引起上呼吸道黏膜毛细血管收缩，导致人抵抗力下降。呼吸道对冷空气刺激极为敏感，骤然降温使呼吸器官抵抗力下降，病邪就会乘虚而入，轻则引起外感咳嗽，重则可使气管炎、哮喘等呼吸系统疾病发作。

寒露时节出行前如果条件允许,最好用热水泡个脚。用热水泡脚既可预防呼吸道感染性疾病,还能使血管扩张、血流加快,改善脚部皮肤和组织营养,减少下肢酸痛的发生,使人精力充沛。

## 29. 月落乌啼霜满天,江枫渔火对愁眠

### 枫桥夜泊

唐·张继

月落乌啼霜满天,江枫渔火对愁眠。
姑苏城外寒山寺,夜半钟声到客船。

**【诗词大意】**

月亮在夜空里慢慢垂落,乌鸦啼叫着,霜气满天,我对着江边的枫树和渔火,心怀忧愁而难以入眠。姑苏城外,那寂静的寒山古寺,敲钟的声音在半夜里传到了客船。

**【诗词赏析】**

张继(约 715—约 779),字懿孙,唐代诗人,襄州(今湖北省襄阳市)人。《唐才子传》中说他"博览有识,好谈论,知治体",是一位重视气节,有抱负、有理想的人,不仅有诗名,品格也受人敬重。

《枫桥夜泊》是唐朝安史之乱后,张继途经寒山寺时,写下的一首羁旅诗。在这首诗中,诗人精确而细腻地讲述了一个客船夜泊者对江南深秋夜景的观察和感受,勾画了月落乌啼、霜天寒夜、江枫渔火、孤舟客子等景象,有景有情有声有色。此外,这首诗也将作者羁旅之思、家国之忧,以及身处乱世尚无归宿的顾虑充分地表现出来,是写愁的代表作。

这首诗句句形象鲜明,可感可画,句与句之间逻辑关系又非常清晰合理,内容晓畅易解,不仅中国历代各种唐诗选本和别集都选录此诗,连亚洲一些国家的小学课本也曾收录此诗。寒山寺也因此诗的广为传诵而成为游览胜地。

**【养生解读】**

唐代张继的这首《枫桥夜泊》不但是写霜降景色的上佳之作，还被创作成流行歌曲，被许多歌手传唱，风行至今，颇有影响。

霜降是秋季最后一个节气。《月令七十二候集解》中说："九月中，气肃而凝，露结为霜矣。"霜降的意思是天气变冷，露水结成霜，这使秋季即便降雨也不能明显缓解秋燥的环境，反而更让秋凉时节"凉燥"的威力加大。

对于秋燥，很多读者朋友应对的方法是以补水和一般的食疗为主。但有的秋燥症状并不是多饮水或者简单吃些滋阴润燥的食物便能缓解的，一定要对"证"，才能有效。

**误区一：到了秋天就一定会出现秋燥症状**

秋燥虽然是自然现象，但是这个"燥"如果对人体健康造成损害，便成为致病因素，中医称之为"燥邪"，有的读者朋友也许会说，为什么自己觉得秋燥的感觉很明显，但是身边有的人却感觉不是很明显的呢？

这主要与秋燥产生的三个条件有关系。第一，有的地方虽然到了寒露节气，但是雨水并不稀少，秋燥的感觉因此不明显；第二，有的地方寒露节气之后雨水较少，秋燥程度比较强烈甚至变化过于急骤，超过了很多人的适应能力，因此大家对秋燥的感觉会比较明显；第三，虽然秋燥出现的时间与程度都比较正常，但是有的人的抵抗力较低，对秋燥比较敏感一些，因此同一地区的人对秋燥的感觉也不一样。

**误区二：多饮水就能防秋燥**

很多预防秋燥的科普文章中都会提到多饮水以预防秋燥，一些读者朋友觉得比较有效果，但是有一些读者朋友觉得效果不明显，这是为什么呢？

燥邪的致病原因有四个，对于秋燥耗损津液的这一证型，主要是因为"燥性干涸"引起的。但是秋燥致病的燥邪还最容易损伤肺脏，诱发呼吸系统疾患，比如大家经常听说的燥咳，这类咳嗽西医的治疗效果不是非常理想，而中医按温燥与凉燥辨证用药，效果较好。

温燥咳嗽一般发生在初秋，以咳嗽少痰、不易咯出、口干咽痛为特点，或伴身热、微寒、头痛等风热表证。中医常用具有疏风清热、润燥止咳的中药进行治疗。

凉燥咳嗽一般发生在深秋，主要是感受燥邪与风寒之邪，主要症状除了咳嗽少痰、咽干鼻燥表现外，往往兼有恶寒发热、头痛无汗等风寒表证。中医常用具有疏风散寒、润肺止咳的中药进行治疗。

**误区三：不到深秋不会出现秋燥中的“凉燥”症状**

也有读者朋友会提出疑问：这个时候还没到深秋，为什么自己会出现凉燥咳嗽的症状呢？第一，这往往与患者的体质有关，如阴虚体质的燥咳患者易患上温燥咳嗽，气虚、阳虚体质的患者易患上凉燥咳嗽，这时候不但要用中药常规方剂对证治疗，还需要服用秋冬膏方调理。

第二，中医认为燥性肃杀，会克伐肝气。燥邪五行属金，按照中医五行理论，肝属木，金克木，所以，秋天燥邪太过会对人体的肝气造成损害，容易引起情绪波动、内分泌紊乱、月经失调、心慌心悸、失眠等问题。这个时候不但要润燥还要疏肝解郁。

第三，秋燥中的凉燥容易滞涩气机。被这类燥邪所伤的患者一般会出现胸闷喜叹气、两胁容易胀痛、嗳气、忧郁寡欢，情绪波动时易腹痛腹泻，女性易出现乳房胀痛甚至痛经等症状，这个时候仅仅润燥也是不够的，还需要使人体气机得以顺畅。

**误区四：多敷面膜就能对抗秋燥**

很多女性在秋季会因为秋燥感觉面部肌肤干燥，于是采用多敷面膜的办法来对抗秋燥，这实际上是一个误区。

肌肤过于干燥的人仅仅靠多敷面膜是没有效果的，反而会加重皮肤干燥的症状，因为皮肤的滋润是由内而外的，面膜里含有大量的精华成分，而皮肤的吸收能力有限，过剩的营养吸收不了反而会堵塞毛孔，滋生粉刺、油脂粒等问题。应根据具体的体质配合膏方调理。

对于时下较流行的睡眠面膜，其性质较温和清爽，补水效果也不错，有的女性喜欢敷着过夜，这是不可取的，因为皮肤长时间不能呼吸，新陈代谢受阻，同样会带来粉刺和油脂粒等问题。秋燥的季节最好使用成分较温和的保湿面膜，次数不要太频繁，每周敷一两次，每次时间不能太长，15～20 分钟即可，不要等到整片面膜都干掉再拿下来，否则会因水分蒸发，根本起不到保湿作用。

## 30. 遥知兄弟登高处，遍插茱萸少一人

### 九月九日忆山东兄弟

唐·王维

独在异乡为异客，每逢佳节倍思亲。
遥知兄弟登高处，遍插茱萸少一人。

**【诗词大意】**

独自离家在外地为他乡客人，每逢佳节来临格外思念亲人。遥想兄弟们今日登高望远头上插茱萸时，可惜只少我一人。

**【诗词赏析】**

《九月九日忆山东兄弟》是唐代诗人王维的名篇之一。此诗写出了游子的思乡怀亲之情。

九月九日是重阳节，中国有些地方有登高的习俗。《太平御览》卷三十二引《风土记》云："俗于此日以茱萸气烈成熟，当此日折茱萸房以插头，言辟恶气而御初寒。"

诗一开头便紧切题目，写异乡异土生活孤独凄然，因而时时怀乡思人，遇到佳节良辰，思念倍加。接着诗一跃而写远在家乡的兄弟，按照重阳节的风俗登高时，也在怀念自己。诗意反复跳跃，含蓄深沉，既朴素自然，又曲折有致。其中"每逢佳节倍思亲"更是千古名句。

**【养生解读】**

这首《九月九日忆山东兄弟》，很多读者都学过，甚至童年时代就会背了。但是，很多人不知道，诗中的那个茱萸其实是一味中药，即使知道这是中药的人也很难分清到底是哪种中药，因为中药里面的茱萸有两种，一种是山茱萸科的山茱萸，一种是茴香科植物吴茱萸，其中一种还是男人的补药。

**王维诗中的茱萸到底是吴茱萸还是山茱萸?**

王维是唐朝河东蒲州(今山西永济)人,祖籍山西祁县。为什么要说他的出生地呢?这跟两种茱萸的产地有关系!

此诗原注:"时年十七。"说明这是王维十七岁时的作品。王维当时独自一人漂泊在洛阳与长安之间,蒲州在华山东面,所以称故乡的兄弟为山东兄弟,并不是很多人理解的他是山东人。

那么,从这个地理位置来分析,就比较容易判断王维诗中的茱萸是哪个地方的了。因为他的兄弟重阳节的时候在老家也就是山西插茱萸,山西盛产哪种茱萸呢?吴茱萸生于山地、路旁或疏林下,分布于长江流域及华南一带和陕西等地,主产地在贵州、广西、湖南、云南、陕西、浙江、四川等地。山茱萸杂生于山坡灌木林中,有栽培,分布在陕西、河南、山西、山东、安徽、浙江、四川等地。所以,从实际地理位置的角度分析,应该是山茱萸!

吴茱萸还有一些别名,比如臭辣子、臭泡子等。《吴普本草》和《名医别录》中皆记载山茱萸"无毒",而《名医别录》与《药性论》中都记载吴茱萸有毒。按道理来说,重阳节这个美好的节日里,你会把一种有臭味的有毒的中药插在自己的头发上吗?如果有的选择,估计还是以山茱萸居多。

**刘邦的宠妃戚夫人插的茱萸跟王维兄弟的不一样**

晋代葛洪《西京杂记》中记载,汉高祖刘邦的宠妃戚夫人于每年九月九日,头插茱萸,饮菊花酒,食蓬饵,出游欢宴。这个记载显然比王维诗中的记载要久远,所以也引来了质疑,说王维诗中的茱萸应该是吴茱萸,因为戚夫人是下邳(今江苏邳州)人,祖籍秦末汉初的定陶(今山东定陶),从祖籍来看,那也是山茱萸;但是如果是其出生地江苏地区的习俗,则是吴茱萸。

**插茱萸到底插的是茱萸花还是茱萸果子**

很多人觉得该日插在头上的应该是花,实际上大错特错!因为重阳节是农历的节日,按阳历算要到十月了。山茱萸花期五六月份,果期八到十月份;吴茱萸花期六至八月份,果期九至十月份。无论哪种茱萸,重阳节的时候早就没有花让你去戴了!所以,重阳节插的应该是茱萸的果实,而不是它的花。

**吴茱萸与山茱萸功效差别大**

南京市中西医结合医院肛肠科主任王元钊介绍说，吴茱萸有温中、止痛、理气、燥湿的功效，多用于治呕逆吞酸、厥阴头痛、脏寒吐泻、脘腹胀痛、经行腹痛、五更泄泻等病症。比如《神农本草经》中记载吴茱萸“温中，下气，止痛，咳逆寒热，除湿血痹，逐风邪，开腠理”。《名医别录》中记载吴茱萸“主去痰冷，腹内绞痛，诸冷、实不消”。《药性论》中记载吴茱萸“主心腹疾积冷，心下结气，疰心痛。治霍乱转筋，胃中冷气，吐泻腹痛，不可胜忍者可愈。疗遍身𤻲痹，冷食不消，利大肠壅气”。《本草拾遗》记载吴茱萸有“杀恶虫毒，牙齿虫匿”之功效。

而山茱萸有补肝肾、涩精气、固虚脱的功效，多用于治眩晕耳鸣、腰膝酸痛、阳痿遗精、遗尿尿频、大汗虚脱等病症。

为什么说山茱萸是男人的补药呢？因为肾虚、阳痿遗精、气虚的男人都适合用这种药。比如《雷公炮炙论》中记载山茱萸能“壮元气秘精”。《名医别录》中记载山茱萸能“强阴，益精，安五藏，通九窍，止小便利”。《药性论》中记载山茱萸可以“补肾气，兴阳道……添精髓”。《日华子本草》记载山茱萸可以“暖腰膝，助水藏”。这里的水藏就是指肾脏，因为五脏里面肾主水。此外，本品又能固经止血，可用治妇女体虚、月经过多等症，可与熟地、当归、白芍等配伍应用，所以，也是一种妇科疾病的常用药。

需要指出的是，山茱萸一般入药需要加工。以下三种常用的方法仅供大家参考：

① 炮制山萸肉：洗净，除去果核及杂质，晒干。

② 酒山萸：取净山萸肉，用黄酒拌匀，密封容器内，置锅中，隔水加热，炖至酒吸尽，取出，晾干（山萸肉每 100 斤，用黄酒 20～25 斤）。

③ 蒸山萸：取净山萸肉，置笼屉内加热，蒸黑为度，取出，晒干。

# 31. 帘卷西风,人比黄花瘦

## 醉花阴·薄雾浓云愁永昼

宋·李清照

薄雾浓云愁永昼，瑞脑销金兽。
佳节又重阳，玉枕纱厨，半夜凉初透。

东篱把酒黄昏后，有暗香盈袖。
莫道不销魂，帘卷西风，人比黄花瘦。

**【诗词大意】**

薄雾弥漫,云层浓密,日子过得愁烦,龙脑香在金兽香炉中缭袅。又到了重阳佳节,卧在玉枕纱帐中,半夜的凉气刚将全身浸透。

在东篱边饮酒直到黄昏以后,淡淡的黄菊清香溢满双袖。莫要说清秋不让人伤神,西风卷起珠帘,帘内的人儿比那黄花更加消瘦。

**【诗词赏析】**

《醉花阴·薄雾浓云愁永昼》是宋代女词人李清照的作品。这首词是李清照前期的怀人之作。

宋徽宗建中靖国元年(1101年),十八岁的李清照嫁给太学生赵明诚,婚后不久,丈夫便"负笈远游",深闺寂寞,她深深思念着远行的丈夫。崇宁二年(1103年),时届重九,人逢佳节倍思亲,便写了这首词寄给赵明诚。

上片咏节令,写别愁;下片写赏菊情景。作者在自然景物的描写中,加入自己浓重的感情色彩,使客观环境和人物内心的情绪融和交织。尤其是结尾三句,用黄花比喻人的憔悴,以瘦暗示相思之深,含蓄深沉,言有尽而意无穷,历来广为传诵。

**【养生解读】**

初春时节,春暖花开,是最适合喝花茶的季节。但是,面对品种繁多的花茶到底怎么选呢？如果非要在花茶中选一个性价比最高的、最适合春季喝的茶，那非菊花茶莫属了！业内也有专家认为菊花茶是春季养生的第一花茶！为什么这么说呢？

**春季易生肝火　菊花茶可以平肝火**

春季对应肝脏，中医认为肝喜条达，所以这个时候肝的活动力最为旺盛，如果保养不当容易滋生肝火，尤其是喜欢熬夜和不爱喝水的人。清代药学专著《本草正义》中记载“凡花皆主宣扬疏泄，独菊摄纳下降，能平肝火”。

上面这句话的意思是，花类的中药基本都有宣扬疏泄的特性，只有菊花有摄纳下降的特点，所以有助于平息肝火。中医的“肝”跟西医讲的“肝”是不一样的。肝火旺是中医的说法，所谓“肝火太盛”，常指人爱生气，易着急，动辄发火发怒，有时还有下列症状：口干舌燥、口苦口臭、眼干目涩、头晕头痛、心烦失眠，女性可有乳房胀痛、月经不调等。中医认为肝为刚脏，主升主动，内寄相火，所以平肝火的花类中药必须是有降下作用的。菊花还有一定的降压功效，对于肝阳上亢导致的高血压病患者，可以在中医师的指导下服用菊花茶，平肝降压。但是，低血压患者要少喝。

**春节结膜炎高发　菊花能辅助治疗结膜炎**

春季温暖潮湿，利于各类细菌繁殖，加上这段时间天气忽冷忽热，人的抵抗力下降，极易引发不同程度的眼疾，其中，各类结膜炎患者在九成以上。研究表明，菊花水煎剂及水浸剂对多种细菌、病毒有抑制作用。

**春季干燥胃火旺　菊花茶可以帮助退胃火**

春季天气干燥，但是很多人的食欲却更加旺盛，如果不及时补充水分，会由于体内缺少津液诱发胃火上升。清代药学著作《本草新编》中记载：甘菊“可以大用之者，全在退阳明之胃火”。

胃火即是胃热。对于嗜酒、嗜食辛辣、过食膏粱美味等饮食不当引起的火气，中医称之为胃火，通常是由湿热、食滞两方面原因造成。对于胃火旺的人，菊花茶可以稍微泡得浓一些。

**春季多风生风邪　菊花能祛头目风火**

春天多风,天气变化迅速,应当特别注意对风邪的避忌和对自身的防护。常提的"春捂",是避免春季风邪伤身的一种方式。从中医食疗的角度来说,喝点菊花茶也有助于预防保健。为什么这么说呢?

清代药学著作《神农本草经百种录》中记载:"凡芳香之物,皆能治头目肌表之疾。但香则无不辛燥者,惟菊……不甚燥烈,故于头目风火之疾尤宜焉。"虽然芳香之物都能治疗头目肌表的病症,但是这类药物大都辛燥,唯有菊花不一样,所以头目部位的风火之疾尤其适合使用菊花来祛火,避免燥邪伤身。

## 32. 晚来天欲雪,能饮一杯无

### 问刘十九

*唐·白居易*

绿蚁新醅酒，红泥小火炉。
晚来天欲雪，能饮一杯无?

**【诗词大意】**

酿好了淡绿的米酒,烧旺了小小的火炉。天色将晚雪意渐浓,能否一顾寒舍共饮一杯暖酒?

**【诗词赏析】**

《问刘十九》乃白居易晚年隐居洛阳,"天晚欲雪,思念旧人"时所作。刘十九是作者在江州时的朋友,作者另有《刘十九同宿》诗,说他是嵩阳处士。

全诗寥寥二十字,没有深远寄托,没有华丽辞藻,字里行间却洋溢着热烈欢快的色调和温馨炽热的情谊,表现了温暖如春的诗情。诗人开门见山地点出酒的同时,就一层层地进行渲染,但并不因为渲染,不再留有余味,相反地仍然富有意蕴。

作品充满了生活的情调,浅近的语言写出了日常生活中的美和真挚的友谊。

**【养生解读】**

古人很多诗词中都有对雪的描写，但是，一般小雪节气却未必有雪，正如这首词中所写的“晚来天欲雪”，并不真的下雪。

进入该节气之后，中国广大地区西北风开始成为常客，气温逐渐降到0℃以下，但大地尚未过于寒冷，虽开始降雪，但雪量不大，故称小雪。由于这个时间段天气由冷转寒，北方地区的降水形式由雨变为雪，而南方地区虽然此时“地寒未甚”，基本不会下雪，但是由于雨水与寒气交织，湿冷天气也开始增多。南京市中西医结合医院养生专家提醒，小雪节气养生要外防湿冷，内防燥热。

**“小雪”湿冷　预防冻疮这个时候就要开始**

小雪节气前后，不少地方都下起了小雨，虽然不是下雪，但是因为气候逐渐由冷转寒，湿冷的感觉也让不少读者朋友感觉不舒服。预防冻疮这个时候就要开始。中医学认为本病的发生是由于阳气不足，外感寒湿之邪，使气血运行不畅，瘀血阻滞而发病。因为湿冷的天气会加速体表散热，所以小雪节气前后湿度大的地区，植物神经功能紊乱、肢端血循环不良、手足多汗、缺乏运动、营养不良、贫血及一些慢性病患者常常成为冻疮重点“照顾”的对象。

小雪节气前后要积极着手预防冻疮，注意锻炼身体，提高机体对寒冷的适应性。注意全身及局部保暖，先从薄手套戴起，鞋袜要温暖宽松。平时应经常自己按摩手足及耳廓，促进手足血液循环，每年冻疮容易复发的患者可在皮肤科中医师指导下尝试食疗、中药外治、膏方调理等来进行积极预防。

**预防燥热　小雪节气生吃萝卜熟吃梨**

“小雪”时节是秋冬交替的前沿，按照传统养生理念，要多吃温热性的食物。但是如今随着暖气、空调等取暖设施的广泛运用，大家一般都在室温较高的室内生活、学习或者工作，而且穿得多、动得少，燥热的室内环境容易造成体内积热。如果此时再吃热量高、脂肪含量高且油腻的食物，容易导肺火、胃火等人体的“内火”旺盛。这些体内的“火”不及时去除，会影响肛肠健康，诱发热结便秘等疾病。

平时大家都习惯熟吃萝卜生吃梨，小雪节气之后大家不妨试着生吃萝卜熟吃梨。为什么这么说呢？梨具有润肺清热、养阴生津等作用，对于燥热咳嗽型患者，熟吃梨能增加止咳的效果。这里有一个简单的食疗方供大家参考：

大梨1个，蜂蜜60克。将梨挖洞，去梨核，装入蜂蜜，置于大碗中，隔水蒸熟吃。每日服用1～2次。

对于白萝卜，大家平时一般都是熟吃的。中医认为，生吃萝卜可以清热生津，凉血止血，化痰止咳；而煮熟偏于益脾和胃，消食下气。所以，从清热生津的角度来说，生吃效果更好。但需要提醒大家的是，脾胃虚寒者不要生吃萝卜，最好煮熟以后吃，以免引起肠胃不适。

**喝酒、吃火锅驱寒　治标不治本**

诗中那种围着火炉喝酒的画面让人感觉很温暖，所以，现代人也习惯在寒冷的季节喝酒、吃火锅驱寒。那么，这种做法真的能驱寒吗？

由于喝酒有助于气血流通更顺畅，激发人体内的阳气运行，所以很多人觉得饮酒能够驱寒。但是，依靠喝酒取得的暖身效果是很短暂的，热量散发之后，很多人反而会觉得更冷。

随着小雪节气的到来，火锅店的生意日益红火，几乎每家火锅店都是人气爆棚。有意思的是，吃火锅的女性似乎更多。有的女食客表示，天冷时节穿得比男士们“清凉”一点都是为了美感，但实际上还是比较冷的，最好的驱寒办法就是喊上几个姐妹一起到火锅店“热辣”一顿。

天冷时节喜欢吃火锅以及辛辣食物的女性朋友们，如果吃得较多或者频率较高，不仅不能健康驱寒，反而会耗伤津液和肾阴。理论上，火锅中的辣椒、胡椒、大蒜、葱等具有辛温香散作用的调料，可促进血液循环，利于驱寒，但是辛辣食物对脾胃及肠道的刺激很大。尤其是对于脾胃虚弱的女性而言，过多摄入辛辣刺激食物不利于脾胃健康。此外，女性容易肾水不足、肝火过旺，而火锅吃太多易伤人体的津液及肾阴，容易诱发盆腔炎、乳腺疾病、月经不调等妇科疾患。即便是有中药成分的火锅也要慎食，以防有些药效适得其反。

不少女性冬季更容易在情绪上出现问题，一旦心理压力过大，会表现出气虚、血滞的症状，进而导致手脚气血循环不畅，以至于怕冷。在这个时节最适合的驱寒方式是按中医诊断，对症服用膏方，从根本上解决怕冷的问题，不建议大家一味靠吃辛辣刺激的“热性”食物驱寒。

# 33. 风住尘香花已尽,日晚倦梳头

## 武陵春·风住尘香花已尽

宋·李清照

风住尘香花已尽,日晚倦梳头。
物是人非事事休,欲语泪先流。

闻说双溪春尚好,也拟泛轻舟。
只恐双溪舴艋舟,载不动许多愁。

**【诗词大意】**

恼人的风雨停歇了,枝头的花朵落尽了,只有沾花的尘土犹自散发出微微的香气。抬头看看,日已高,却仍无心梳洗打扮。

春去夏来,花开花谢,亘古如斯,唯有伤心的人、痛心的事,令我愁肠百结,一想到这些,还没有开口我就泪如雨下。

听人说双溪的春色还不错,也准备去划船散散心。只是担心双溪那舴艋舟,载不动我心中这许多的忧愁啊!

**【诗词赏析】**

这首词是宋高宗绍兴五年(1135年)李清照避难浙江金华时所作,非一般的闺情闺怨词所能比。

此词上片极言眼前暮春景物的不堪入目和心情的凄苦之极;下片则进一步表现其悲愁之深重,并以舴艋舟载不动愁的新颖艺术手法来表达悲愁之多。

全词充满了“物是人非事事休”的痛苦和对故国故人的忧思,写得新颖奇巧,深沉哀婉,自然贴切,丝毫无矫揉造作之嫌,饶有特色。

这首词继承了传统的词的作法,采用了类似后来戏曲中的代言体,以第一人称的口吻,用深沉忧郁的旋律,塑造了一个孤苦凄凉环境中流荡无依的才女形象。

【养生解读】

中国古代对于梳头这件事是非常有仪式感的，几乎是开启和结束一天生活的标志性事件之一，比如这首词中提到的“风住尘香花已尽，日晚倦梳头”。

因“百家讲坛”被广大读者所熟知的文化学者纪连海老师曾言，中国历史上有位伟大的女性方雷氏，她对中华民族有一个重要的贡献——发明了梳子。这个方雷氏是何许人也？据《汉书》记载，她是黄帝的妃子，黄帝是中华民族的始祖之一，传闻又著有《黄帝内经》。所以，梳子的历史几乎可以说与中华民族的文化史一样悠久。

古人梳头不但是为了追求美丽的形象，还有一个很重要的原因就是养生保健。明朝养生学家冷谦，活了150多岁，他将一生养生之法整理为《修龄要指》一书，在书中提出了“十六宜”，其中之一就是“发宜多梳”。

**文人墨客梳头养生治失眠　防发早白**

古代的女子爱梳头，男子也一样热衷于梳头，尤其是文人墨客更是如此，而且成为一种养生时尚。

宋代大文学家苏东坡推崇“黄昏梳头助眠法”，他对于梳头促进睡眠有深切体会：“梳头百余下，散发卧，熟寝至天明”。

陆游不但是南宋著名的爱国诗人，还是一位善用梳子养生的高手。他年轻的时候仕途坎坷，报国大志一直难以实现。晚年生活困顿，却享有83岁高寿，有时还能上山砍柴挑回家。陆游每日晨起坚持梳头，在白发上梳了再梳，终于梳出茸茸黑发，吟道：“觉来忽见天窗白，短发萧萧起自梳。”俗话说：“千过梳头，头不白。”古人信奉“身体发肤”均是父母所赐，不能毁伤，因此，即便是男子也不剃发，所以陆游八十开外的时候，仍然称呼自己的头发为“胎发”。陆游诗句中关于梳头，特别是有关晨起梳头的着实不少，如“一头胎发入晨梳”“晨起发满梳”“晨起梳头拂面丝”等。每天早晚坚持梳头，可疏通经气，促进头部血液循环，防止头发营养不良而致的白发、黄发和脱发。

**梳头养生要点在于梳好五条经络**

中医学认为，头是“诸阳之首”“诸阳所会，百脉相通”，人体的重要经脉、四十多个大小穴位，以及十多处特殊刺激区均聚于此。经常用梳子梳理头发，能疏通经络，活血化淤，改善头发营养。用脑过度感觉疲倦时，或者感到神经衰弱的时候，梳头数分钟，则会感到轻松舒适。

中医有一种独特的梳头方法——拿五经，即用五指分别点按头部中间的督脉（位于头部正中线），两旁的膀胱经（从内眼角开始，上行额部，左右交会于头顶，从头顶分出至耳上角）、胆经（起于眼外角，向上达额角部，下行至耳后），左右相加，共5条经脉，所以称之为“拿五经”。大家可以按照这个方法每天闲暇时段用梳子梳3～5次，每次3～5分钟，晚上睡前最好再“拿”3次。中医认为，梳“五经”可以刺激头部的穴位，起到疏通经络、调节神经功能、增强分泌活动、改善血液循环、促进新陈代谢的作用，能防治中风等疾病。

**梳子还可以作为中医外治器具来保健**

梳子除了梳头，还可以作为中医的外治器具来防病养生。这里为大家介绍几种梳子养生保健方法，供大家参考。

梳刮颈部一身轻

准备一把砭石梳子，在颈后和肩膀均匀涂抹刮痧油，先刮拭第一条线，即从上向下正中的督脉上的风府至大椎；再刮拭膀胱经上的天柱至大杼，左右各一条；最后从风池穴刮至肩上的肩井穴，左右各一条，风池穴到颈根部从上向下刮，肩井穴从内向外刮。

注意两点：一是每条线都要分段刮拭，每一下刮拭的长度为3～5厘米；二是刮的同时向肌肤深部按压，遇到疼痛、肌肉僵硬、不顺畅的部位要重点刮拭10～20次。建议已经出现颈肩疼痛的患者，每周刮拭1次；疼痛缓解后，2～3周刮拭一次，以巩固疗效。

腹部梳理促消化

明代医家龚居中在其所著的养生专著《福寿丹书·安养篇·饮食》中对于吃饭之后的养生细节有这样一段描述：“每食讫，以手摩面及腹，令津液通流。”这里的“讫”读“qì”，意思是结束的意思。

用梳子梳理按摩腹部，有助于促进胃肠蠕动和腹腔内血液循环，减少腹部脂肪堆积，还有益于增强胃肠功能。具体做法是以神阙穴（脐部）为中心，以梳子慢而轻柔地顺时针按摩，以腹部微微发热为度。中医认为津液的生成源于饮食中的水分和营养物质，按摩腹部就是一个帮助水谷津液在人体内更好地被消化、吸收以及排泄的过程。

腰背梳推防衰老

中医认为“通则不痛，痛则不通”，坐班族坐久了肌肉容易僵硬，血液循环不畅，因此用梳背或梳柄常拍打背部或按摩背部，可以起到按摩背部穴位的作用，促进背部血液循环，预防背痛。

中医认为温补肾阳有助延缓衰老，位于后腰部位的肾俞穴是补肾要穴。取定穴位时，通常采用俯卧姿势，肾俞穴位于人体的腰部，当第二腰椎棘突下，左右二指宽处。以肾俞穴为中心周围手掌大小的区域都是可以温补肾阳的按摩区域。大家有空的时候，尤其是感觉腰酸背痛、肾区虚冷的时候都可以试试梳子按摩肾区。具体要领是舌抵上颚，双目微闭，双臂后展，用梳子背面摩擦双肾俞穴及周围区域，至出现酸胀感，且腰部微微发热，一般每次5～10分钟。散步时，也不妨双手握核，边走边轻轻击打肾俞穴，每次击打30～50次。核摩肾区不但有助于防衰老，也对治疗腰膝酸软和性冷淡有一定的效果。

梳理双臂疾患跑

中医认为人体的手臂及手部分布着六条经脉，分别是分布在手臂的外侧，由手走头的手三阳经：手阳明大肠经、手少阳三焦经和手太阳小肠经；分布在手臂的内侧，由胸走手的手三阴经：手太阴肺经、手厥阴心包经与手少阴心经。

用梳子像刮痧一样刮磨这些经脉巡行的部位，从手臂刮磨至手指部位，有助于促进经络的气血运行，使其保持顺畅，而且对心、肺、大肠、小肠等脏腑的保养也有功效，力度以刮磨至皮肤稍红为度。经常刮磨有助于保持皮肤弹性，增加肌肤活力，尤其对于中老年人，是“老来俏”的好办法。

指压梳尖百病少

具体步骤：左手持一把梳子，用右手五指指腹及指尖用力点按梳尖，有节奏地反复点按64次，力度为指尖稍感酸胀为度；右手做法同左手。不少人都听说过金庸武侠小说《天龙八部》里的“六脉神剑”，这六路“神剑”其实是以中医的六个穴位命名的，分别是少商剑、商阳剑、中冲剑、关冲剑、少冲剑和少泽剑。现实生活中，按摩这些穴位自然不会产生武侠小说中那些威力，但是的确有一定的保健效果，而指压梳尖能起到“六剑同练”的锻炼效果。

少商穴在双手拇指末节外侧，距指甲角0.1寸，对于扁桃体炎、感冒发烧、咽喉肿痛都有较好疗效。少商穴不宜艾灸，适合按摩。

商阳穴位于食指末节桡侧指甲旁，距指甲角0.1寸，刺激该穴具有宜肺利咽、开窍醒神等功效。

中冲穴位于手中指指端的中央，急救时应连续用力刺激，频率约为每分钟100次，按压穴位力度准确的话，一般40秒后即可见效。如心绞痛突然发作，可采取刺激该穴位的方法急救，能起到一定的缓解作用。

关冲穴位于无名指指甲旁靠近小指一侧，有泻热开窍、清利头目的功效。

少冲穴在小指内侧（桡侧）指甲角外约0.1寸处，对于心火上炎导致的心中烦热、口舌生疮、尿黄等症，可通过点按少冲穴缓解。

少泽穴在小指外侧（尺侧）指甲角根部，对于治疗乳房胀痛、乳汁少等乳房疾病有效，还可治头痛、咽喉肿痛等病。但是需要注意的是这个穴位孕妇慎用。

## 34. 千里黄云白日曛，北风吹雁雪纷纷

### 别董大二首

唐·高适

千里黄云白日曛，北风吹雁雪纷纷。
莫愁前路无知己，天下谁人不识君。

六翮飘飖私自怜，一离京洛十余年。
丈夫贫贱应未足，今日相逢无酒钱。

**【诗词大意】**

千里黄云蔽天，日色暗昏昏，北风吹着归雁大雪纷纷。不要担心前路茫茫没有知己，普天之下哪个不识君？

就像鸟儿六翮飘摇自伤自怜，离开京洛已经十多年。大丈夫贫贱谁又心甘情愿，今天相逢了可惜掏不出酒钱。

**【诗词赏析】**

高适是我国唐代著名的边塞诗人，世称“高常侍”。作品收录于《高常侍集》。高适与岑参并称“高岑”，其诗作笔力雄健，气势奔放，洋溢着盛唐时期所特有的奋发进取、蓬勃向上的时代精神。

两首送别诗作于公元747年(天宝六年),当时高适在睢阳,送别的对象是著名的琴师董庭兰(董庭兰在其兄弟中排名第一,故称“董大”)。

“千里黄云白日曛,北风吹雁雪纷纷”。这两句以其内心之真,写别离心绪,故能深挚;以胸襟之阔,叙眼前景色,故能悲壮。曛,即曛黄,指夕阳西沉时的昏黄景色。“莫愁前路无知己,天下谁人不识君”。这两句是对朋友的劝慰,于慰藉中充满着信心和力量,激励朋友抖擞精神去奋斗、去拼搏。诗人于慰藉中寄希望,因而给人一种满怀信心和力量的感觉。

**【养生解读】**

大雪节气里很多地方会迎来诗中所写的“北风吹雁雪纷纷”那样的情形。江南民谚有“大雪冬至后,篮装水不漏”的说法,意思是大雪节气之后,室外竹篮子的缝隙容易出现冰冻,装水都不会漏。寒冷干燥的天气会让人体出现不适,读者朋友们不妨在大雪节气吃些“大”和“雪”,比如雪藕、雪菜、雪梨以及大白菜、大葱、大红萝卜缨等搭配的菜肴和食疗方,以起到一定的养生保健功效。

**雪藕止泻固精**

中医养生学认为“冬不藏精,春必病温”。对于中老年男性读者朋友而言,大雪节气之后更要注意“养藏”。从饮食养生的角度来说,熟吃雪藕是不错的选择。雪藕是莲藕的一种,因其“色白如雪”而得名。雪藕含有淀粉、蛋白质、天门冬素、维生素C以及氧化酶成分,生吃可辅助治疗肺结核咯血、淋病、衄血等症;熟吃有健脾开胃、止泻固精功效。在大雪节气适量吃些莲藕粥,有较好的补益功效。

**雪菜醒脑提神**

大雪节气前后,不少地方的老年人会腌一些雪菜过冬食用。从中医食疗学的角度来看,雪菜属于性温、味甘辛的蔬菜,十二经络中归肝、胃、肾三经。雪菜含有较多抗坏血酸,其参与机体氧化还原过程,有助于增加大脑中氧含量,进而起到醒脑提神作用。对于寒冷天气整天闷在空调房里的白领们来说,日常饮食中不妨适量增加雪菜的摄入量。雪菜还含有胡萝卜素和大量食用纤维素,可防治便秘,尤宜于老年人及习惯性便秘者食用。

**雪梨除烦解渴**

大雪节气之后便离冬季不远了,这个时候外冷内热,不少市民平时忙于学习和工作,疏于锻炼,冷热交替之下容易引起肺燥咳嗽。雪梨有生津润燥、清热化痰功效,这类人如症状较轻,不妨在中医师的指导下制作雪梨膏或者其他中医膏方来服用。

**大雪节气皮肤干　大白菜护肤养颜**

大雪节气期间空气特别干燥,冷冷的寒风让不少读者朋友的皮肤开始出现干燥的情况,不少上班族到了单位之后,又关在开着暖气的空调间里,皮肤的水分流逝得更快。很多读者都知道大白菜是很有营养的补品,但是冬季吃大白菜还有护肤养颜的效果,这主要是因为大白菜中含有丰富的维生素 C、维生素 E。大白菜还含有丰富的粗纤维,不但能起到润肠、促进排毒的作用,又能刺激肠胃蠕动,促进大便排泄,帮助消化。科学家发现,白菜中有一种化合物,它能帮助分解同乳腺癌相联系的雌激素,这种化合物叫吲哚 -3- 甲醇,妇女每天吃 450 克的白菜就能吸收 500 毫克的这种化合物,从而使体内一种重要的酶数量增加,这种酶能帮助分解雌激素。

大白菜要竖着切,因为这样切对保存水分更有利,菜内的水分损失减少,水溶性营养素的丢失也会减少。其次,这样切白菜容易熟,维生素的损失减少。再次,大白菜顺丝切能够保留更多粗纤维,更有利于刺激肠蠕动,以增加排毒护肤养颜的效果。

**秋末冬初阳光弱　大红萝卜缨补钙莫错过**

大雪节气的到来标志着秋冬季节交替正式开始,这个时节阳光微弱,人体受寒冷气温的影响,生理功能和食欲均会发生变化,所以,要适当调整日常的饮食,保证身体充足的钙源,让冬天过得暖洋洋。

钙是构成骨骼的主要成分,被誉为人体的生命金属。冬季日照的时间减短,会影响维生素 D 的形成;天冷人体尿量增加,无机盐随尿液排出的量也增多,人体往往容易缺乏钾、钙、钠、铁等元素,尤其是老年人,因此,应该及时予以补钙。

很多读者认为买来的大红萝卜削掉萝卜缨是顺理成章的事,但是萝卜缨是含钙量最高的蔬菜,非常适合缺钙的人群。以号称补钙作用很好的大豆为例,每 100 克大豆的含钙量大约在 191 毫克,但是每 100 克红萝卜缨的含钙量则是 350

毫克，钙含量几乎是大豆的一倍，在食品营养元素表中，排在所有蔬菜含钙量的第一位，小萝卜缨含钙238毫克，青萝卜缨含钙110毫克，也在含钙排行榜中名列前茅。

萝卜缨和很多蔬菜一样，维生素易流失，最好是焯一下凉拌着吃。一份凉拌萝卜缨就能完全满足人体每日所需的维生素A和K，以及55%的维生素C、27%的叶酸和10%的钙和锰。

**天气寒冷阳气藏　来根大葱能通阳**

中医养生学认为，大雪节气前后，天气寒冷，阳气潜藏，如果不注意保暖，寒邪入侵就容易生病，因此冬季应该注重对阳气的护养。

大雪节气前后是风寒感冒的高发阶段，风寒感冒的主要症状是怕寒怕风，通常要穿很多衣服或盖大被子才觉得舒服点；鼻涕是清涕，白色或稍微带点黄。如果鼻塞不流涕，喝点热开水开始流清涕，这也属于风寒感冒。风寒感冒虽然病因是感染了风寒之邪，但是人体抵抗力下降即中医常说的正气不足，阳气被压制，难以抗衡阴寒之邪是其内因。所以，天气寒冷的时候，适当吃些益气通阳的食物有助于预防和辅助治疗风寒感冒。

虽然大葱的葱绿部分比葱白部分营养丰富得多，但是从通阳和食疗的角度来看，葱白的效用更好一些，风寒感冒的很多经典食疗方都有葱白入药，如葱豉汤的主要成分就是葱白。大葱味辛，性微温，具有发表通阳、解毒调味的作用。除了用于防治风寒感冒外，对于阴寒腹痛、恶寒发热、头痛鼻塞、乳汁不通等症状也有一定的食疗效果。需要提醒大家的是，一般人群均可食用大葱，但患有胃肠道疾病特别是溃疡病的人不宜多食。

## 35. 开心暖胃门冬饮，知是东坡手自煎

### 睡起闻米元章冒热到东园送麦门冬饮子

宋·苏轼

一枕清风直万钱，无人肯买北窗眠。
开心暖胃门冬饮，知是东坡手自煎。

**【诗词大意】**

炎热的夏季，枕边清凉的风像一万钱那样珍贵，却没有人愿意买这悠闲自适的时光。这清心养胃的麦冬饮，要知道是苏东坡我亲自帮你煎煮的。

**【诗词赏析】**

这首诗如果不明白作者的写作背景，一般人难以理解。题目虽然很长，但是我们可以分为三个部分来解读：睡起，闻米元章冒热到东园，送麦门冬饮子。谁刚睡起来呢？是苏东坡。听闻米元章冒着炎热的天气来到自己所居住的东园。

这米元章又是谁呢？米元章指的是米芾，字元章，湖北襄阳人，时人号海岳外史，又号鬻熊后人、火正后人。北宋书法家、画家、书画理论家，与蔡襄、苏轼、黄庭坚合称“宋四家”。米芾与苏轼相差十四岁，两人交往的时间长达二十年，交往的经历更成为一段佳话。

北窗眠是一个典故。据说陶渊明隐居，夏日临北窗高卧，凉风徐至，闲逸自得，俨如远古的高人。后人遂用北窗高卧、高枕北窗、北窗眠、北窗风、北窗兴、北窗凉、陶窗等表示悠闲自适的生活状态。

**【养生解读】**

这首诗写的时间应该是炎热的夏季，苏轼的好友米芾中午大热天的不好好休息，却去找苏轼聊天，苏轼是有点生气却又高兴，甚至亲自为好友米芾准备了清心养胃的祛暑佳品——门冬饮。那么，这个门冬饮到底什么来历？里面的门冬又是怎样一味中药呢？又有哪些功效和用途呢？

**门冬饮配方各异　能疗呕逆还能益气生津**

门冬饮属于饮子的一种，饮子是一种具有药用价值的汤料，在唐代已臻于成熟，在五代及北宋时期普及到民间，且品种大大增加，很受广大市民阶层欢迎，很多像苏轼这样有中医素养的文人墨客还会亲手制作。

这首诗只提到“门冬饮”，但是中药里面有麦门冬和天门冬两种，这两种药材药效相似，常放在一起使用。由于麦门冬的功效比较贴合这首诗的意境，所以这里以麦门冬饮子为例。

麦门冬饮子在很多中医古籍中都有记载，但是配方各有不同。麦门冬饮子方,主要是用于治疗伏热在胃诱发的呕逆等症。配方是:麦门冬(去心),芦根、人参各二两,制作方法是:以水六升,煮取二升七合,去滓,分温五服,徐徐服。

金代名医刘完素编著的《宣明论方》卷一中也收录了一个麦门冬饮的方子。组方是:麦门冬二两(去心),栝楼实、知母、甘草(炙)、生地黄、人参、葛根、茯神各一两。用法为:上述药研末。每服五钱,用水二盏,竹叶数片,同煎至一盏,去滓,食后温服。这个方剂的主要功效是益气生津。主治膈消、胸满烦心、津液燥少、短气等病症。

虽然,我们不知道苏轼给米芾服用的门冬饮的配方是什么,但是作为那个时候流行的中药饮品,其还是很受欢迎的。

**麦门冬功效众多　被誉为养阴润肺的上品**

麦门冬又称为麦冬。《神农本草经》将麦冬列为养阴润肺的上品,言其"久服轻身,不老不饥"。《本草衍义》中记载其能治心肺虚热。《珍珠囊补遗药性赋》记载其能退肺中隐伏之火,生肺中不足之金。《医学衷中参西录》言其:"能入胃以养胃液,开胃进食,更能入脾以助脾散精于肺,定喘宁嗽。"

总的来说,中医认为,麦冬味甘、微苦,性微寒,归胃、肺、心经,有养阴润肺、益胃生津、清心除烦的功效,用于治疗肺燥干咳、阴虚痨嗽、喉痹咽痛、津伤口渴、内热消渴、心烦失眠、肠燥便秘等症。

南京市中西医结合医院治未病中心夏公旭副主任中医师提醒,虽然有这么多的功效,但是,麦冬不宜长期服用,如果不在中医师指导下服用,可能生痰生湿,适得其反。另外,麦冬并非人人适合服用,脾胃虚寒、感冒的人,最好不要随便食用麦冬,否则会加重病情。

**枸杞麦冬烧鲳鱼　益胃生津润肤益颜**

麦冬在古代已经是食疗的"常客"了,如今依然被广泛应用于各种药膳之中。在寒冷的冬季,很多人的胃口不像春秋季节那么好,皮肤也比较干燥,这里为大家介绍一款以麦冬为主料的食疗方,有助于益胃生津、润肤养颜,供大家参考。

这款药膳的名字叫做枸杞麦冬烧鲳鱼,配料:枸杞 20 克,味精 2 克,麦冬 20 克,鸡精 2 克,鲳鱼 400 克,大蒜 10 克,料酒 10 毫升,盐 3 克,生姜 5 克,胡椒粉 3 克,葱 10 克,素油 50 毫升,蜂蜜、桂皮适量。

制作方法：麦冬、枸杞子洗净去杂质，麦冬去内梗，用蜂蜜浸泡，鲳鱼去腮、内脏及鳞，用桂皮水泡一下，生姜切片，葱切段，大蒜去皮切片。将炒锅置武火上烧热，加入素油，烧六成热时，下入生姜、葱爆香，注入清水烧沸，下入鲳鱼、盐、鸡精、麦冬、大蒜、枸杞子、胡椒粉，煮熟加入味精即可。

枸杞麦冬烧鲳鱼有滋阴补肾、清心除烦、益胃生津、润肤益颜等功效。适用于肝肾亏损、腰膝酸软、目眩、头晕、目昏多泪、虚劳咳痰、消渴、遗精等症的人群。

## 36. 愿得一心人，白头不相离

### 白头吟

汉·卓文君

皑如山上雪，皎若云间月。
闻君有两意，故来相决绝。
今日斗酒会，明旦沟水头。
躞蹀御沟上，沟水东西流。
凄凄复凄凄，嫁娶不须啼。
愿得一心人，白头不相离。
竹竿何袅袅，鱼尾何簁簁。
男儿重意气，何用钱刀为！

**【诗词大意】**

爱情应该像山上的雪一般纯洁，像云间月亮一样光明。听说你怀有二心，所以来与你决裂。今日犹如最后的聚会，明日便将分手沟头。

我缓缓地移动脚步沿沟走去，过去的生活宛如沟水东流，一去不返。当初我毅然离家随君远去，就不像一般女孩凄凄啼哭。满以为嫁了一个情意专心的称心郎，可以相爱到老永远幸福了。男女情投意合就像钓竿那样轻细柔长，鱼儿那样活泼可爱。男子应当以情意为重，失去了真诚的爱情是任何钱财珍宝都无法补偿的。

**【诗词赏析】**

中国古代四大才女之一的卓文君与汉代著名文人司马相如的爱情佳话至今被人津津乐道。相传卓文君十七岁便守寡。司马相如一曲《凤求凰》多情而又大胆的表白,让她一听倾心、一见钟情。他们的爱情遭到了卓文君的父亲强烈阻挠。卓文君凭着自己对爱情的憧憬和对幸福的追求,毅然逃出了卓府,与深爱之人私奔。

可是司马相如却让卓文君失望了:当司马相如在事业上略显锋芒之后,久居京城,便产生了纳妾之意。于是卓文君作《白头吟》,表达她对爱情的执著和向往,以及一个女子独特的坚定和坚韧。司马相如忆及当年恩爱,遂绝纳妾之念,夫妇和好如初。其中“愿得一心人,白头不相离”为千古名句。

**【养生解读】**

“愿得一心人,白首不相离”,这是很多人期待的幸福婚姻生活。有这样一对名医夫妻,他们结婚50周年的金婚纪念时,回忆起一起走过的这50年,二老就说了四个字:“真不容易”,因为他们年轻的时候都曾身患重病,通过自己的调养经验,以及这么多年对医学的潜心钻研,二老生命之花重新绽放,越活越健康!

这对名医夫妇就是国家级名老中医、中日友好医院中西医结合心内科首席专家史载祥和该院老年医学科主任医师黄柳华,他俩透露养生离不开三宝。

**第一宝:自制的养生八宝羹**

自制八宝羹他们坚持吃了20多年。制作方法是,先将藕粉用温水化开,迅速用刚烧开的热水冲调,搅拌成透明黏稠状,然后将核桃粉、黑芝麻粉、葡萄干、小麦胚芽粉、奶粉、麦片放入搅拌,待温度稍凉后加入蜂蜜。

中医认为,莲藕不仅是较好的食材,还是一种良药。现存最早的中药学著作《神农本草经》中记载有,藕“补中养神,益气力,除百病,久服轻身耐老”。《本草纲目》更是夸赞其“四时可食,令人心欢,可谓灵根矣”。《神农本草经疏》也不吝赞美之词:“藕实得天地清芳之气,禀土中冲和之味,故味甘气平。”清代著名的中医食疗养生著作《随息居饮食谱》中对藕的食疗功效记载得更为详细,称其“生食生津,行瘀,止渴除烦,开胃消食,析酲,治霍乱口干,疗产后闷乱。罨金疮,止血定痛,杀射罔、鱼蟹诸毒。熟食补虚,养心生血,开胃舒郁,止泻充饥”。

**第二宝：玫瑰饮活血化瘀**

黄柳华面色红润，优雅从容，这得益于她每天喝的“玫瑰饮”：由玫瑰花、西洋参、石斛和黄芪组合而成。

很多人都知道玫瑰花好看，却不知道它更是一种有着多种功效的中药材，不仅对于女性，对于男性而言只要对证也适用。比如对于气滞血瘀导致的失眠，可以尝试用加入玫瑰花的方剂进行调理。此外，玫瑰花还具有以下八大功效。

（1）利肺脾，益肝胆：《食物本草》中记载玫瑰花能“主利肺脾，益肝胆，辟邪恶之气，食之芳香甘美，令人神爽”。

（2）活血化瘀：《药性考》中记载玫瑰花能“行血破积，损伤瘀痛”。

（3）行血理气，治风痹：《本草纲目拾遗》中记载玫瑰花能“和血，行血，理气。治风痹”。风痹指因风寒湿侵袭而引起的肢节疼痛或麻木的病症。

（4）疏肝解郁，治腹中冷痛：《本草再新》中记载玫瑰花能“舒肝胆之郁气，健脾降火。治腹中冷痛，胃脘积寒，兼能破血”。

（5）消乳癖：《随息居饮食谱》中记载玫瑰花能“调中，活血，舒郁结，辟秽，和肝……可消乳癖”。乳癖是中医病名，是以乳房有形状大小不一的肿块，疼痛，与月经周期相关为主要表现的乳腺组织的良性增生性疾病，好发于30～50岁妇女，约占全部乳腺疾病的75%，是临床上最常见的乳房疾病。根据本病临床表现及特点，与西医乳腺囊性增生症基本相同。

（6）治疗月经过多：《现代实用中药》中记载玫瑰花能“用于妇人月经过多，赤白带下及一般肠炎下痢等”。

（7）治疗恶心呕吐，消化不良：《山东中药》中记载玫瑰花能治“胃气痛，恶心呕吐，消化不良，泄泻，口舌糜破，吐血，噤口痢”。

（8）治疗肺病咳嗽：《泉州本草》中记载玫瑰花能治“肺病咳嗽痰血、吐血、咯血”。

**第三宝：晨起三个动作**

以神阙穴为中心的揉腹动作、床上踏车运动、仰卧起坐这三个动作，黄柳华坚持了20年。她说，人是一部精密仪器，就像钟表，每天都要转动，所以不管多大岁数，都要“动”起来。

人体的肚脐基本无皮下脂肪组织，皮肤直接与筋膜、腹膜相连，很容易受寒邪侵袭，但同时也便于温养，故神阙穴历来是养生要穴。神阙穴是全身361个穴位中唯一看得见、摸得着的穴位，很容易找到。温养肚脐神阙穴，可鼓舞一身之阳气。神阙穴邻近胃、肝胆、胰、肠等器官，通过对神阙的温养，还可以辅助治疗腹痛、腹泻、急慢性胃痛、胃下垂、顽固性呃逆、功能性消化不良、结肠炎、脱肛等病症。现代医学研究也证明，灸神阙穴可以增加机体免疫功能，提高抗病能力，并预防中风、癌症等病。

有一种临睡前实用的温养神阙穴的保健方法，大家不妨尝试：每晚睡前空腹，将双手搓热，掌心左下右上叠放贴于肚脐处，逆时针做小幅度的揉转，每次20～30圈。

## 37. 天时人事日相催，冬至阳生春又来

### 小至

唐·杜甫

天时人事日相催，冬至阳生春又来。
刺绣五纹添弱线，吹葭六琯动浮灰。
岸容待腊将舒柳，山意冲寒欲放梅。
云物不殊乡国异，教儿且覆掌中杯。

**【诗词大意】**

天时人事，每天变化得很快，转眼又到冬至了，过了冬至，白日渐长，天气日渐回暖，春天即将回来了。刺绣女工因白昼变长而可多绣几根五彩丝线，吹管的六律已飞动了葭灰。堤岸好像等待腊月快点过去，好让柳树舒展枝条，抽出新芽，山也要冲破寒气，好让梅花开放。我虽然身处异乡，但这里的景物与故乡的没有什么不同之处，因此，让小儿斟上酒来，一饮而尽。

**【诗词赏析】**

《小至》是唐代大诗人杜甫在唐代宗大历元年(766年)写于夔州的一首七律。此诗写冬至前后的时令变化，不仅用刺绣添线写出了白昼增长，还用河边柳

树即将泛绿，山上梅花冲寒欲放，生动地写出了冬天里孕育着春天的景象。

由于冬至特定的节气和自然环境，诗人墨客们都会感叹时光与人生，感叹岁末与寒冬，讴歌冬至节。诗圣杜甫《小至》诗中的“小至”，是指冬至日的第二天（一说前一天）。诗的末二句写他由眼前景物唤起了对故乡的回忆。虽然身处异乡，但云物不殊，所以诗人教儿斟酒，举杯痛饮。这举动和诗中写冬天里孕育着春天气氛的基调是一致的，都反映出诗人难得的舒适心情。

**【养生解读】**

中医养生理论认为“冬至一阳生”“阴极之至，阳气始生”，这首诗中提到的“冬至阳生春又来”，简单地说便是这个时候是阳气开始逐渐萌发生长的时机，如果大家注意养生保健，有利于健康过冬，甚至能为来年春天的健康贮备能量。

**冬至养生吃饺子　两种“饺子”都要“吃”**

养生专家提醒，冬至节气，要用好两种“饺子”来帮助自己养生。

第一种饺子是用来吃的，俗话说“冬至饺子带喝汤，不怕身上起冻疮”。不少人至今都保留着冬至吃饺子的习俗。南京市中西医结合医院治未病中心夏公旭副主任中医师介绍说，饺子最初是一种防治冻疮的食疗方，是有医圣美誉的汉代名医张仲景为治疗百姓耳朵冻伤而发明的美食。主要是将活血散寒的药材搅拌在肉馅里，用面皮包裹成耳朵的形状，热汤煮熟后施给冻伤的百姓。随着生活节奏的加快，如今自己动手包饺子的读者朋友相对较少了，在饺子馆里美餐一顿成为便捷之选。夏公旭副主任中医师提醒大家，冬至以后比较怕冷的读者朋友，不妨吃些韭菜鸡蛋、胡萝卜羊肉、香菜肉馅的饺子，有助于温补气血。

第二种“饺子”长在我们身上，就是我们的耳朵。南京市中西医结合医院耳鼻咽喉科主任杨明介绍说，耳朵不仅是长给大家用来听东西的，懂得按摩耳朵还有不少保健功效呢。中医认为“肾开窍于耳”，冬至以后气血运行不畅的或者肾阳虚的读者朋友耳朵比较容易生冻疮。这个时候经常按摩耳朵，有助于肾脏的保健和气血的顺畅。最常用的三种按摩方式是拉耳垂、提耳尖和摩耳廓。

拉耳垂：用两手的拇指、食指同时按摩耳垂。先将耳垂揉捏、搓热，然后向下拉耳垂 15～20 次，发热发烫为度。

提耳尖：用双手捏住双耳上部耳轮，适量提拉耳尖，提拉的时候大拇指和食指顺便对耳尖进行按摩，以微微发热为度。

摩耳廓：拇指位于耳轮内侧，其余四指位于耳轮外侧，揉搓2～5分钟，再往上提揪，以耳部感到发热为止。

**冬至进补喝老母鸡汤？别急，先伸出你的舌头看看！**

南京人素来有“一九一只鸡”的风俗。就是从冬至算起，每进“一九”喝一次鸡汤。南京市中西医结合医院治未病中心专家提醒，老母鸡汤虽然有补益功效，但却不是什么人都适合喝，用不恰当只会适得其反，补身不成反伤身。

夏公旭副主任中医师介绍说，很多读者不分体质就盲目食疗进补，往往是“补”出了问题才想到找医生咨询。老母鸡汤虽然是传统滋补食疗美食，但一般来说，脾胃虚弱、痰湿和湿热体质的人群都不宜喝，因为老母鸡汤属于比较厚腻的滋补食疗汤品，脾胃运化功能较差的人不但不能充分吸收其中的有益物质，反而会给脾胃带来负担。

痰湿体质和湿热体质，一般读者不好鉴别，有个基本的、原始的鉴别方法，那就是看舌苔。夏公旭副主任中医师介绍说，读者朋友们可以把舌头伸出来，对着镜子看一下，舌体胖大，舌苔滑腻、白腻，舌边常齿印成排的读者朋友一般属于痰湿体质，脾虚的读者朋友舌边一般也有齿印。湿热体质的读者朋友舌苔不但比较腻，还会带些黄。所以，如果你想知道自己适不适合喝老母鸡汤进补，不妨先伸出自己的舌头看一看，如果出现上述特征，最好不要喝老母鸡汤进补，可以先到医院尝试膏方调理，等到体质调适到比较健康的时候再进补，这样才能真正达到进补的效果！

## 38. 孤舟蓑笠翁，独钓寒江雪

### 江雪

唐·柳宗元

千山鸟飞绝，万径人踪灭。
孤舟蓑笠翁，独钓寒江雪。

**【诗词大意】**

四周的山上没有了飞鸟的踪影，小路上连一丝人的踪迹也没有，只有在江上的一只小船上，有个披着蓑衣、戴着斗笠的老翁，在寒冷的江上冒着风雪独自垂钓。

**【诗词赏析】**

柳宗元，字子厚，是唐代杰出诗人、哲学家、儒学家和政治家，唐宋八大家之一。在中国文化史上，其诗文成就极为杰出。这首《江雪》，诗人只用了二十个字，就描绘了一幅幽静寒冷的画面。“寒江雪”三字是这首诗的点睛之笔，它把全诗前后两部分有机地联系起来，不但形成了一幅凝练概括的图景，也塑造了渔翁完整突出的形象。用具体而细致的手法来摹写背景，用远距离画面来描写主要形象，精雕细琢和极度的夸张概括错综地统一在一首诗里，是这首传世名作独有的艺术特色。

**【养生解读】**

从诗人的描写中，我们可以推测其创作时间是在冬季，而且是数九寒天。俗话说，“三九四九冰上走”，进入“四九”之后，北方部分地区气温波动较大，而南方大部仍维持偏暖态势。但是随后冷空气明显加强，中东部大部地区的气温都将下滑，是全年最冷的时候之一。即使用药膳驱寒也要对证，对于气虚、阳虚、血虚三类人群不妨试试以下三种汤品驱寒取暖。

**气虚怕冷喝黄芪牛肉汤**

市民徐先生每年这个时候都会很郁闷，因为自己比较怕冷，但是又容易出汗，他认为只有热量比较足的人才会在“小寒”这样比较冷的节气出汗，自己明明很怕冷，怎么可能还出汗呢？

中医认为，人体中的“气”具有调节人体体温和控制毛孔开阖的功能，因此，当人“气虚”时，机体调节体温的能力减弱，也难以控制毛孔的开阖和汗腺的分泌，从而出现怕冷但又爱出汗的症状。气虚体质的人除了怕冷和爱出汗外，还往往表现为肌肉松软，体力较差，只要体力劳动的强度稍大就容易累。机体防御能力一般较差，容易感冒，感冒后康复的时间也比别人长。如果气虚不是太明显的人可以尝试用食疗进行调理，如果比较严重的气虚者要在冬季通过补气的膏方进行调理。

黄芪牛肉汤

原料：牛肉(瘦)1000克，黄芪12克，党参12克，大葱20克，姜15克，料酒20克，小葱5克，胡椒粉1克，盐10克，味精2克。

做法：将黄芪、党参洗净，经过加工，装于双层纱布袋内，封住口做成中药包；牛肉洗净，切成5厘米长、3厘米宽的块；姜、葱洗净；砂锅置大火上，倒入鲜汤2000克，放入鸡骨架，加入牛肉块、中药包煮沸，撇去浮沫；加姜、葱、料酒，移至小火上炖熟透；拣去中药包、姜、葱、鸡骨架；加入精盐、胡椒粉、味精、葱花即成。

点评：黄芪具有补气升阳、固表止汗的功效，党参具有健脾补肺、益气养血生津的功效，牛肉有补中益气、滋养脾胃、强健筋骨、化痰息风、止渴止涎之功效，适宜于中气下陷、气短体虚、筋骨酸软、贫血久病及面黄目眩之人食用。

**阳虚怕冷喝干姜肉桂羊肉汤**

不少读者都认为怕冷就是阳虚，这种认识不完全正确，如何了解自己是不是真的阳虚呢？中医认为“阳虚则外寒”，人阳气不足时，不能抵抗外来寒邪的侵袭，会出现怕冷的现象。一般阳虚的人有怕冷、手脚冰凉、精神萎靡不振、大便稀溏，甚至是完谷不化等症状。心、肝、脾、肺、肾五脏表现的症状各不同。比如心阳虚，除了通常阳虚都会有的症状外，还有心悸、心慌、憋闷、心前区疼痛、失眠多梦、心神不宁、易悲伤等表现。肝阳虚，可出现头晕目眩、两侧肋下不适、乳房胀痛、易惊恐或情绪抑郁等表现。脾阳虚，可出现食欲不佳、恶心、打嗝、嗳气、大便稀溏不成形等症状。肾阳虚，有腰膝酸软、多次小便或不通、阳痿早泄、性功能衰退等表现。肺阳虚，通常表现出咳嗽、气短、呼吸无力、声音低且少言、气懒等症状。

但是无论哪种阳虚，怕冷、手脚冰凉都是最主要表现。如果阳虚怕冷的症状不是很严重，不妨尝试食疗驱寒，如果症状比较严重的可以服用一些偏温补的膏方进行调理。

干姜肉桂羊肉汤

原料：羊肉(瘦)150克、干姜30克、肉桂15克。盐1克，大葱3克，花椒粉1克。

做法：羊肉切块，与干姜、肉桂共炖至肉烂，调入盐、葱花、花椒面即可。

点评：很多读者朋友对生姜比较熟悉，但是并不很了解干姜的功效。干姜其实是生姜晒干或烘干后的成品。生姜偏于散寒，干姜比生姜多了温中回阳，尤其是温暖脾阳的作用，著名古方理中汤中就有它的一席之地。凡阳虚怕冷、脘腹冷痛、四肢不温者都比较适合用。肉桂是寒冷季节最为常用的调味食品，有补元阳、暖脾胃、通血脉、散寒气的功用。古代凡治疗阳虚之名方，如右归丸、金匮肾气丸等，皆用肉桂为主药。肉桂甘辛大热，不仅能补阳气，又能散寒邪，故凡阳虚怕冷、四肢不温、腰膝冷痛之人，最宜食用。干姜、肉桂与羊肉一起做成药膳，更有利于增强补阳祛寒的功效。

**血虚怕冷喝鸡丝阿胶汤**

很多女性朋友怕冷多是由于血虚，为什么这么说呢？经、带、胎、产都可能造成失血，而经期劳累、月经量过多、生产时出血过多等等都会导致血虚。女性血虚有寒者，一般表现为面色萎黄或苍白、乏力、四肢怕冷等症状。如果症状不是很严重，不妨试试鸡丝阿胶汤。如果血虚比较严重的可以服用补气血的膏方进行调理。

鸡丝阿胶汤

原料：鸡胸脯肉100克，阿胶80克，姜10克，盐2克。

做法：鸡脯肉洗净，切成鸡丝；阿胶浸透发开，洗净切块，放沸水锅内煮2小时，捞出沥水；生姜洗净，去皮切片；鸡肉丝、阿胶、姜片同放炖盅内，盖上盅盖，隔水炖1小时，取出，加入精盐调味即成。

点评：阿胶为补血之佳品，止血常用阿胶珠。李时珍在《本草纲目》中称之为“圣药”，与人参、鹿茸并称“中药三宝”，尤为适宜失血而兼见阴虚、血虚证者，且阿胶既能补血，又能滋阴。中医认为鸡肉性味甘温，有益肾补血等功效。

## 39. 我得宛丘平易法，只将食粥致神仙

### 食粥

宋·陆游

世人个个学长年，不悟长年在目前。

我得宛丘平易法，只将食粥致神仙。

**【诗词大意】**

世间的人都想学得长寿之道,却不曾领悟到长寿的秘方就在自己的眼前。我得到了住在宛丘的诗人张耒的平和简易的养生方法,只需要食用粥就可以延年益寿像神仙一样。

**【诗词赏析】**

这是陆游 74 岁时写的一首诗。诗中的宛丘,指宋代诗人张耒,他与黄庭坚、晁补之、秦观并称"苏门四学士"。陆游在这首诗的前面还有一段序文:"张文潜有食粥说,谓食粥可以延年,予窃爱之。"因张耒居所在宛丘,又撰有《宛丘集》,所以诗中以此称其名。张耒在《粥记赠邠老》一文中说:"今劝人每日食粥,以为养生之要,必大笑。大抵养性命,求安乐,亦无深远难知之事,正在寝食之间耳。"他说,粥能畅胃气,生津液,"每晨起,食粥一大碗,……最为饮食之良"。所谓"平易法",即指食粥乃平和简易之法。

**【养生解读】**

所谓"食粥致神仙",并不是说喝粥就能成仙,这句诗的本意是说粥有很多养生功效,经常有选择地食粥,有助于养生长寿。比如,清代名医王士雄在其所著的《随息居饮食谱》中说:"粥饭为世间第一补人之物。"享年 90 多岁的清代养生家曹庭栋在其所著的《粥谱说》中也指出:"粥能益人,老年尤宜。""老年有竟日食粥,不计顿,饥即食,亦能体强健,享大寿。""食宁过热,即致微汗,亦足通利血脉。"书中还列出了上品 36 粥、中品 27 粥、下品 37 粥;介绍了择米、择水、火候和食候等要点。

国医大师何任曾说过,粥类四季皆宜,常食有调养作用的粥或辅助治疗疾病的粥,对抗病延年有一定作用。粥以米为主要原料,粳米为佳,籼米次之,新米尤为甘香可取。他的女儿,国家级名中医何若苹也喜欢喝粥,60 多岁的她,仍旧头发乌黑,皮肤红润光泽。

**早晨喝粥最养生**

很多长寿老人都有早上喝粥的习惯,这是为什么呢?在《本草纲目》中有这样的一段话:"张耒《粥记》云:每日起,食粥一大碗。空腹胃虚,谷气便作,所补不细。又极柔腻,与肠胃相得,最为饮食之妙诀。"

早晨喝粥易消化吸收，有益肠胃，所以古人说它“与肠胃相得，最为饮食之妙诀”。早晨，若不喝粥，而是直接吃其他食物，如面包、油条、馒头等，不利于肠胃的养护。很多人都有这样的体会，吃早餐的时候喝些粥胃会感觉很舒服，吃其他主食的时候也会更容易消化和吸收。

**“喝粥养胃”不是人人都适合**

很多读者都有“喝粥养胃”的观念，因喝粥会促进胃酸的分泌，对于胃酸分泌不足的人，如萎缩性胃炎患者，喝粥确实有助于肠胃消化，确实“养胃”。

以前生活条件差，吃不饱，患萎缩性胃炎、低血糖的人比较多，导致胃酸分泌不足。喝粥能促进胃酸分泌，有助于食物消化，还能提升血糖，所以才有喝粥养胃一说。但现在的生活水平明显比以前好得多，而且很多人饮食不节制、不科学，患有反流性食管炎的患者也大幅增加，这类患者就不适合经常喝粥。此外，像胃酸分泌过多的消化性溃疡患者，也应减少喝粥的频率，免得加重病情。因此肠胃不好的人能否喝粥，最好还是要听医生的建议。

**糖尿病患者也可以喝粥　但是要注意加入粗粮**

网上有“一碗粥＝一碗糖水”的说法，所以很多糖尿病患者都不敢喝粥。其实，如果粥的原料搭配合理，糖尿病患者也是可以食用的。

糖尿病患者如果煮粥，不要煮纯的白米粥，这种粥的含糖量较高，确实不适合糖尿病患者食用，可加入燕麦、大麦、糙米等低糖的粗粮食材，少加红枣和葡萄干等甜味食材。

需要提醒糖尿病患者朋友的是，虽然确实可以适量喝粥，但关键是要控制好量，需要在医生指导下因人而异地计算好每天摄入的总热量，还要按时监测血糖。

## 40. 春已归来，看美人头上，袅袅春幡

### 汉宫春·立春日

宋·辛弃疾

春已归来，看美人头上，袅袅春幡。
无端风雨，未肯收尽余寒。
年时燕子，料今宵、梦到西园。
浑未办、黄柑荐酒，更传青韭堆盘。

却笑东风从此，便薰梅染柳，更没些闲。
闲时又来镜里，转变朱颜。
清愁不断，问何人、会解连环？
生怕见、花开花落，朝来塞雁先还。

**【诗词大意】**

从美人头发上的袅袅春幡，看到春已归来。虽已春归，但仍时有风雨送寒，似冬日余寒犹在。燕子尚未北归，料今夜当梦回西园。已愁绪满怀，无心置办应节之物。

东风自立春日起，忙于装饰人间花柳，闲来又到镜里，偷换人的青春容颜。清愁绵绵如连环不断，无人可解。怕见花开花落，转眼春逝，而朝来塞雁却比我先回到北方。

**【诗词赏析】**

《汉宫春·立春日》是南宋爱国词人辛弃疾的词作。辛弃疾（1140—1207），字幼安，号稼轩，历城（今山东济南）人。一生力主抗金北伐，其词热情洋溢、慷慨激昂，富有爱国感情。

此词处处切“立春日”题目，以“春已归来”开篇，写民间立春日习俗，表达自己对天时人事的感触，抒发自己怀念故国的深情，以及对南宋君臣苟安江南、不思恢复的不满，并传达出时光流逝、英雄无用的无限清愁。全词结构严谨，意

境幽远，内涵丰富；同时运用比兴手法，使风雨、燕子、西园、梅柳、塞雁等物在本意之外，构成富有象征意味的形象体系，往复回旋，含蓄深沉。

**【养生解读】**

古人特别重视节气养生，又由于“一年之计在于春”，故尤其注重一年养生之初始的准备工作，而且很有仪式感。除了上面中诗词中提到的“春已归来，看美人头上，袅袅春幡”，很多地方还有吃春卷的习俗。那么从中医养生的角度，立春节气之后应该注意哪些养生要点呢？一起来了解一下吧！

**一忌伤肝**

也许你觉得温暖的春季好像什么都该保养一下，但是也应有个先后顺序，春季首当其冲的保养对象就是我们的肝！为什么这么说呢？春季是大自然阳气萌发的季节，树木草丛都披上了翠绿的新装，而中医认为春季对应的五行就是“木”，而对应的五脏便是肝！想想看，春天里是不是树木都向上生长和向外舒展呢，这个特点跟中医所讲的五脏中的“肝”的功能特点相似，肝具有调畅情志、疏泄气机的作用。所以春季对应的脏器为“肝”，自然养生的重点也就是肝了。

中医认为，“肝为罢极之本”，罢极是力大至极而耐劳之意。肝为罢极之本，是指肝为人体力量最强大并能耐受疲劳的根本。所以肝健康的人总是精力充沛，但是不是说精力充沛就可以透支肝的能量。比如很多人在春季想给工作或者学习开个好头，经常熬夜加班或者学习，觉得自己年轻、精力充沛，没有问题，殊不知这种行为非常不利于养肝。中医认为“人卧血归于肝”，所以按时就寝、充足的睡眠是最好的保肝良药，也算是预防“春困”最简单的办法。

**二忌食酸**

中医养生学认为：春日宜省酸增甘，以养脾气。这是因为春季易出现脾胃虚弱之症，故饮食最好少食酸辣，以稍微偏甜较为合适，比如山药、百合、木耳等。中医认为，粥类饮食最养脾胃，如果平时感觉胃脘隐痛，食欲不太好，容易口干咽燥，甚至形体消瘦、舌红少苔，那么不妨吃些山药百合大枣粥：山药具有补脾和胃之功能；百合清热润燥，大枣、薏苡仁健脾和胃，诸物合用有滋阴养胃、清热润燥的作用。如果因心情不好而引发胃部不适，建议吃些木耳炒肉片：黑木耳益胃滋肾、调理中气，与猪瘦肉合用，可补益脾胃、调理中气。

**三忌单薄**

春天虽然让人感觉温暖，但毕竟不是夏天，有三个地方不能着装太单薄。

第一个地方是脖颈，春季的早晚还是有些凉意的，这个时候不能忽视颈部保暖，这样可以有效预防颈椎病的发生。如果在早晨或者夜晚使颈部肌肉暴露在外，血液循环会因为受寒而变得流动缓慢，可能导致局部发生肿胀，使颈部肌肉损伤，引起颈椎病的发生。

第二个地方是肚脐。肚脐被中医称为“神阙”，这个穴位与人体十二经脉及五脏六腑相通，是心肾交通的“门户”。神阙为任脉所生，而任脉与督脉、冲脉同出胞中，为一源三歧，具有总领诸气血的作用。因此脐与诸经百脉相通，如果春寒侵袭这个地方，会影响全身经络。

第三个地方是下肢。很多女性到了春季下肢穿得相对单薄，也许是为了追求美感，但是健康问题也会逐渐显现！中医认为，“寒主收引”“气为血之帅，血为气之母”，当人体气血不足受寒时，不能温润肢体、推动血脉，就容易发生下肢抽筋和疼痛。因此下肢在春季阳气萌发的时候需要呵护，这是需要注意的。

**四忌熬夜**

《黄帝内经》提到了“春三月……夜卧早起”，意思是睡觉要晚一点，起床要早一点。因为春天充满了生发之气，白天变长，晚上变短，所以人应该顺应自然，活动的时间也要相应延长。不过值得注意的是，这里所说的夜卧，指的是相对于冬天来说，要睡得晚一点，但也要保证在十一点钟以前就进入熟睡状态。因为晚上 11 点至凌晨 3 点这段时间是胆经及肝经运行的时间，前面我们说到了春季养肝是第一位的，所以这个时候更不能熬夜。

夜卧早起也提示大家不要睡懒觉。春天应肝木之气，肝气喜条达而恶抑郁，睡觉时间过长不利于肝气的升发，所以人就会觉得困倦。况且动则生阳，在一晚优质的睡眠过后，早上好好地舒展一下自己的身体，有助于阳气提升，畅达头脑四肢，这样才会觉得精神爽利，精力充沛。

**五忌伤风**

春季重在防风邪侵。风邪既可能单独作为致病因素，也常与其他邪气兼夹致病。《黄帝内经》里“风者，百病之长也”，就说明了在众多引起疾病的外感因素中，风邪是主要致病因素。春天防病，首当防风。“虚邪贼风，避之有时”。避之有时，是说对自然界能使人致病的风邪要及时躲避，比如过堂风迅疾、猛烈，最易使人致病，故不宜在过堂风中久留，更不能在此处睡眠。

防风不是让大家关着窗子不透气。春季每天定时开窗通风两个小时左右，对于提高空气质量和灭菌防病，会起到相当大的作用。时间最好安排在上午9点～11点和下午2点～4点。这两个时间段内，室外气温和空气质量都处于最佳状态。晚间气温降低，而且室外空气污染较严重，不适宜开窗通风。

**一宜披发缓行活气血**

《黄帝内经》中指出春季养生适宜“广步于庭，被发缓形”。我们很多女性朋友喜欢在春天里把自己的头发扎起来，显得阳光精神，特别是马尾辫因清爽利落，而成为很多女性偏爱的发型。但是你或许不知道，扎马尾辫常是头痛的诱因之一。

这主要在于我们的头皮布满了神经和血管，相当敏感，一旦有不当的压迫、拉扯都很容易造成血管收缩、神经反射，引起头痛。因此，马尾辫不宜长时间扎，一旦有了可放松的时机，应赶紧取下发箍，让头皮休息一下，试试“被发缓形”，有助于头部气血的顺畅。特别是头发过长、过多的女性不宜尝试这种发型，因发辫的重量较大，对头皮的伤害尤其严重。此外，春季里经常梳圆髻的女性，可能会遇到和马尾辫同样的问题，不宜盘得过紧或经常保持这一发型不变。

**二宜懒腰配合深呼吸**

按照中医的养生保健理论，立春节气是从“秋冬养阴”到“春夏养阳”的转折点。很多读者都有这样的体会：在清晨刚醒来或工作劳累时，伸　仲懒腰会有说不出的惬意，其实，这是人体的自我保健，特别是对肝脏保健的一种条件反射。人体困乏的时候，气血循环缓慢，这时若舒展四肢，伸腰展腹，全身肌肉用力，并配以深呼吸，有吐故纳新、行气活血、通畅经络关节、振奋精神的作用。伸懒腰后，血液循环加快，全身肢体关节、筋肉得到了活动，使人睡意全无，也激发了肝脏机能，使肝脏得到“锻炼”，从而达到对肝脏的保健效果。但伸懒腰有一定的技巧，伸懒腰时要使身体尽量舒展，四肢要伸直，全身肌肉都要用力。伸展时，尽量吸气；放松时，全身肌肉要松弛下来，尽量呼气，这样锻炼的效果会更好。对老年人来讲，经常做这一动作，还可增加肌肉、韧带的弹性，延缓衰老。

**三宜捶背提肛发阳气**

虽然说“春眠不觉晓”，但是就有些人晚上睡不好，睡眠不好的原因基本上都是因为阳气没有养护好，比如阳虚怕冷就睡不着还多梦。那么如何在睡觉前养护我们体内的阳气呢？

人体背部有丰富的脏腑腧穴，捶背可刺激背部皮肤、皮下组织的穴位，通过经络的传导，增强经络系统的功能，改善免疫机能，增强抗病能力；捶背还可舒筋活血，使肌肉放松，促进血液循环，加速背部皮肤新陈代谢。捶背手法要均匀，着力要有弹性，轻拍轻叩，每分钟60～100下，每日1～2次。不过，有严重心脏病的患者，捶背须谨慎。还有一个方法是“提肛”，其可固精益肾、提振阳气。具体做法是：平躺床上，两手并贴大腿外侧，两眼微闭，全身放松，以鼻吸气，缓慢匀和，吸气的同时，着意提起肛门，包括会阴部，肛门紧闭，小肚及腹部稍用力同时向上收缩；稍停2～5秒钟，放松，缓缓呼气，呼气时，腹部和肛门要慢慢放松。这样一紧一松，做9次。一般若能坚持提肛一年以上，即可见效。

## 41. 谁家见月能闲坐？何处闻灯不看来？

### 上元夜六首 · 其一

*唐·崔液*

玉漏银壶且莫催，铁关金锁彻明开。
谁家见月能闲坐？何处闻灯不看来？

**【诗词大意】**

玉漏和银壶你们暂且停下不要催了，宫禁的城门和上面的金锁直到天亮也开着。

谁家看到明月还能坐着什么都不做呢？哪里的人听说有花灯会不过来看呢？

**【诗词赏析】**

《上元夜》是唐代诗人崔液创作的七绝组诗。诗共六首，上面这首最著名。

上元夜，指旧历正月十五夜，又称元宵节。我国素有元宵赏灯的风俗。这首古诗是描写当时京城长安元宵赏灯的繁华景象。“玉漏银壶”是计时的器具，古代以漏刻之法计时，具体方法是用铜壶盛水，壶底打通一小孔，壶中立刻度箭，壶中的水逐渐减少，箭上的度数就依次显露，就可按度计时，击鼓报更。

“谁家见月能闲坐？何处闻灯不看来？”“谁家”“何处”这四字把人声鼎沸、车如流水马如龙、灯火闪烁、繁花似锦的京城元宵夜景一语道尽。连用两个诘句，不仅将盛景迷人，令人不得不往的意思表达得灵活传神，而且给人以无限回味的余地，言有尽而意无穷。

**【养生解读】**

热闹的元宵节，除了吃汤圆，还有很多民俗活动都为这个隆重的节日增添了喜庆与祥和，专家提醒广大读者朋友们，不少元宵节的民俗活动都有养生保健的作用，感兴趣的你不妨留意和亲身体验一下。

**猜灯谜：活动颈椎　健脑益智**

每逢元宵节，各个地方都打出灯谜，希望今年能喜气洋洋、平平安安的。因为谜语既能启迪智慧又饶有趣味，所以深受社会各阶层的欢迎。

南京夫子庙的花灯全国闻名，每年元宵节这里都是灯火通明，很多游客都来到这里观赏花灯，感受节日浓厚的民俗氛围。一般来说，花灯都挂得比较高，既美观又相对安全。所以很多读者朋友一趟花灯赏下来几乎全程都是保持仰视的姿势，对于经常伏案工作的职场一族来说，赏花灯的过程就是一种很好的活动颈椎的过程，随着你的颈部主动地进行左右仰视运动，你的颈椎也自然得到了有效放松和锻炼，如果配上猜灯谜，更能增加健脑益智的保健效果。

**走百病：舒筋提神　健康身心**

走百病也叫游百病、散百病、烤百病、走桥等，是一种消灾祈健康的活动。元宵节夜妇女相约出游，结伴而行，见桥必过，认为这样能祛病延年。走百病是明清以来北方的风俗，有的在十五日，但多在十六日进行。这天妇女们穿着节日盛装，成群结队走出家门，走桥渡危，登城，摸钉求子，直到夜半始归。

"走百病"是一种最简便、最经济的健身方法。清代名医曹廷栋在《老老恒言》中说:"坐久则络脉滞……步则舒筋而体健。"无论是年轻人还是老年人,"走百病"都是值得推广的廉价处方。"走百病"时,上下肢应协调运动,并配合深而均匀的呼吸。场地应选择空气良好、视野开阔、安全的场所,如操场和公园。尽量避免在车流量大的马路及人行道上"走百病"。鞋要舒适合脚,柔软有弹性,以免在长时间快步走时对脚部造成伤害。

对于健康人而言,高于每分钟120步的"走百病",对身体才有明显的锻炼效果。注意步幅不要太大,否则会引起小腿和臀部肌肉酸痛,导致不必要的损伤。

**划旱船:缓解压力　疏经通络**

旱船多在乡村演出,一般从农历正月初一演出一直到农历二月初二(龙抬头节),目的是祈求来年风调雨顺、大吉大利。

该运动可非常准确地锻炼人体腰背部的肌肉力量和耐力,并可有效的改善腰背部肌肉和覆盖肌肉之上结缔组织的生理活性,使人感觉"如释重负"。

从中医学的角度看,腰背部的穴位非常多,比如大椎穴、至阳穴、曲垣穴、腰阳关穴、陶道穴、脊中穴、天宗穴、身柱穴、治喘穴、命门穴、腰俞穴、肝俞穴、肾俞穴等等,几乎涵盖五脏六腑的重要穴位,而练习"划旱船"运动可直接刺激这些穴位,有助于通利筋脉,达到舒展气机进而防治抑郁的效果。

经常参加室外的划旱船运动,对于大多数人来说并不现实,因此可以徒手做一些简单的"划旱船"运动,但是需要注意每次进行该运动时前5分钟速度要由慢到快,这样可保证腰背部充分活动,而不会受伤。每次划行的力度安排以小、中、大、小的顺序为宜。

**延伸阅读**

元宵节除了吃汤圆,这些圆圆的食物更养生

元宵佳节是继春节之后又一个团圆的传统节日。古往今来,元宵都是这一天的主题食品。但是随着人们生活水平的不断提高,以及在春节过度饮食伤了肠胃,很多读者在这一天很难再对这种外形圆圆饱含团圆寓意的食物多加品尝,怎么办呢?专家建议大家不妨吃一些这个季节常见的长得圆圆的果蔬,一样有团圆的寓意,还很健康哦!

元宵节之健康“圆蔬菜”甘蓝 通经络预防胃溃疡

大家经常吃的甘蓝在唐代中药学著作《本草拾遗》中已有记载，其能“补骨髓，利五藏六腑……通经络中结气，明耳目……益心力，壮筋骨”。现在营养学认为，甘蓝含维生素U类物质甚多，有防治胃溃疡痛的作用。维生素U又叫氯化甲硫氨基酸。事实上这是一种抗溃疡剂，主要用于治疗胃溃疡和十二指肠溃疡。过节期间吃伤胃的读者朋友，元宵佳节不妨吃一些甘蓝做的菜肴！

元宵节之健康“圆蔬菜”荸荠 抗菌退烧泻内火

元宵佳节期间，有的酒店推出了一种口味颇佳的热饮：荸荠冰糖饮。荸荠皮色紫黑，肉质洁白，味甜多汁，清脆可口，自古有“地下雪梨”之美誉，北方人则视它为“江南人参”。

荸荠中的蛋白质和碳水化合物含量比较丰富，但热量却不是很高，很适合初春食用。中医认为，荸荠是寒性食物，有清泻内火的功效，对于发烧初期的患者有较好的退烧作用，但高烧期间则不宜食用。幼儿吃一些荸荠还能促进牙齿和骨骼的发育。

荸荠冰糖饮的制作很简单，大家在家就能做，主要的材料为荸荠150克、甘蔗150克、冰糖30克。具体的做法是：削去荸荠和甘蔗的外皮并洗净，入锅加入适量水和冰糖，煮至荸荠和甘蔗熟透即可。

元宵节之健康“圆水果”橙子 解酒止呕防中风

元宵佳节前后很多读者都免不了饮酒，早晚的温差又比较大，如果不注意保养，一些心脑血管疾病患者可能有中风的危险。出自南唐时期的食疗著作《食性本草》中介绍了橙子，中医认为其有“止呕恶，宽胸膈，消瘿，解酒，杀鱼蟹毒”等作用。权威学术期刊《中风》刊登英国东英吉利大学诺里奇医学院一项新研究也发现，吃橙子及其他柑橘类水果有助于降低女性中风危险。

但是橙子不宜多吃，比如《开宝本草》提醒不可多食，伤肝气；《本经逢原》中说痁疟寒热禁食；《本草纲目拾遗》则告诫“气虚瘰疬者勿服”。

元宵节之健康“圆水果”苹果 益胃生津提精神

元宵节之后很多上班族又要面临繁忙的工作，这个时候建议大家把苹果作为上班间隙的休闲水果。苹果在明代著名中药学著作《滇南本草》中，有益胃、生津、除烦、醒酒的功效。《滇南本草》中还记载苹果“又名玉容丹，通五脏六腑，走十二经络，调营卫而通神明，解瘟疫而止寒热”。但是《名医别录》中提醒不要多食，因为“多食令人胪胀，病人尤甚”。

上班族多为脑力劳动者，很容易缺氧乏力，如果能有个午休，然后再吃个苹果，有助于振奋精神。这是因为苹果有天然的香气，有助舒缓压力。而且苹果中含有矿物质硼，可以使困倦的大脑快速恢复清醒状态。胃寒的读者，可以把苹果洗净，在温水中泡 5 分钟左右再吃，以避免肠胃受凉。

## 42. 试寻野菜炊香饭，便是江南二月天

### 咏竹

宋·黄庭坚

竹笋才生黄犊角，蕨芽初长小儿拳。
试寻野菜炊香饭，便是江南二月天。

**【诗词大意】**

竹笋才生长出来，如小黄牛的牛角一样。蕨菜的嫩芽也初步长成了，如婴儿般的拳头一样。人们试着找寻野菜烧制成香喷喷的饭菜，这便是江南二月美好的时节。

**【诗词赏析】**

这首诗的作者黄庭坚，字鲁直，号山谷道人，晚号涪翁，江西省九江市修水县人，北宋著名文学家、书法家，为盛极一时的江西诗派开山之祖，生前与苏轼齐名，世称“苏黄”。著有《山谷词》。黄庭坚书法亦能独树一格，为“宋四家”之一。

这首诗对初春野菜的描写形象生动，运用的比喻手法非常有可视感，让人能从中感受到春天人们烹饪美味野菜的生活气息。

**【养生解读】**

这首诗中说的“江南二月天”是指农历二月的江南，按照阳历一般为三四月，是野菜最多的时候。初春的野菜，由于茎叶鲜嫩，比较可口，受到很多读者朋友的喜爱。从这首古诗可以知道，吃野菜并不是现代人的时尚饮食习惯，古代就已经很流行了。

**野菜也是中药 功效和禁忌都应知道**

新鲜的野菜伴随着浓浓的春意陆续上市，很多读者在空闲时间也乐于到郊外自己挖野菜。虽然春季的野菜不少有食疗功能，但是食用时的注意事项也有不少，如何更好地食用野菜，使健康与美味兼得呢？

我们对常见的十大野菜逐个进行了总结，感兴趣的读者朋友们不妨一起来了解一下。

（1）水芹菜：这种芹菜与大家常吃的长在陆地上的旱芹菜不同，长在水边的这种芹菜富含多种维生素，口感更为清香，还有丰富的膳食纤维，有一定的通便、降压降脂、平肝、解表、透疹等功效。但是，由于其膳食纤维较多，胃溃疡、肠炎患者不宜食用。

（2）荠菜：对这种野菜很多读者都不陌生，民间有句俗语“三月三，荠菜做灵丹”，中医认为，荠菜有清热解毒、利尿止血、软坚散结、益胃等功效，对于有胃部疾患和因为上火导致眼部疾患的人尤其合适。我国许多地方至今仍然保留着“三月三”吃荠菜煮鸡蛋的习俗，需要提醒的是，荠菜性稍凉，体质虚寒的人以及胃寒的患者不宜过多食用，肾功能不全的患者要少吃。

（3）马齿苋：中医认为马齿苋有清热解毒的功效，西医研究认为，马齿苋对大肠杆菌、痢疾杆菌、伤寒杆菌均有抑制作用；对常见致病性皮肤真菌亦有抑制作用。但是这种野菜含有可导致过敏的物质，某些特殊体质的人群食用后易引起过敏。此外，因为马齿苋还有滑利的药性，大量食用可能会导致滑胎，孕妇最好少吃。如果你在吃的中药的药方里有鳖甲，要注意马齿苋与鳖甲相克，不要同服。

（4）香椿头：这种野菜有涩肠止血、健胃理气、杀虫固精等功效，但是虚寒体质的读者朋友不宜多吃。香椿为发物，多食易诱使痼疾复发，故慢性疾病患者应少食或不食。未用开水烫过的香椿注意忌食。

（5）萝卜苗：这种野菜可以化痰清热，下气宽中。由于富含维生素和纤维素，故有利于胃肠蠕动，帮助吸收营养物质。需要提醒大家的是，气虚者少吃，不宜与高酸性食物同食，否则营养不易吸收。

（6）蕨菜：中医认为蕨菜能起到清热滑肠、降气化痰、利尿安神的作用。近年来有研究认为吃蕨菜会导致食道癌、胃癌的发生率变高，而蕨菜里的“原蕨苷”是导致上述症状的罪魁祸首。一般家庭食用的多为蕨菜干，蕨菜干在加工过程中会经过热烫及多次过水，原蕨苷遇热易挥发且具有水溶性，因此蕨菜干中的原蕨苷含量偏低，对人体影响不大。对于新鲜的蕨菜，只要在炒制前将其焯水，再进行后续的烹饪，也可以除去大部分原蕨苷。原蕨苷在蕨菜的嫩芽部分含量最高，烹饪时先切去嫩芽部分再进行烹制，亦可去除其中大部分原蕨苷。少量食用蕨菜不会对人体造成损伤，长年大量食用则会增加健康风险。

（7）枸杞头：有补肝肾、益精气、清热除渴、明目的功能，但虚寒体质的读者朋友不宜多吃。

（8）婆婆丁：又名蒲公英，有清热解毒、消肿、利尿、抗菌的作用，虚寒体质的读者朋友不宜多吃，肾功能不全患者慎食。部分人对其有过敏反应，所以过敏体质者不宜食用。

（9）马兰头：含丰富的维生素，其维生素 A 的含量超过番茄，维生素 C 含量超过柑橘类水果。有清热解毒、止血、散结消肿作用。对于由于燥热原因容易出现流鼻血、咽喉炎、扁桃体炎等症状的读者朋友是不错的食疗佳品。虚寒体质的读者朋友不宜多吃。

（10）豌豆苗：含钙质、B 族维生素、维生素 C 和胡萝卜素，有利尿、止泻、消肿、止痛和助消化等作用。肾衰、胃出血、胃溃疡、肠炎患者少吃。

特别提醒大家注意：野菜虽然新鲜，但是如果生长在工业区周围、汽车经常经过的道路两旁，这些地方的水源、土壤中含有的重金属元素会相对较多一些，毒素可能进入植物沉积下来，不宜采摘食用。即使是在环境比较好的地方采摘的野菜也不宜多吃，因为多数野菜性寒味苦，容易伤及脾胃，甚至诱发胃痛、呕吐等症状。初春野菜，尝尝鲜就可以了，食用后一旦出现肠胃不适、恶心、周身发痒、浮肿、皮疹或皮下出血等异常症状，应立即到医院救治。

**竹笋有春天“菜王”的美誉 “四少两多”食疗价值高**

这首诗的题目虽然叫《咏竹》，但是诗中写的其实是“才生黄犊角”的竹笋。从时令蔬菜的角度来说，有春天“菜王”之称的春季的竹笋，非常值得一吃！春雨绵绵，竹笋纷纷破土而出，春笋以其营养丰富、笋体肥嫩、美味爽口被誉为春天的“菜王”。虽然每个季节都有竹笋，但是以春笋和冬笋味道最佳。而经过冬季的营养积累，春笋味道更加鲜美，营养也更加丰富。

竹笋的营养构成有“四少两多”的特点，即含有的糖分少、脂肪少、淀粉少、热量少，蛋白质多、植物纤维多，对肥胖症、动脉硬化、高血压、冠心病、糖尿病等患者有一定的食疗作用。

唐代名医孙思邈在《千金方》中记载竹笋“味甘，微寒，无毒，主消渴，利水道，益气力，可久食”。这里面说的“消渴”类似于西医说的糖尿病。

明代药学家李时珍所著《本草纲目》中则记载竹笋有“化热、消痰、爽胃”之功。所以，风热感冒且有痰的患者可以多吃。

清代养生学家王孟英在《随息居饮食谱》中记载笋“甘凉，舒郁，降浊升清，开膈消痰”。所以，你心情不好的时候也不妨吃一些。

优质春笋直接决定了优质的食疗功效，那么优质的竹笋如何挑选？大家可以从以下四点来分辨。

（1）看笋壳，一般以嫩黄色为佳，笋体未完全长出土层或刚长出的笋壳一般为黄色，其笋肉特别鲜嫩。

（2）手摸笋的底部，摸起来纤维细滑不扎手，说明这根笋比较幼嫩。

（3）观笋肉，颜色越白则越脆嫩，笋肉黄色者质量次之，绿色的则质量较差。笋体莵大尾小的笋肉多壳少，且味道尤为脆甜鲜嫩。

（4）测笋节和笋体，鲜笋的节与节之间越是紧密，其肉质越细嫩。

需要提醒大家的是，春笋中含有难溶性草酸，食用前要先用淡盐水将春笋焯水，然后再配其他食物炒食。春笋虽然营养价值高，但其性寒，又含较多粗纤维素，大量食用后，很难消化，容易对胃肠造成负担，所以肠胃不好者不宜多吃。

**参考菜品**

*鲫鱼竹笋汤*

原料：鲫鱼 1 条约 400 克，竹笋 200 克，姜片、盐、胡椒粉、葱花适量。

做法：1. 将鲫鱼身上抹上盐和黄酒腌 20 分钟；2. 爆香姜片，将鲫鱼的两面略煎一下（这样汤容易变白）；3. 加水，放入春笋，烧开后转小火煮 30 分钟，起锅前放盐、胡椒粉、葱花。

# 43. 闭目常闲坐，低头每静思

## 不与老为期

唐·白居易

不与老为期，因何两鬓丝。
才应免夭促，便已及衰羸。
昨夜梦何在，明朝身不知。
百忧非我所，三乐是吾师。
闭目常闲坐，低头每静思。
存神机虑息，养气语言迟。
行亦携诗箧，眠多枕酒卮。
自惭无一事，少有不安时。

**【诗词大意】**

不想与衰老有约，因何两鬓却已经出现白发。刚刚免于短命，便已经衰老瘦弱。昨夜的梦在哪里？明天也不知道自己身在何处。成百上千的忧愁不是我所希望的，常有三乐的荣启期是我的老师。

闲坐的时候经常闭目养神，安静的时候就低头思考。存养精神的时候要抛开杂念，停止思虑。护养元气的时候说话要慢慢的。出行的时候也带着放诗稿的小箱子，很多次睡觉的时候枕着盛酒的器皿。没有一件事让自己觉得惭愧的，因此很少有内心不安的时候。

**【诗词赏析】**

白居易（772—846），字乐天，号香山居士，又号醉吟先生，是唐代伟大的现实主义诗人，有“诗魔”和“诗王”之称。官至翰林学士、左赞善大夫。原文中的三乐指的是“启期三乐”，这个典故见于《列子·天瑞》。传说春秋时期，孔子游至泰山，见到了行走于郕之野的隐士荣启期，他身穿鹿皮袄，腰系绳索，一边弹琴，一边唱歌。孔子好奇地问：“先生为何如此快乐？”荣启期回答：“吾乐甚多，天生万物，唯人可贵，而吾得为人，是一乐也。男女之别，男尊女卑，故以男为贵，吾为一男子,是二乐也。人的寿命有时短得死于娘胎、亡于襁褓之中,而吾年已九十,是三乐也。"

白居易在古代诗人中属于比较长寿的,从这首诗中可以看出他淡泊的心境,还有较好的中医养生素养。

**【养生解读】**

这首诗中出现的"闭目常闲坐",从古至今都是简单有效的养生好习惯。为什么这么说呢?中医理论认为肝开窍于目,人体五脏六腑之精气皆上注于目。因此,眼睛被认为是心灵的窗口、传神的灵机。古代养神修性也把闭目养神作为一种简便易行而又行之有效的方法。《黄帝内经》中说:"精神内守,病安从来。"通过闭目养神,排除杂念,精力集中,无思无虑,直至人静,便可达到养生安神的功效。

**饭后最适合闭目养神**

什么时候最适合闭目养神呢?饭后!吃完饭后,身体内的血液都集中到消化道内,参与食物消化的活动,如果此时行走、运动,会有一部分血液流向手足,肝脏处则会出现供血量不足的情况,影响其正常的新陈代谢。

饭后闭目静坐10分钟至半小时,有助于血液更多地流向肝脏,供给肝细胞氧和营养成分。特别是患有肝病的人,饭后更应该闭目养神。

现代人生活节奏很快,很多人都有烦躁、焦虑甚至失眠的情况。闭目养神是个不错的调节方法,对阴虚火燥的人,更有帮助。可随时找个空闲,闭目养神10分钟左右,以起到化燥生津、滋养神志的作用。

**坚持运动　饮食清淡　最喜欢青菜白饭**

养生最重要的是有恒心,就算家里地方不宽裕,也要坚持做运动。

《素问·生气通天论》说:"起居如惊,神气乃浮",清代名医张隐庵说:"起居有常,养其神也……不妄作劳,养其精也。大神气去,形独居,人乃死。能调养其神气,故能与形俱存,而尽终其天年",这说明起居有常是调养神气的重要法则。

饮食方面,应以清淡为主,《素问·脏气法时论》中指出:"五谷为养,五果为助,五畜为益,五菜为充,气味合而服之,以补精益气",全面概述了饮食养生的主要组成内容。以谷类为主食品,肉类为副食品,用蔬菜来充实,以水果为辅助,根据需要，兼而取之。这样调配饮食，才能会供给人体需求的大部分营养，有益于人体健康。

## 44. 因汝华阳求药物，碧松根下茯苓多

### 送阿龟归华

唐·李商隐

草堂归意背烟萝，黄绶垂腰不奈何。
因汝华阳求药物，碧松根下茯苓多。

**【诗词大意】**

略。

**【诗词赏析】**

李商隐（约813—约858），字义山，号玉溪生，又号樊南生、樊南子，晚唐著名诗人。他祖籍怀州河内（今河南沁阳市），祖辈迁至荥阳（今河南郑州）。擅长骈文写作，诗作文学价值也很高，他和杜牧合称“小李杜”，与温庭筠合称为“温李”。因诗文与同时期的段成式、温庭筠风格相近，且三人都在家族里排行第十六，故并称为“三十六体”。其诗构思新奇，风格浓丽，尤其是一些爱情诗写得缠绵悱恻，为人传诵，但过于隐晦迷离，难于索解，至有“诗家总爱西昆好，独恨无人作郑笺”之说。

阿龟：作者子侄小名。华：华州，今陕西华县。

背烟萝：犹言与烟萝久违，借指幽居或修真之处。

黄绶：《汉书·百官公卿表》：“比二百石以上，皆铜印黄绶。”唐时用为县丞、县尉故事。本意是黄色的印带，有时用来代指俸比六百石以下、比二百石以上的官，因为这一级别的官为铜印黄绶。不奈何，无可奈何。指官职在身不得归。

华阳：华山之阳。

茯苓：药物名。华州土贡茯苓，见《唐本草》：“（茯苓）今第一出华山。”

**【养生解读】**

“因汝华阳求药物，碧松根下茯苓多”中的茯苓是中医著名的药食同源的中药，自古便有“四时神药”的美誉，因为它的功效非常广泛，不分四季；将它与各种药物配伍，不管寒、温、风、湿诸疾，都能发挥其独特功效。

**文人墨客、皇宫贵族的保养品**

早在西汉淮南王刘安等所著的《淮南子》中，已经有“千年之松，下有茯苓，上有菟丝”的记载。

晋代著名中药学家葛洪在其所著的《抱朴子》中记载了这样一个传说：有一个叫任子季的人，连续服用茯苓 18 年，天上的玉女就来与他相会，并且能有隐形之术，不食人间五谷。这则带有神话色彩的故事说明了茯苓在古代是非常受欢迎的养生食材。

茯苓不仅受到历代医家的重视，一些著名的文人墨客也与茯苓有不解之缘。

传说唐宋八大家之一的苏辙年少时体弱多病，夏天因为脾胃虚弱而饮食不消，食欲不振；冬天则因为肺肾气虚而经常感冒、咳嗽，请了许多医生，服了许多药物也未能根除。直到苏辙过了而立之年，他向人学习养生之道，练习导引气功，经常服用茯苓，一年之后，多年的疾病竟然消失得无影无踪。从此，他便专心研究起药物养生来，并写了《服茯苓赋》（并引）一文。文中写道：（服茯苓）可以固形养气，延年而却老者。能安魂魄而定心志，颜如处子，神止气定。

也许是茯苓的市场太好，以至于在古代已经有假货冒充。唐代文学家柳宗元在其《柳河东集》中记载，一次自己生病，腹脘胀闷、心慌。一医告知其用茯苓煮服可治。他便买来茯苓煮服，结果病情加重。后来找医生询问，医生告诉他说：“你买的是芋头，不是茯苓。”他便写了《辨伏神文》（并序），以警世人。

明清时代，罗田茯苓还成了贡品，作为朝廷保健养生之用。四大名著之一的《红楼梦》中多次写到了茯苓。第六十回中，广州官员来拜贾家，送上茯苓霜做门礼，并说茯苓霜怪俊，雪白的，拿人奶和了，每日早上吃上一钟，最补人的。第二十八回里，当王夫人说到大夫说的丸药的名字时，一时想不起来，宝玉就罗列了一堆，其中有“千年松根茯苓胆”。此外，《红楼梦》中黛玉吃的人参养荣丸，秦可卿吃的益气养荣补脾和肝汤中都有茯苓。

**除湿之圣药　还能养心安神**

茯苓作为中药出自《神农本草经》,这种药物的来源为多孔菌科植物茯苓的干燥菌核。野生茯苓一般在7月至次年3月间到马尾松林中采取。栽培的茯苓一般在接种后第二、三年采收,以立秋后采收的质量最好,过早则影响质量和产量。

茯苓可用为补肺脾、治气虚之辅佐药。比如《名医别录》中记载其能"调藏气,伐肾邪,长阴,益气力,保神守中"。《医学启源》中记载其能"除湿益燥,利腰脐间血,和中益气为主"。《日华子本草》中记载其能"补五劳七伤"。

茯苓还能养心安神,故可用于心神不安、心悸、失眠等症,比如《药性论》中记载其能"开胃,止呕逆,善安心神"。《本草经疏》中又把茯苓从颜色的角度加以功效的区分,比如记载:"白者入气分,赤者入血分,补心益脾,白优于赤,通利小肠,专除湿热,赤亦胜白。"意思是如果是补心益脾,比较适合用白茯苓,如果是除湿热,红茯苓更胜一些。

茯苓最为常见的药用价值是渗湿利尿,《本草求真》记载茯苓是"最为利水除湿要药"。《用药心法》中记载"(茯苓)淡能利窍,甘以助阳,除湿之圣药也"。茯苓能利水,且不伤气,补泻兼施。《汤液本草》中记载:"(茯苓)伐肾邪,小便多,能止之;小便涩,能利之,与车前子相似,虽利小便而不走气。"

**民间美食受欢迎　虚寒体质不宜用**

如果说茯苓有什么知名的食疗方,茯苓饼一定是知名度最广的,它是北京的一种滋补性传统名点,有其独特的风味。这种以茯苓霜和精白面粉做成薄饼,中间夹有用蜂蜜、砂糖熬熔的蜜饯及松果碎仁,其形如满月、薄如纸、白如雪,味美甘香,风味独特。北京风味小吃中,还有茯苓包子、茯苓糕等。

关于茯苓饼的制食法,早在明代的药学著作《万病回春》中已经有记载,但是主要主治远近顽疮、烂不敛口的患者,口感也不是很好吃。待到了清初,有人提出"糕贵乎松,饼利于薄"的主张,于是,茯苓饼经过优化和改良,从药品成为美食,而且越来越薄。

民间做茯苓饼的方法:用粳米、白糯米(粳米与白糯米的比例为7:3)加上与粳米重量相等(略少亦可)的茯苓、芡实、莲子肉、山药等(少一两种无关紧要),共碾成粉,拌匀做饼,蒸熟当做点心。

明代李时珍所著的《本草纲目》中,还介绍了茯苓馄饨的做法:黄雌鸡肉四两，茯苓二两，白面六两，做成馄饨，入豉汁煮食，三五次可治疗噎食不通。

茯苓虽然是很好的药食两用的中药，但有以下注意事项：

第一，注意不宜与一些中药一起使用，比如《本草经集注》中记载茯苓“恶白蔹，畏牡蒙、地榆、雄黄、秦胶、龟甲”。《药性论》中记载茯苓“忌米醋”。

第二，一些虚寒体质的人也不适合食用茯苓，比如《本草经疏》中记载：“病人肾虚，小水自利或不禁，或虚寒精清滑，皆不得服。”《得配本草》中记载：“气虚下陷……水涸口干……俱禁用。”

## 45. 一骑红尘妃子笑，无人知是荔枝来

### 过华清宫

唐·杜牧

长安回望绣成堆，山顶千门次第开。

一骑红尘妃子笑，无人知是荔枝来。

**【诗词大意】**

在长安回头远望骊山宛如一堆堆锦绣，山顶上华清宫千重门依次打开。一骑驰来烟尘滚滚，妃子欢心一笑，无人知道是南方送了荔枝鲜果来。

**【诗词赏析】**

杜牧（803—约852），唐代诗人，字牧之，京兆万年（今陕西西安）人，祖父杜佑是中唐有名的宰相和学者。大和二年（828年）进士，授宏文馆校书郎。多年在外地任幕僚，后历任监察御史，黄州、池州、睦州刺史等职，后入朝为司勋员外郎，官终中书舍人。以济世之才自负，诗文中多指陈时政之作。写景抒情的小诗，多清丽生动。以七言绝句著称，境界特别宽广，寓有深沉的历史感，如《赤壁》《题乌江亭》《过华清宫》《泊秦淮》《清明》《江南春绝句》《山行》等都是流传至今的名篇。人谓之“小杜”，和李商隐合称“小李杜”，以别于李白与杜甫。

全诗从“回望”起笔，层层设置悬念，最后以“无人知”揭示谜底，这不仅揭露了唐明皇为讨宠妃的欢心而无所不为的荒唐，同时与前面渲染的不寻常气氛

相呼应。全诗无一难字,不事雕琢,清丽俊俏,活泼自然,而又寓意精深,含蓄有力,确是唐人绝句中的上乘之作。

起句描写华清宫所在地骊山的景色。诗人从长安"回望"的角度来写,犹如电影摄影师,在观众面前先展现一个广阔深远的骊山全景:林木葱茏,花草繁茂,宫殿楼阁耸立其间,宛如团团锦绣。"绣成堆",既指骊山两旁的东绣岭、西绣岭,又是形容骊山的美不胜收,语意双关。

接着,场景向前推进,展现出山顶上那座雄伟壮观的行宫。平日紧闭的宫门忽然一道接着一道缓缓地打开了。接下来,又是两个特写镜头:宫外,一名专使骑着驿马风驰电掣般疾奔而来,身后扬起一团团红尘;宫内,妃子嫣然而笑了。两个镜头貌似互不相关,却都包蕴着诗人精心安排的悬念:"千门"因何而开?"一骑"为何而来?"妃子"又因何而笑?诗人故意不忙说出,直至紧张而神秘的气氛憋得读者非想知道不可时,才含蓄委婉地揭示谜底:"无人知是荔枝来。""荔枝"两字,透出事情的原委。《新唐书·杨贵妃传》:"妃嗜荔支,必欲生致之,乃置骑传送,走数千里,味未变已至京师。"明于此,那么前面的悬念顿然而释。

吴乔《围炉诗话》说:"诗贵有含蓄不尽之意,尤以不著意见声色故事议论者为最上。"杜牧这首诗的艺术魅力就在于含蓄、精深,诗不明白说出玄宗的荒淫好色,贵妃的恃宠而骄,而形象地用"一骑红尘"与"妃子笑"构成鲜明的对比,就收到了比直抒己见强烈得多的艺术效果。"妃子笑"三字颇有深意。春秋时周幽王为博妃子一笑,点燃烽火,导致国破身亡,读到这里时,读者是很容易联想到这个尽人皆知的故事的。"无人知"三字也发人深思。其实"荔枝来"并非绝无人知,至少"妃子"知、"一骑"知,还有一个诗中没有点出的皇帝更是知道的。这样写,意在说明此事重大紧急,外人无由得知,这就不仅揭露了皇帝为讨宠妃欢心无所不为的荒唐,也与前面渲染的不寻常的气氛相呼应。

**【养生解读】**

很多人喜欢吃荔枝,但是却不知道荔枝的养生功效与禁忌。荔枝别名离支(《上林赋》)、荔支(《齐民要术》)、丹荔(《本草纲目》)、火山荔(《生草药性备要》)、丽枝(《本草纲目拾遗》)、勒荔(《广西中药志》)。

作为中药的荔枝来源为无患子种植物荔枝的果实,6~7月果实成熟时采。

中医认为荔枝性味甘酸,温。比如《食疗本草》中记载其性"微温"。《海药本草》中记载其性“味甘、酸”。《开宝本草》中记载其性“味甘平,无毒”。

荔枝主要有生津、益血、理气、止痛等四大功效。

《食疗本草》中记载其能“益智,健气,”《海药本草》中记载荔枝:“主烦渴,头重,心躁,背膊劳闷。”《日用本草》中记载荔枝可以“生津……散无形质之滞气”。《本草衍义补遗》记载荔枝肉“故消痛赘”。《玉楸药解》中记载荔枝能“暖补脾精,温滋肝血”。

《本草从新》记载荔枝可以“解烦渴,止呃逆”。《医林纂要》记载荔枝能够“补肺,宁心,和脾,开胃……治胃脘寒痛,气血滞痛”。《泉州本草》记载荔枝能“壮阳益气,补中清肺,生津止渴,利咽喉。治产后水肿,脾虚下陷,咽喉肿痛,呕逆等证”。

荔枝虽然好吃也要注意:阴虚火旺者慎服。《食疗本草》中记载荔枝“多食则发热”。《海药本草》中记载荔枝“食之,多则发热疮”。《本草纲目》中记载荔枝:“鲜者食多即龈肿口痛,或衄血也。病齿䘌及火病人尤忌之。”

## 46. 来禽海棠相续开,轻狂蛱蝶去还来

### 见蜂采桧花偶作

宋·陆游

来禽海棠相续开,轻狂蛱蝶去还来。
山蜂却是有风味,偏采桧花供蜜材。

**【诗词大意】**

苹果树和海棠都相继开花了,轻狂的蛱蝶飞去又飞来。山里的蜜蜂却比较有风味,偏偏喜欢采桧花的花蜜以供蜂蜜的材料。

**【诗词赏析】**

南宋文学家、史学家、爱国诗人陆游热爱生活,善于从各种生活情景中发现诗材。无论是高山大川还是草木虫鱼,无论是农村的平凡生活还是书斋的闲情逸趣,“凡一草、一木、一鱼、一鸟,无不裁剪入诗”。这首《见蜂采桧花偶作》就体

现了诗人独特的选材视角和生活韵味。

**【养生解读】**

这首诗中的来禽就是苹果树。苹果种植在我国源远流长,北魏末年,杰出的农学家贾思勰所著的一部综合性农学著作《齐民要术》中就有苹果栽培繁殖和加工的记载,只是那个时候不叫苹果,因为果实熟了之后能招至众禽来吃,所以俗称“来禽”,可见苹果是人与动物都喜爱的美食。

对于苹果的营养功效,很多读者都是从西医营养学的角度了解的,实际上,自古以来中医都重视苹果的食疗作用与临床应用,而且一些经典的药膳还是以苹果为主要食材。

上班族多为脑力劳动者,很容易缺氧乏力,如果能有个午休,然后再吃个苹果,有助于振奋精神。这是因为苹果有天然的香气,有助舒缓压力。而且苹果中含有矿物质硼,可以使困倦的大脑快速恢复清醒状态。对于胃寒的读者或者脾胃虚弱的读者,可以把苹果洗净,在温水中泡5分钟左右再吃,可以避免肠胃受凉。如果时间允许还可以自己动手制作玉容丹。

苹果作为食疗药材出自明代著名中药学著作《滇南本草》,书中记载其有益胃、生津、除烦、醒酒的功效。这本药学著作中还记载“苹果又名玉容丹,通五脏六腑,走十二经络,调营卫而通神明,解瘟疫而止寒热”。所以,玉容丹比较适合作为养生保健的药膳方。

**玉容丹参考做法**

鲜苹果1000克,切碎捣烂,绞汁,熬成稠膏,加蜂蜜适量混匀。每次1匙,温开水送服。具有益胃生津、改善胃阴不足的功效。

**胃阴不足是怎么回事?都有哪些症状?**

有的读者不太清楚胃阴不足是什么症状,这里为大家介绍一下,供大家参考学习。胃阴不足证是中医病证名,是因饮食不节,过食辛辣厚味,积热于内,或热病后期伤津,或情志不畅,气郁化火伤阴,致胃失和降所表现出来的恶心、呕吐或呃逆,口燥咽干,舌红少苔,脉细数一类的病证。常见于痞满、呕吐、呃逆等患者。

胃阴不足的患者因为胃热耗伤胃阴,导致胃失濡养、气失和降,所以会出现打嗝、呕吐、腹胀等症状;因为胃阴不足,津液不能上承,故见口咽干燥、大便干结症状。这类患者都比较适合吃玉容丹。

**苹果为何不能多吃?**

这里需要注意的是,约成书于汉末时期的中医名著《名医别录》中提醒不要多食苹果,因为“多食令人胪胀,病人尤甚”。所以,苹果虽好,可不要贪吃哦!

# 下　篇

# 中华成语与中医健康智慧

## 1. 没精打采

**【出处】***

弄得宝玉满肚疑团，没精打采的，归至怡红院中。

——清·曹雪芹《红楼梦》第八十七回

**【释义】**

采：精神。形容精神不振，提不起劲头。

**【养生提示】**

生活中大家都会有没精打采的时候，但是你如果经常会没精打采，西医体检又查不出问题，从中医的角度来说，就很有可能是气虚了。中医认为，气是人体最基本的物质，由肾中的精气、脾胃吸收运化的水谷之气和肺吸入的清气共同结合而成。气虚则四肢肌肉失养，周身倦怠乏力。从脏腑的角度看，气虚包括肺气虚、心气虚、脾气虚、肾气虚诸证。

气虚的人不一定都是瘦弱的人，有不少气虚的人都偏胖，但胖而不实，肌肤摸上去很松软，肌肉不结实，我们常说这种胖叫"虚胖"。气虚的人最怕炎夏和寒冬，为什么这么说呢？因为这类人一热就容易出汗，一降温就怕冷怕风，比较"娇气"。凡气虚之人，忌吃破气耗气之物，忌吃生冷性凉、油腻厚味、辛辣的食物。那么，什么样的食物适合气虚的人吃呢？

（1）粳米性平，味甘，能补中益气。世界食疗学的鼻祖、唐代著名食疗学家孟诜称粳米能"温中，益气"。清代名医王孟英还把粳米粥誉为贫人之参汤，他说，贫人患虚症，以浓米汤饮代参汤，气虚者宜常食之。

（2）鸡肉性温，味甘，有温中、益气、补精、养血的功效。无论气虚、血虚、肾虚，皆宜食之。民间对气虚之人，有用黄芪煨老母鸡的习惯，更能增加补气作用。

（3）鲢鱼性温，味甘，能入脾肺而补气。明代著名药学家李时珍在《本草纲目》中记载鲢鱼有"温中益气"的功效。清代食疗专家王孟英也认为鲢鱼有"暖胃，补气，泽肤"的功效。所以气虚者宜食。

（4）另一种利于气虚之人食用的鱼是桂（鳜）鱼，这种鱼可以补气血、益脾

---

* 【出处】，非指词汇的词源学出处，系"举例"而言。特此说明。

胃。早在五代时期的药学著作《日华子本草》中便记载桂鱼有“益气”的功效。宋代药学著作《开宝本草》中记载桂鱼有“益气力,令人肥健”的功效。尤以气虚兼脾虚者最宜。

（5）大枣性温,味甘,有益气补血的功效,历代医家常用之于气虚患者。孟诜称大枣可以“补不足气……蒸煮食之,补肠胃,肥中益气”。所以,气虚者宜用大枣煮食为佳。

（6）山药为补气食品,《本草纲目》记载它能“益肾气……化痰涎,润皮毛”。

（7）黄芪性微温,味甘,是民间常用的补气配方。不少医书都称黄芪补一身之气。清代药学著作《本草求真》称赞黄芪“为补气诸药之最”。中医认为,黄芪兼有升阳、固表止汗、排脓生肌、利水消肿、安胎益血的作用。

## 2. 鼻息如雷

**【出处】**

上使人微觇准所为,而准方酣寝于中书,鼻息如雷。

——宋·沈括《梦溪笔谈·人事》

**【释义】**

鼻息:鼾声。打呼噜的声音就像打雷一样响,形容熟睡时鼾声大作。

**【养生提示】**

有些人熟睡时发出的鼾声很大,有鼻息如雷的感觉。大多数人认为这是司空见惯的,不以为然,还有人把打呼噜看成睡得香的表现。其实打呼噜是健康的大敌,因为打呼噜使睡眠呼吸反复暂停,造成大脑血液严重缺氧,形成低氧血症,而诱发高血压、脑心病、心率失常、心肌梗死、心绞痛。夜间呼吸暂停时间超过120秒容易在凌晨发生猝死。

中医认为打鼾的人先天因素多为先天禀赋不足,如先天性鼻部异常。后天因素可分为虚实两端。实证的主要病机为痰瘀互结,多因嗜食膏粱厚味,使脾失健运,不能运化与转输水谷精微,聚湿生痰,痰湿聚集于体表,以致体态臃肿,痰湿上阻于气道,壅滞不畅,痰气交阻,肺气不利,入夜益甚,使肺主气、司呼吸功能失常，出现鼾声如雷、呼吸暂停等症状。虚证的主要病机是肺脾气虚或脾肾阳虚。有素体虚弱，或病后体虚，或劳倦内伤，损伤脏腑功能。肺主气，司呼吸，肺气通于鼻。《类证治裁·喘证》说："肺为气之主，肾为气之根，肺主出气，肾主纳气，阴阳相交，呼吸乃和。"肺气虚弱，失于宣降，肾亏摄纳无权，呼吸失却均匀调和，则夜间打鼾、呼吸表浅甚至呼吸暂停。或肺脾肾虚，脾不能转输水湿，肺不能发散津液，肾不能蒸化水液，而致阴津水液凝聚成痰，壅遏肺气而作鼾，甚至出现呼吸暂停症状。

可以借助穴位按摩来起到辅助治疗和预防打鼾的效果，比如以下四个穴位：

一、阴陵泉穴。此养生穴位是脾经的五输穴里的合穴，善于调节脾脏的功能。脾主运化，利水渗湿，湿生痰，所以按摩阴陵泉具有很好的强身、祛痰作用。阴陵泉在小腿内侧，胫骨内侧髁后下方凹陷处。

二、中脘穴。此养生穴位是腑的会穴，凡是脾胃失调、运化失常导致的各类脏腑相关疾病都可以用按摩中脘治疗。肺脏病变的咳嗽、哮喘等以及脾虚引起的痰多等问题，按摩中脘都有极好的效果。按摩中脘既能宣肺，又能祛痰，是治疗打鼾的理想穴位。中脘在上腹部，肚脐上 4 寸。

三、丰隆穴。此养生穴位更是一个祛痰、止咳的著名穴位，说它是穴位里的祛痰、止咳明星并不为过。为什么呢？丰隆属于足阳明胃经，是胃经的络穴，属于胃经，又联络脾经。脾主运化，脾虚则水湿不化，易聚集而成痰，按摩丰隆调胃和脾两大脏腑，除湿祛痰效果尤为明显。中医常用它来治疗咳嗽、哮喘等呼吸系统疾病。丰隆穴很好找，它在小腿外侧，外踝尖上 8 寸。

四、天枢穴。此养生穴位在腹中部，离肚脐眼正中 2 寸。取穴的时候从肚脐眼正中向左或者右量 2 横指即是。天枢属于胃经，又靠近胃部，所以它调理胃肠、补虚化湿的作用很好，湿生痰，将它与中脘协同作用，能够增强治疗打鼾的功效。

## 3. 面如土色

**【出处】**

李白重读一遍，读得声韵铿锵，番使不敢则声，面如土色，不免山呼拜舞辞朝。

——明·冯梦龙《警世通言》卷九

**【解释】**

脸色呈灰白色。形容惊恐之极。

**【养生提示】**

提到“面如土色”这个成语,很多读者首先想到的就是四诊之一的望诊。中医望诊内容丰富,其中的“望面色”是望诊中的重中之重,中医认为,患者面部的色泽能反映脏腑状况。望面色,主要是望面部皮肤的颜色和光泽。皮肤的颜色大致可以分为青、黄、赤、白、黑五种。五脏之气外发,五脏之色隐现于皮肤之中,所以脏腑出现病变时,会显露相应的异常颜色。而皮肤的光泽则可以反映脏腑精气的盛衰。由于先天禀赋的差异,不同的人的基本肤色会不同,这种面色称为主色。此外,面色还会随着四季改变而有相应的细微变化。比如春季面色会稍青,夏季面色会偏红,而冬季面色偏黑。但是,一般正常的面色是明润的。

望面色的时候注意要光线充足,充分暴露,排除假象。比如不能在夜间观察,因为会受到光线的干扰。中医认为脾主色黄、肺主色白、心主色赤、肝主色青、肾主色黑。例如,上面这个成语中的“面如土色”,抛开成语的本意,仅从字面意思来理解的话,面色偏土黄的人多有脾胃运化不佳,也就是常说的消化系统功能不好的症状。此外,面如土色的人往往气血也不充盈,尤其是脸部缺乏血色。比如明代医学著作《医学入门》中记载:“人知百病生于气,而不知血为百病之胎也。”《黄帝内经》里也具体论述了血对人体的作用:“肝受血而能视,足受血而能步,掌受血而能握,指受血而能摄”,达到了“以奉生身,莫贵于此”的高度。因此,对于面如土色、偏血虚的人必须及时进行补血。常用的补血中药有以下三种:

当归。味甘、辛、苦,性温,能补血活血,润肠通便,清代药学著作《本草备要》谓其:“血虚能补,血枯能润”,对气血生化不足,或气血运行迟缓以及血虚肠燥便秘者,尤其适合。由于当归既补血又能活血,故成为调经要药。

阿胶。味甘、性平,有补血止血、滋阴润肺、调经安胎等作用,为历代中医专家喜用的滋补珍品。《本草纲目》称其为“圣药”,与人参、鹿茸并称中药的“三宝”。现代药理研究表明,阿胶能促进红细胞及血红蛋白的生成,并能改善动物体内的钙平衡,使血钙升高。此外,阿胶还有防治进行性肌营养障碍的作用。

白芍。白芍味酸苦,性微寒,有养血荣筋、缓急止痛、柔肝安脾等作用,为阴血不足、肝阳上亢常用药,尤为妇科常用药。正如五代药学著作《日华子本草》中记载的那样:“主女人一切病并产前后诸疾。”临床上常与熟地、当归配伍,用于治疗血虚所致的妇女月经不调、经后腹痛等。

除了药物补血，大家还可以通过穴位来帮助补血。比如血海穴，属足太阴脾经之穴，在股前区，髌底内侧端上 2 寸，股内侧肌隆起处。这个穴位是脾经所生之血聚集之处，有化血为气、运化脾血之功能，还有引血归经、治疗血症之功效。按摩血海穴，对血虚的患者尤其是痛经患者比较有效，配合按摩三阴交穴、太溪穴效果更佳。痛经伴有呕吐，按摩此穴同时按足三里穴可缓解症状。

## 4. 炙手可热

**【出处】**

炙手可热势绝伦，慎莫近前丞相嗔。

——唐 · 杜甫《丽人行》

**【解释】**

手摸上去感到热得烫人。比喻权势大，气焰盛，使人不敢接近。

**【养生提示】**

正常情况下，人的手的体表温度为 35～37℃，手掌心温度略高于手背温度。在某些特殊情况下，如风热感冒时，可能会有较大幅度变化。所以，手的温度可以反映出身体健康水平，这一点古代的医家早就注意到了。

中国医学史上“金元四大家”之一、中医“脾胃学说”的创始人李杲在其所著的《内外伤辨惑论》卷上中对手热的病因病机有了更加具体的论述：“内伤及劳役、饮食不节，病手心热，手背不热；外伤风寒则手背热，手心不热，此辨实甚皎然。”这说明手心热的病因有很多，内伤、饮食不节都可能导致手心热，外感风寒则会导致手背热。

现在中医临床一般将手心发热分为疳积脾虚和血虚阴亏两种。

第一种是疳积脾虚导致的手心发热。由于饮食不节，损伤脾胃功能，引起脾胃的运化功能失常，形成积滞，积滞日久，水谷精微不能吸收，形成疳积而发热；此外，患其他疾病后，如痢疾、寄生虫病等治疗不当，迁延日久，损伤气血导致营养不良而形成疳积发热，会表现为手足心发热，还有面黄肌瘦、毛发干枯、腹部胀大、食欲不佳等伴随症状。

第二种是血虚阴亏导致的手心发热。这类患者多由于平素体质虚弱，或大病之后失于调理，阴血耗伤，正气尚未恢复而致。这部分患者常表现为手足心发热、形体消瘦、精神萎靡、咳嗽少痰、目眩耳鸣、口干舌燥、午后潮热、颧红盗汗等症状。此外，阴虚火旺的人可能也会出现手热的症状。

针对脾虚类型的手心热的患者可以尝试中医食疗、推拿与灸疗调理。这类人比较适合吃红枣，红枣味甘，性温，入脾胃经，有补脾和胃、益气生津的作用。《神农本草经》记载它“主心腹邪气，安中养脾，助十二经。平胃气，通九窍，补少气、少津液、身中不足……和百药”。张锡纯在《医学衷中参西录》中记载红枣“津液浓厚滑润，最能滋养血脉，润泽肌肉，强健脾胃”。

调理脾胃虚弱可以推拿这些穴位：① 点按中脘穴。中脘穴在人体前正中线任脉上，肚脐上 4 寸，是足阳明胃经的募穴，是胃经经气结聚之处，点按中脘穴能够促进经气运行，调节胃的功能。用手指点按或揉按中脘穴，每次 2～3 分钟，至局部产生发热感。② 推按两肋。两手掌在身体两侧由乳房下缘向下推按至侧腰部，使局部发热，能够疏通肝胆经，调畅气机。

艾灸足三里穴也有利于补益脾胃。这个穴位在外膝下 3 寸，胫骨外侧约一横指处，坚持用艾条灸 10～15 分钟，有补益脾胃、扶正培元、调和气血之功效。

值得一提的是，从西医的角度来说，手心发热还可能是以下四种疾病的征兆，这里为大家稍作简要介绍，以便甄别。

**肺结核** 此病为西医最常见的手心发热病因之一，特别是青年结核病患者，同时伴有盗汗、乏力、咳嗽、精神萎靡不振等。照胸片或化验检查一般可以发现病变的存在。

**慢性肾盂肾炎** 大多数中青年女性患者慢性活动期一般有持续性或间歇性手心发热，或伴有全身发热。仔细回忆在当时或以前有腰酸、乏力、尿频、尿急、尿痛等症状，尿液检查发现异常。

**肝病** 病毒性肝炎(乙肝等)、肝硬化、慢性胆道感染等，均可能有手心发热现象。这些病一般还伴有食欲不振、消瘦、乏力、腹胀、肝区隐痛、失眠等。肝功能或肝炎免疫学检查通常能查出病情。

**结缔组织疾病** 风湿热、系统性红斑狼疮、类风湿性关节炎等虽可引起手心发热，但发生率不高，而且一般伴有明显全身发热症状。

## 5. 食不知味

**【出处】**

臣所以授官已来,仅将十日,食不知味,寝不遑安……

——唐·白居易《初授拾遗献书》

**【解释】**

形容心里有事,吃东西也不香。同“食不甘味”。

**【养生提示】**

在日常生活中,食不知味的现象会发生在很多人身上,只是有的人是偶尔的,有的人却是长期性的。“食不知味”在临床有个专门的称谓叫做“纳差”,在一般疾病中较常出现,所以,很多中医的病例中都会提到这个词,但是它却很少作为主证治疗。然而这并不影响医家对其的重视程度,因为中医认为,胃主受纳,脾司健运,同为后天生化之本,中气之源。

食不知味具体到脾胃还是有所区分的。比如病在胃而不在脾,多见知饥不能食,食亦易饱,无味,并恶油腻;病在脾而不在胃,则不知饥饿,运化无力,厌食。中医认为,拥有一个好胃口是非常重要的,《黄帝内经》中说得已经非常透彻:“纳谷者昌,绝谷者亡”。食不知味,吃东西不香的证型主要有以下7种:

(1)肝气犯胃型。主要由于情志不遂,肝气郁结犯胃所致。多以生气后出现不思饮食,精神抑郁为特征。伴有呃逆、嗳气、胸胁胀闷或胀痛。

(2)脾胃湿热型。由于饮食不节,或过食饮酒,长期熬夜,损伤脾胃;或感受湿热,蕴结中焦,脾胃纳化升降失职所致。以呕恶、厌食、胀满、大便溏而不爽为其特征。伴有周身困倦疲乏,小便短黄,舌质红,苔黄腻。

(3)胃阴不足型。多因长期熬夜,思虑过度耗伤胃阴所致。以饥不欲食、口渴喜饮、口干少津为证候特征。伴有唇红干燥,大便干结,小便短少,舌红苔少。

(4)脾胃气虚型。多由饮食不节,或劳倦伤气、用脑过度所致。以不思饮食,食后腹胀,或进食少许即泛泛欲吐,气短懒言,倦怠乏力,舌淡苔白为证候特征。

(5)脾胃虚寒型。由于素体虚弱,饮食不节,贪凉饮冷,致脾胃阳气受损所致。以饮食无味、不知饥饿、脘腹隐痛、喜按喜暖、四肢不温为特征。伴有进食稍多则脘腹闷胀、欲呕，神疲乏力，气短懒言，大便溏薄，舌淡苔白。

（6）脾肾阳虚型。多由过食生冷，或过用寒凉药物，伤害脾阳或体质所致，日久及肾，致脾肾阳虚。以口淡、不思饮食、面色㿠白、畏寒肢冷为其特征。伴有少气懒言，疲倦乏力，腹胀，腰酸腿软，或完谷不化，或五更泄泻，舌质淡，舌体胖。

（7）内伤食滞型。由于长期饮食不节，内伤食积，或进食难以消化之食物所致。以厌食、嗳腐吞酸、脘腹饱胀为其特征。伴有嗳气、吞酸、大便臭酸或秘结不通，舌苔厚腻。

从西医的角度来说，长期“食不知味”要警惕以下 5 种情况。

（1）消化类疾病。如慢性胃炎、消化道溃疡、胃液分泌功能下降、消化系统功能紊乱等，都会造成食欲不振。

（2）精神疾病。厌食症是一种心理障碍性疾病，这类患者因怕胖、心情低落而过分节食、拒食，造成体重下降、营养不良，甚至拒绝维持最低体重，属于与心理因素相关的生理障碍。

（3）肝胆疾病。肝功能不好，如乙肝病人往往食欲不佳。

（4）缺微量元素。缺铁性贫血、缺锌等导致的食欲下降，抽血查微量元素有助诊断。

（5）脑血管病。脑血管破裂出血或血栓形成，都会影响大脑血液供应，从而引起食欲不振、精神疲乏等现象。如果老年人突然很没食欲，加上出现半边手脚无力、呕吐等情况时，家人应高度怀疑脑血管病，并及时就诊。

如何提振我们的食欲呢？从养生保健的角度来说要健脾胃，消积食。这里推荐几个穴位和食疗方供大家参考：

（1）中脘穴。位于腹中线上、脐上 4 寸，即胸骨下端与肚脐连线中点，是胃的经气汇集之处，任何原因引起的脾胃虚弱、运化失调，均可取中脘为主进行治疗。操作方法：用掌根按揉中脘，每日一次，每次 100～300 次，可健脾和胃、消食和中。

（2）足三里穴。足三里是胃腑疾病和人体强壮要穴，位于小腿前外侧，膝盖骨斜下方，犊鼻下 3 寸，距胫骨前缘一横指（中指）。操作方法：每日按揉 50～100 次，以有酸胀感为宜，有健脾和胃、补中益气的作用。

（3）红枣山药粥。红枣性温，入脾胃经，有补脾和胃、益气生津的作用。《神农本草经》记载大枣“安中养脾，助十二经”。《医学衷中参西录》记载红枣“最能滋养血脉，润泽肌肉，强健脾胃”。山药味甘、性温。清代著名医家陈修园曾说：

“(山药)味甘无毒入脾,脾统血……主四肢,脾血足则四肢健”。红枣山药煮粥食用有利于强健脾胃,补中益气。

## 6. 肝胆相照

**【出处】**

臣愿披腹心,输肝胆,效愚计,恐足下不能用也。

——《史记·淮阴侯列传》

**【释义】**

肝胆:比喻真心诚意。比喻以真心相见,互相坦诚以待。

**【养生提示】**

大家常用“肝胆相照”来形容彼此坦诚、荣辱与共、亲密无间的关系。从中医的角度讲,肝与胆确实是一对“荣辱与共”且“亲密无间”的好朋友。为什么这么说呢?

从位置来说,肝位于右胁,胆附于肝叶之间。肝与胆在五行均属木,经脉又互相络属,构成脏腑表里肝与胆在生理上的关系。

在消化方面,肝与胆共同合作使胆汁疏泄到消化系统,以帮助消化食物。肝的疏泄功能正常,胆才能贮藏排泄胆汁,胆之疏泄正常,胆汁排泄无阻,肝才能发挥正常的疏泄作用。

情志方面,肝胆相互配合,相互为用,人的精神意识思维活动才能正常进行。肝者,将军之官,谋虑出焉。胆者,中正之官,决断出焉。但是从肝胆哥俩的地位来说,中正之官的胆似乎比将军之官的肝更厉害。为什么这么说呢?比如,我们形容一个人勇气十足会说他胆大,为什么不说他肝大呢?中医告诉您答案:“胆附于肝,相为表里,肝气虽强,非胆不断,肝胆相济,勇敢乃成。”这是明代著名医家张景岳的代表作之一《类经·脏象类》中的话。简而言之,肝气再强盛也需要胆地帮助才能作出勇敢的决断,由此可见,一个人的情志是否正常,肝与胆的健康都是很重要的。

病理方面,若肝失疏泄,可影响胆汁的生成、排泄并引起消化机能异常。若胆汁排泄障碍，亦可引起肝之疏泄异常，临床可见口苦、纳呆、腹胀、胁肋胀痛，或可见黄疸，常以疏肝利胆之法以治之。治疗上也常肝胆同治。如肝胆火旺，肝胆湿热，临床均有胁痛、黄疸、口苦、呕吐、眩晕等，采用肝胆同治，以清利肝胆之法。

中医讲究天人合一，一年四季什么季节最适合养肝胆呢？中医认为，“肝属木，应于春季”。春季万物生长、树木枝条伸展，与肝气的升发正好相对应，此时，肝胆承担的工作最多，自然需要重点呵护。

那么，一天之计，什么时候养肝最好呢？《黄帝内经》中指出：“人卧血归于肝”。从西医的角度来说，睡眠时进入肝脏的血流量比站立时多数倍，有利于增强肝细胞功能，提高解毒能力。中医认为，凌晨1～3点是肝经“值班”的时间，这个时段是养肝的最佳时间。中医理论还认为：“胆为中正之官，五脏六腑取决于胆。”胆又为少阳，“少阳不升，天下不明”。如果晚上不能及时睡觉，或睡觉质量不好，第二天少阳之气没有升起，人就易困乏，没有精神。除了晚上要保证良好的睡眠外，中午也要安排半个小时入睡。

从日常保健的角度来说，什么办法养肝胆最简单？这里为大家介绍一个很简单的日常保健方法——伸懒腰。起床或劳累时伸个懒腰，会有一种说不出来的舒服感。人体困乏的时候，气血循环缓慢，此时若尽力舒展四肢、伸腰展腹，全身肌肉用力，并配以深呼吸，则有助于行气活血、通畅经络关节、振奋精神。伸懒腰后，由于血液循环加快，不仅全身肢体关节、筋肉得到了活动，也“唤醒”了大脑和五脏六腑，对全身都有保健效果。伸懒腰也有技巧，身体要尽量舒展，四肢伸直，全身肌肉都要用力。伸展时，尽可能地吸气；放松时，全身松弛，尽可能地呼气。经常做这一动作，还可增加肌肉、韧带的弹性，延缓衰老。

## 7. 费心劳力

**【出处】**

三个妖魔，也费心劳力的来报遭信。

——明·吴承恩《西游记》第七十四回

**【解释】**

耗费气力和心思。

**【养生提示】**

“费心劳力”这个成语日常生活中大家用得比较多，但是，很少有人会去思考，为什么不是费肝劳力、费脾劳力、费肾劳力，偏偏是费心劳力呢？

从中医的角度就很好解释，中医认为心主司血脉的正常运行和人的精神意识思维活动，但是它离不开阴液的济养。若思虑劳神太过，会暗耗心阴。如果情志不畅，或经常动气动火也会耗伤心的阴液，内生虚热，影响心主血脉和藏神的功能，出现心阴虚证。

心阴虚的人有哪些症状呢？有五心烦热、潮热、盗汗、口渴咽干、面红升火、舌红、脉细数等。心阴虚则阴不制阳，心阳偏亢；阴虚阳盛，则虚火内扰，影响心神，进而出现心中烦热、神志不宁，或虚烦不得眠的症状。大家想一想，我们费心劳力的时间久了是不是也会有这样的症状出现呢？

费心劳力不仅会有心阴虚的表现，有的人也会出现心阳虚的症状。中医认为，阳虚则寒自内生，气虚则血运无力，心神失养，故心阳虚的基本病理变化主要表现在心神不足、阳虚阴盛和血运障碍等几个方面。

心神不足的心阳虚患者，他的心主神志的生理功能失去阳气的鼓动和振奋，则精神、意识和思维活动减弱，易抑制而不易兴奋。临床可见精神萎靡、神思衰弱、反应迟钝、迷蒙多睡、懒言声低等病理表现，也是很多经常费心劳力者容易出现的症状。

阳虚阴盛的心阳虚患者，因为心阳不足，温煦功能减退，故临床可见畏寒喜暖、四肢逆冷等虚寒之象。但是，有的费心劳力的人看似心阳虚其实却是心气虚，如何鉴别呢？心气虚与心阳虚相比较，心气虚为虚而无寒象，而心阳虚则是虚而有寒象。

中医认为，血得温则行，得寒则凝。心阳不足之人，心主血脉的功能减退，血行不畅而致血瘀，甚则凝聚而阻滞心脉，形成心脉瘀阻之证。可见形寒肢冷、面色苍白或青紫、心胸憋闷、刺痛等症状。我们经常见到一些费心劳力的女性会出现夏季也怕冷、月经不调等症状，这都跟她们心阳虚有关系。

费心劳力的人自然要注意养心，除了情志方面的调理，食疗和穴位保健也不可少。食疗方面向大家推荐莲子。中医认为，莲子入心经，有养心、益肾、补脾、涩肠等功效。比如《日华子本草》中记载它“益气止渴，助心止痢”。《本草纲目》中记载它“交心肾，厚肠胃，固精气，强筋骨”。《本草备要》中记载它“清心除烦，开胃进食”。可见几乎所有的本草著作中对它的论述都离不开它益心的作用。

穴位如何养心呢？这里为大家推荐三个穴位：伏兔穴、曲泽穴和天泉穴。

伏兔穴有缓解心慌和心跳过速，补养心血的功效。正常情况下，成年人心跳每分钟在60～80次之间，在安静状态下如果心跳每分钟超过100次，称为心动过速，费心劳力的人可能会出现这种病症。按摩这个穴位可以辅助治疗。伏兔穴位于大腿前面，正坐屈膝成90度，对方以手腕掌第一横纹抵其膝上中点，手指并拢压在大腿上，中指到达的地方就是此穴。

曲泽穴是手厥阴心包经的穴位，在治疗很多心血管的疾病方面是个要穴。五行中，心包经属火，曲泽穴属水，因此，常按此穴有清心泻火、除烦安神的作用。经常费心劳力的人如出现心胸烦热、头晕脑涨的症候，或有高血压、冠心病等属于心包经之热症者都可以通过按摩曲泽穴（肘微屈，在肘横纹中肱二头肌的内侧缘）来进行调节。

天泉穴，从名称来理解的意思就是心脏之血会像高山流水一般源源不断供给全身。有些费心劳力的人经常感觉胸闷气短，可能是因为心脏供血不足，还有的人会出现胸口憋闷、咳嗽、咯痰，都可以按摩天泉穴（掌心向上，握拳，屈臂时在大臂上凸起的肌肉上方2寸的位置）帮助缓解上述症状。

## 8. 唉声叹气

**【出处】**

终日价没心没想，唉声叹气。

——明·凌濛初《二刻拍案惊奇》卷三十八

**【释义】**

因伤感郁闷或悲痛而发出叹息的声音。

**【养生提示】**

大家遇到不顺心、不如意的事情经常会长叹一口气，叹气其实是自身寻求气机舒畅的一种本能反应，偶尔为之并无不妥。但是，民间有句俗语，叫“一叹穷三年”，大家想一想，你身边要是有个整天唉声叹气的人是不是觉得挺郁闷的。虽然“一叹穷三年”的说法没有什么科学依据，但是，经常叹气的人一定要注意自己的健康问题。也许您的西医体检报告指标没有什么不正常的,但是中医告诉您,这可能是您的健康发出了预警信号!为什么这么说呢?

中医对这种经常唉声叹气的人有一个特定的病症称谓,叫做“善太息”,即长舒气而有声也。中医现存最早的中医经典著作《黄帝内经》中已经对这种症状做了精要的解释,为什么这类人喜欢唉声叹气呢?因为“忧思则心系急,心系急则气道约,约则不利,故太息以伸出之”。这里把“善太息”的病因归为情志问题。那么跟我们的脏腑病变有没有关系呢?答案在这本著作中也明确给出了,即“胆病者善太息,口苦,呕宿汁……胆足少阳之脉……是动则病:口苦,善太息”。这里已经说得非常明确了,胆病患者有两个特点,一个是口苦,一个是善太息!这里也提醒大家,如果你经常唉声叹气,还有口苦的现象,那就要注意自己的胆的功能是不是正常,说不定这就是胆囊疾患的信号!

这里给大家举一个例子,足少阳胆经上面有个穴位叫做肩井穴。我们在很多电视剧、电影的镜头中会看到想让人消消气的时候,某个角色就会对另一个角色进行揉揉肩的动作,为什么做这个动作呢?因为揉肩的本质就是揉肩井穴。取穴时一般采用正坐、俯伏或者俯卧的姿势,此穴位于人体的肩上,前直乳中,当大椎与肩峰端连线的中点,即乳头正上方与肩线交接处。中医对推拿这个穴位有个专门的术语叫做“拿肩井”。具体的操作方法是:被按摩者取坐姿,按摩者立于被按摩者身后,双手虎口张开,四指并拢,自然搭在被按摩着双肩井部位,四指与拇指相对用力作有节律的拿捏动作。如果再用空心拳捶捶后背,效果会更好。需要提醒大家的是,肩井穴位的按摩力度不要过重、过久,尤其有血压高或心脑血管疾病的人不可久按、重按。

如果是因为脾虚导致的善太息可以按揉商丘穴位进行辅助治疗。此外,脾虚的人也可以多吃些大枣煮的粥,以助于补脾养气。

## 9. 老眼昏花

**【出处】**

白鹭洲前,乌衣巷口,江上城郭。万古豪华,六朝兴废,潮生潮落。信流一叶飘泊。叹问米、东游计错。老眼昏花,吴山何处,孤云天角。

——宋·袁去华《柳梢青》

【解释】

指老年人视力模糊。

【养生提示】

上了年纪，视力难免不如从前，这是难免的。但是，我们却不难发现，身边不少老年人的视力似乎比年轻人还要好，一条重要的原因来自于他们保养得当。

成书于清雍正年间的《陆地仙经》，其作者马齐（1652—1739）是满洲镶黄旗人，康熙皇帝时任武英殿大学士，雍正帝时被任命为四大总理事务大臣之一，加太子太保衔。从他的先祖至他的这四代人中，“男女寿百岁以上者十五人，九十者四人，八十者六人，七十者九人，自成人后夭折者希，亦未有多疾而奇疾者也”。马齐本人也享有88岁的高寿。这本书中记载了一个最简单的眼保健操——运睛。具体做法是：闭目转睛，左右各七次，然后忽然睁大眼睛快速查看物体，自觉眼内有热气。转动眼睛时口鼻短暂闭气，睁眼时尽力用口呵出浊气，吸入清气，各七次。从现代医学解剖学的角度看，“运睛”的本质是眼睛的自我主动按摩，它通过眼睛的主动运动，对眼皮内部神经进行按摩，使眼内气血通畅，改善神经营养，以达到保护眼睛视力的目的。

提起老年人视力模糊的病因，大家最为熟悉的就是西医说的老年性白内障，中医叫做圆翳内障。本病是指眼睛的晶珠混浊、视力缓降、渐至失明的慢性眼病。因最终在瞳神之中出现圆形银白色或棕褐色的翳障，故眼科著名著作《秘传眼科龙目论》称之为圆翳内障。本病多见于老年人。常两眼发病，但有先后发生或轻重程度不同之别。中国历代中医眼科文献所载与本病类同者有很多，如浮翳、沉翳、滑翳、枣花翳、黄心白翳、如银内障等。本质均为晶珠混浊，只是病变之阶段、程度、部位、颜色有所差别而已。本病初期适合中医治疗，较为严重的还是需要手术治疗，且可以恢复一定视力。

这种病病程较长，中医干预治疗适用于早期。一般分为以下四种证型。

第一种是肝肾两亏型。这类患者不但会视物模糊，还伴有头晕耳鸣、腰膝酸软，或面白畏冷、小便清长等症状。主要是因为肝肾精血不足，目窍失养，晶珠渐混至视物模糊。治疗需要补益肝肾。一般选用杞菊地黄丸或右归丸加减。

第二种是脾虚气弱型。这类患者不但视物昏花，还伴有精神倦怠、肢体乏力、面色萎黄、食少便溏、舌淡苔白等症状。主要是由于脾虚不运，脏腑精气不足，不能上贯于目，晶珠失养，渐变混浊，故视物昏花。治疗需要补脾益气。一般选用补中益气汤加减。

第三种是肝热上扰型。这类患者会有头痛目涩、眵泪旺躁、口苦咽干等症状，因为肝热循经上攻头目，故头痛目涩。治疗需要清热平肝。一般选用石决明散加减。

第四种是阴虚挟湿热型。这类患者会目涩视昏，还伴有烦热口臭、大便不畅、舌红苔黄腻等症状。由于素体阴虚，中湿化热，阴虚挟湿热上攻，目失濡养，故目涩视昏。治疗需要滋阴清热，宽中利湿。一般选用甘露饮加减。

## 10. 面红耳热

**【出处】**

可怜裴兰孙是个娇滴滴的闺中处子，见了一个陌生人，也要面红耳热的。

——明·凌濛初《初刻拍案惊奇》卷二十

**【释义】**

形容因紧张、急躁、害羞等而脸上发红的样子。

**【养生提示】**

中医可以从一个人的脸色来判断其精神和身体状态。如果一个人脸色红润，大家会觉得他身体健康，精神状态也很好。但是，有的“脸红”却未必是健康的表现，因为可能暗藏健康的危机。

从西医的角度来说，有些人末梢血液循环较好，稍一活动，面色就比较红润，这些人我们经常遇到。也有些人会因为害羞、着急、愤怒、紧张等而脸红，这些是由于情感的改变而造成的心理性脸红，与“面红耳热”这个成语的原意是一样的。

但是，从中医的角度来说，有一种证型的高血压患者可能也有脸红的状态。比如肝阳上亢型的高血压患者，这类患者的脸红就是病理性的。从西医的角度来说，患有高血压的人群由于心肌收缩力增加等原因，会引起头面部血管扩张充血，导致脸色发红。所以，如果一个人以前脸色不是很红，但是近期突然在两颧处出现暗红或者比较明显的红色，可能是心脏病的先兆，需要及时到医院测量血压。高血压患者若每天按压外耳廓后面的降压沟可有效辅助降血压。

如果面色出现颜色浮艳的红，同时伴有容易口干、大汗、上火等症状，则可能是阴虚火旺的表现。如果面色虽然红但是不是很红，而且手脚容易发冷、怕冷，常有腰酸、耳鸣等症状，则可能是虚阳外越所致。

中医经典著作《灵枢·口问》中记载："耳者宗脉之所聚也。"在这里"宗"有主要、总合之意。纵观十二经脉的循行，都是与耳朵有着密切的关系。所以，如果耳朵突然发热则可能提示某一条经脉巡行有问题，甚至可以反映脏腑的健康程度。直接循行于耳的经脉多属阳经，比如足少阳胆经、手少阳三焦经、足阳明胃经、手太阳小肠经、足太阳膀胱经；此外还有别出的络脉直接循行于耳，比如手阳明大肠经别出的络脉、手厥阴心包经别行的正经、手少阳胆经经筋、手太阳小肠经经筋、手少阳三焦经经筋、手足少阴太阴足阳明之络等。正是因为与耳朵关系密切的经脉与五脏六腑、全身组织器官的生理功能和病理变化有直接或间接的联系，所以如果有突然或者持续的耳热也要注意是否是身体出了问题，可以及时到医院找中医师辨证论治。

## 11. 无病自灸

**【出处】**

柳下季曰："跖得无逆汝意若前乎？"孔子曰："然，丘所谓无病而自灸也。"

——《庄子·盗跖》

**【释义】**

没有病却自己用艾灸熏烤治疗。比喻自找苦吃或自寻烦恼。

**【养生提示】**

这个成语本来的用意是没有病就没必要自己灸疗了，否则岂不是自讨苦吃？如果仅仅从字面意思理解，这的确有道理，但是，中医跟西医不同，有一个"治未病"的概念，艾灸不但可以治病，也可以用来保健养生，还可以"治未病"。针灸的针起不到作用的时候，灸却有着自己独特的优势，中医也有"针所不为，灸之所宜”的概念,因此,没病的时候大家也不妨自灸,只要对证型、注意方法,就能起到防病养生的效果。《备急千金要方》中有“凡宦游吴蜀,体上常须三两处灸之,勿令疮暂瘥,则瘴疠温疟毒气不能着人”的记载,说明艾灸能预防传染病。《针灸大成》还提到灸足三里可以预防中风。

灸疗是一种在人体基本特定部位通过艾火刺激以达到防病治病目的的治疗方法,其机制首先与局部火的温热刺激有关。正是这种温热刺激,使局部皮肤充血,毛细血管扩张,增强局部的血液循环与淋巴循环,缓解和消除平滑肌痉挛,使局部的皮肤组织代谢能力加强,促进炎症、粘连、渗出物、血肿等病理产物的消散吸收;还可引起大脑皮质抑制性物质的扩散,降低神经系统的兴奋性,发挥镇静、镇痛作用;同时温热作用还能促进药物的吸收。

到了三伏天,最火的中医治疗项目莫过于“冬病夏治”中的三伏贴了,但是很多人却不知道,冬病夏治并非仅是三伏贴。凡是对冬季容易诱发的疾病有积极作用的方法,都可以称之为“冬病夏治”,而艾灸便是其中比较好的方法。

天热的时候不少患者会因为贪凉或者吃生冷凉的食物而使体内寒气增加,如果夜里睡觉头、脚、腹部不注意保温,入伏后受凉,难免被疾患“秋后算账”。胃寒怕冷的人经过中医师指导,不妨自己在家用艾条熏熏足三里、中脘等穴位,有利于驱散胃中寒气,提高脾胃功能,进而缓解虚寒性胃痛。

三伏天的艾灸保健常用养生要穴主要有关元穴、中脘穴和足三里穴,下面为大家一一介绍。

### 关元穴

功能:该穴位于脐下3寸,为养生保健强壮要穴,长期施灸可使人元气充足,具有调理气血、补肾固精等功效,能调治诸虚百损及泌尿生殖系统各种病症。

灸法:艾条灸10~15分钟,艾罐灸20~30分钟。

### 中脘穴

功能:该穴位于腹部正中线,脐上4寸处,相当于五指的宽度,对胃部疾病的全部症状均有比较好的效果。

灸法:艾条灸10~15分钟,艾罐灸20~30分钟。

**足三里穴**

功能：该穴位于犊鼻穴下3寸，距胫骨前缘一横指。简便取穴：正坐屈膝，用手从膝盖正中往下摸取胫骨粗隆，在胫骨粗隆外下缘直下1寸。常灸足三里穴具有补益脾胃、扶正培元、调和气血、驱邪防病之功效。

灸法：艾条灸10～15分钟，艾罐灸20～30分钟。

## 12. 苦口婆心

**【出处】**

得个贤父兄、良师友苦口婆心的成全他，唤醒他。

——清·文康《儿女英雄传》

**【释义】**

苦口：反复规劝；婆心：仁慈的心肠。比喻善意而又耐心的劝导。

**【养生提示】**

这个成语中的"苦口"是一个偏向于褒义的词语，但是如果从中医的角度看那就是身体不健康的信号了，为什么这么说呢？

突然出现口苦的读者朋友首先需要考虑下自己的饮食习惯，比如是不是经常大鱼大肉，喜食肥甘厚腻的食物，这种饮食方式往往会造成胃肠道负担加重，食物在规定的时间内不能排空，容易引起中医所说的食积，久而久之郁而化热引发口苦的症状。这种内热可以直接由脾胃而起，也可波及肝胆，甚至心肺。因此，口苦往往是体内积热的表现。短期的单纯口苦可以先从饮食上进行调整，只要饮食清淡，多食新鲜的蔬菜水果，劳逸结合，一般都能得到改善。

如果发现饮食习惯改变也不能改善，往往是健康出现了问题。肠道易激惹综合征、神经官能症、慢性胃炎和消化性溃疡、功能性消化不良、慢性肝病、慢性胆囊炎等为最常见的能引起口苦的原因。

《黄帝内经》中点明了引起口苦的一种病因："肝气热，则胆泄口苦"。这说明了口苦与肝胆失调有关，患慢性肝胆疾病的患者也易伴随口苦症状。如何在日常生活中保肝护胆呢？除了注意科学饮食之外，还要谨防“怒伤肝”，保持情绪舒畅非常重要。《黄帝内经》又指出：“人卧血归于肝”。从西医的角度来说，睡眠时进入肝脏的血流量比站立时多数倍，有利于增强肝细胞功能，提高解毒能力。中医认为，凌晨1～3点是肝经“值班”的时间，这个时段是养肝的最佳时间。

口苦还可能因为胃火炽盛，这类患者往往患有口腔和消化系统疾病，或者处于亚健康状态。例如，患有牙龈炎、牙龈出血等口腔疾病，以及某些感染性疾病的人，早晨起来也会觉得嘴里发苦。入秋之后天气逐渐干燥，但是很多人的食欲旺盛，如果不及时补充水分，会由于体内缺少津液诱发胃火上升。清代药学著作《本草新编》中记载：“（甘菊）可以大用之者，全在退阳明之胃火。”胃火即是胃热。对于嗜酒、嗜食辛辣、过食膏粱美味等饮食不当引起的火气，中医称之为胃火，通常是由湿热、食滞两方面原因造成。对于胃火旺的人，菊花茶可以稍微泡得浓一些。

## 13. 心慌意乱

**【出处】**

孩儿自从接了电报之后，心慌意乱。

——清·吴趼人《二十年目睹之怪现状》第十八回

**【释义】**

心里着慌，乱了主意。

**【养生提示】**

这个成语中的“心慌”很多人都遇到过，比如遇上什么比较急的事情，或自己不自信却又不得不面对的事情等等，都会有心慌的情况。所以，不少人觉得心慌只是一时的情绪波动，基本属于偶发现象，但如果经常性无故发生心慌，就要注意了。特别是经常处于加班焦虑状态的上班族与年老体虚的老年朋友们，是心慌的高发人群，需要引起足够的重视。

健康人一般仅在剧烈运动、精神高度紧张或高度兴奋时才会感觉到心慌，属于正常情况。而在某些病理情况下，如心率过快、过慢，有过早搏动，有心脏神经官能症或过度焦虑时,患者也会有心慌的感觉。

还有一种人虽没有健康疾患,却也会感到心慌,而且不是偶然的,这是怎么回事呢? 这一类人中医认为可能属于气血不足型。

气血不足即中医学中的气虚和血虚。气血不足的结果会导致脏腑功能的减退,引起早衰。气虚即脏腑功能衰退,抗病能力差,则畏寒肢冷、自汗、头晕耳鸣、精神萎靡、疲倦无力、心悸气短、发育迟缓。血虚可见面色无华萎黄、皮肤干燥、毛发枯萎、指甲干裂、视物昏花、手足麻木、失眠多梦、健忘心悸、精神恍惚。气血不足属气血同病。气血亏虚则会形体失养,其中心慌就是常见的证候。中医认为气是推动血液在血管里流动的一种动力,气血不畅的时候,气就推不动血液流动,使血凝固、变少,血管堵塞,就会发生心慌的症状。

中医治疗心慌,就是紧扣气血不畅这个主要病机,进行调整。气虚要补气,气滞要理气、行气,淤血要活血化瘀,痰阻要消痰化痰,阳虚则要补阳温阳等。要坚持中西医结合的方法,以达到最好的疗效。

如果突然出现心慌,暂时又没有较好的及时的治疗措施,可以尝试按摩三个特效穴位,即内关、神门、天泉,以助于缓解心慌的症状。

内关穴:手掌朝上,在腕横纹上两寸。内关可宁心安神、宽胸理气、调补阴阳气血、疏通经脉,是防治心脑血管疾病的特效穴位。按揉时用拇指指腹,两侧都要按,按下去要有酸胀或痛的感觉才行。每次按要一按一放,按下去持续半分钟,然后松开,再重复。每次最少 3 分钟,每天不拘次数。

神门穴:手腕内侧,小指边的腕横纹上。神门穴专治心病,出现心脏早搏、房颤时,赶紧按摩神门穴,可及时缓解症状。平时保健则按揉双侧神门穴,每次 3 分钟,每天 3 次。

天泉穴:腋下横纹两寸处。此穴专治由于心血瘀阻而致的胸闷、气短、胸痛、心跳加快,用手指用力按压天泉穴 3~5 秒,停 1~2 秒后再继续按压,连续按 2~3 分钟。

还有一种心慌跟颈椎病有关,这个很容易被误诊。医院门诊经常遇到有心慌、胸闷症状的患者,其自以为是心脏出了问题,而各项检查显示心脏没有任何问题,这类患者患上的可能是交感神经型颈椎病,因为当交感神经兴奋时,也可能引起心慌、胸闷、后背疼等症状,还可能引起手脚发冷。这类心慌患者可以尝试用中医针灸、推拿或者针刀进行治疗。

## 14. 头晕眼花

**【出处】**

方才外边的人，也都有些头晕眼花，闻了这香气，就清爽了许多。

——清·夏敬渠《野叟曝言》第九十一回

**【释义】**

头脑昏晕，眼睛发花，感到一切都在旋转。比喻在某事中失去了方向。

**【养生提示】**

很多读者觉得头晕眼花一般是上了年纪的人才会有的症状，实际上很多年轻人也会遇上这种健康问题。在中医的诊断中有一个专门的名词叫做眩晕，眩即眼花，晕是头晕，两者常同时并见，故统称为"眩晕"。这种病症主要是由于情志、饮食内伤、体虚久病、失血劳倦及外伤、手术等病因，引起风、火、痰、瘀上扰清空或精亏血少，以清窍失养为基本病机，以头晕、眼花为主要临床表现的一类病证。

症状比较轻的患者眩晕发作的时候眼睛闭上就会好很多，但是比较严重者坐车船都会感觉旋转不定，几乎不能站立，还伴有恶心、呕吐、汗出、面色苍白等症状。

眩晕病证，历代中医医籍记载颇多。如《素问·至真要大论》认为："诸风掉眩，皆属于肝"，指出眩晕与肝关系密切。《灵枢·卫气》认为"上虚则眩"，《灵枢·口问》说："上气不足，脑为之不满，耳为之苦鸣，头为之苦倾，目为之眩"。这里指出了眩晕与"上气"虚弱有关。《灵枢·海论》认为"脑为髓之海"，而"髓海不足，则脑转、耳鸣"，也认为眩晕一病以虚为主。汉代张仲景则认为痰饮是眩晕发病的原因之一，为后世"无痰不作眩"的论述提供了理论基础，并且用泽泻汤及小半夏加茯苓汤治疗眩晕。宋代以后，进一步丰富了对眩晕的认识。严用和《重订严氏济生方·眩晕门》中指出："所谓眩晕者，眼花屋转，起则眩倒是也，由此观之，六淫外感，七情内伤，皆能导致"，第一次提出外感六淫和七情内伤致眩说。元代朱丹溪倡导痰火致眩学说，《丹溪心法·头眩》说："头眩，痰挟气虚并火，治痰为主，挟补气药及降火药。无痰则不作眩，痰因火动，又有湿痰者，有火痰者。”明代张景岳在《内经》“上虚则眩”的理论基础上，对下虚致眩作了详尽论述，他在《景岳全书·眩运》中说：“头眩虽属上虚，然不能无涉于下。盖上虚者，阳中之阳虚也；下虚者，阴中之阳虚也。阳中之阳虚者，宜治其气……阴中之阳虚者，宜补其精。”龚廷贤《寿世保元·眩晕》集前贤之大成，对眩晕的病因、脉象都有详细论述，并分证论治眩晕，如半夏白术汤证（痰涎致眩）、补中益气汤证（劳役致眩）、清离滋饮汤证（虚火致眩）、十全大补汤证（气血两虚致眩）等，至今仍值得临床借鉴。清代对本病的认识更加全面，形成了一套完整的理论体系。

西医学中的高血压、低血压、低血糖、贫血、美尼尔氏综合征、脑动脉硬化、椎－基底动脉供血不足、神经衰弱等病，也会有眩晕的症状。

从中医的角度来说，眩晕的患者以虚者居多，所以张景岳有“虚者居其八九”的说法，如肝肾阴虚、肝风内动，气血亏虚、清窍失养，肾精亏虚、脑髓失充。眩晕的发病过程中，各种病因病机可以相互影响，相互转化，形成虚实夹杂，或阴损及阳，阴阳两虚。

需要注意的是，眩晕若伴有头胀而痛、心烦易怒、肢麻震颤等症者应警惕发生中风，正如清代李用粹《证治汇补·中风》所说：“平人手指麻木，不时眩晕，乃中风先兆，须预防之。”

眩晕的治疗原则主要是补虚而泻实，调整阴阳。这里介绍两个临床常见证型的养生预防保健方法。

第一个是肝阳上亢，这类眩晕患者多伴有耳鸣、头痛且胀，遇劳、恼怒加重，肢麻震颤，失眠多梦，急躁易怒，舌红苔黄等症状。应注意平肝潜阳，滋养肝肾。这类人群可以喝些菊花茶进行调理。菊花具有散风清热、平肝明目之功效。《本草纲目拾遗》记载其能“明目去风，搜肝气，治头晕目眩，益血润容”。现代药理学研究表明，菊花具有舒血管、降血脂等多种药理作用。

第二个是气血亏虚，这类眩晕患者多伴有头晕目眩，动则加剧，遇劳则发，面色㿠白，爪甲不荣，神疲乏力，心悸少寐，纳差食少，便溏，舌淡苔薄白等症状。应注意补养气血，健运脾胃。红枣黄芪瘦肉汤，是一道简单易做的补气养血的食疗汤品。红枣入汤有健脾益胃、补气养血的作用。黄芪能补一身之气，兼有升阳、固表止汗、安神益血的作用。

## 15. 腰酸背痛

**【出处】**

长工昼夜把活干，腰酸背痛不敢站。在这个穿渡“咆哮角”的夜里，虽然每个人都已疲乏得腰酸背痛，但谁也不想躺下。

——陆俊超《惊涛骇浪万里行·“咆哮角”的战斗》

**【释义】**

脊柱骨和关节及其周围软组织等病损的一种症状。形容因疲劳或疾病引起的微痛而无力的感觉。

**【养生解读】**

腰酸背痛在医学上有个类似的术语，叫做颈肩腰腿痛，这些症状是影响人们工作、生活的最常见疾患之一，就诊者一般占到骨科门诊总量的1/3以上。

秋冬季节是颈肩腰腿痛病的高发期，尤其是长期顽固性颈腰痛患者，因为早晚的凉气会加重患处组织的缺血、缺氧，导致症状加重。不良的姿势，如坐姿、睡姿，长时间坐立，过度负重，是造成颈腰痛的常见病因。

腰腿痛是生活中常见的疾病之一，涉及面广。长时间的腰腿疼痛不仅对人体造成危害，同时也影响着人们的生活质量和工作效率。但是，不少人却因种种原因不能得到有效的缓解和治疗，因此，学习一些简易的自我保健知识，是很有必要的。

由于引起腰腿痛的原因很多，我们主张有这样症状的患者应先到正规医院就诊，在明确诊断的前提下，在专业医生建议下选择合适的按摩方法，不失为明智的选择。中医按摩能调整机体气血阴阳、疏通气血、活血化瘀、消肿止痛，还可解除局部肌肉痉挛，促进局部血液、淋巴循环，改善皮肤肌肉的血液供应。我们介绍几种常见简单的按摩方法，具体如下：

擦腰。站立，两脚分开同肩宽。两手握拳，拳眼（即握拳的拇指和食指侧），贴着腰部用力上下擦动。擦动从骶部开始，从下往上，尽可能高，擦动的速度要比较快。擦数十次，直至觉得皮肤发热为止。

揉臀。体位同上。用一只手掌的大鱼际处贴着同侧臀部，顺时针转或逆时针转地揉动数十次,然后用另一只手揉另一侧臀部。有疼痛的一侧臀部要多揉。

揉肾俞穴。体位同上。用一只手的拇指按住肾俞穴。该穴在第二腰椎棘突下,即命门穴的外侧约两个手指宽处。用力按住该穴时即有酸胀感,按到有足够的酸胀反应后,再揉动数十次。然后再用另一只手按另一侧肾俞穴并揉动。

推腰臀腿部。先左弓箭步站立。用右手掌,虎口分开,拇指在前,推住同侧腰部,然后用力向下推,经臀一直推到大腿和小腿为止,身体也随着向右侧弯。然后右弓箭步站立。用左手推左侧腰臀腿部。交替推 4～10 次。

弯腰捏腿部。站位,也可坐床上。两腿伸直,慢慢向前弯腰,同时用两手捏大腿和小腿前面的肌肉,捏到尽可能低,最好到足背处,反复 5～10 次。向前弯腰时,头要昂起。

捶腰。体位同上。两手握空心拳,用拳眼轻轻捶击两侧腰部,由上而下,再由下而上,共 20～30 次。

## 16. 洛鲤伊鲂

**【出处】**

别立市于洛水南,号曰四通市,民间谓永桥市。伊洛之鱼,多于此卖,士庶须脍,皆诣取之。鱼味甚美。京师语曰:“洛鲤伊鲂,贵于牛羊。”

——《洛阳伽蓝记》

**【释义】**

洛河的鲤鱼和伊河的鲂鱼。比喻极难得的美味佳肴。

**【养生解读】**

如果你去过河南洛阳或者山东临沂等地,可能会被糖醋黄河鲤鱼、红烧黄河鲤鱼等以鲤鱼为主材的菜肴所吸引,特别是糖醋黄河鲤鱼这道菜历来被尊为山东名菜之首,如今在待客的酒席中也是一道非常受欢迎的菜!一般的菜馆,做不了工艺相对复杂的糖醋黄河鲤鱼,也会上一道很有特色的红烧黄河鲤鱼。

但是对于很多南方的读者而言,糖醋、红烧鲫鱼似乎比鲤鱼更常见,而且在很多江南一带的菜场和超市里,你几乎买不到鲤鱼。虽然在很多江南的景点也有鲤鱼,但是更多的是观赏类,几乎是不食用的。那么,鲤鱼为何会在北方尤其是山东的菜系里占据如此重要的地位呢?

中国的鲤鱼饮食文化其实有着深厚的历史底蕴。我国现存最早的一部诗歌总集《诗经》中说“岂其食鱼,必河之鲤”“饮御诸友,炰鳖脍鲤”。有一个比喻十分难得的美味佳肴的成语叫做“洛鲤伊鲂”。北魏时期的《洛阳伽蓝记》中称:“洛鲤伊鲂,贵于牛羊。”足见从古至今鲤鱼的餐饮地位了。鲤鱼如果烹饪得当,鲜嫩肥美,营养丰富。明清之际著名史学家谈迁在其所著的《枣林杂俎》中也有“黄河之鲤,肥美甲天下”的褒奖之句。所以在沿黄地区到处都有烹饪鲤鱼的餐馆。

与大家熟知的鲤鱼鲜美等食用特点相比,鲤鱼的很多食疗功效却鲜为人知。比如成书于汉末的药学著作《名医别录》中记载鲤鱼胆“治咳逆上气,黄疸,止渴”。孕期的女性也可以适量食用,比如清代著名药学著作《本草拾遗》中记载鲤鱼“主安胎。胎动,怀妊身肿,煮为汤食之”。鲤鱼做菜你可能吃过,但是鲤鱼羹你可能没吃过,如果胃寒的读者不妨一试,因为明代药学著作《滇南本草》中记载鲤鱼能治“痢疾水泻,冷气存胃……作羹食”。此外,《本草纲目》中也记载鲤鱼“煮食,下水气,利小便……烧末,能发汗,定气喘、咳嗽、下乳汁、消肿”。

比较有意思的是,药用的鲤鱼甚至可以烧成灰治疗咳嗽,比如唐代药学著作《药性论》中有记载把鲤鱼“烧灰末,治咳嗽,糯米煮粥”。

除了之前提到的糖醋鲤鱼,单独用醋与鲤鱼同煮还有助于治疗便血,比如《本经逢原》中记载:“便血同白蜡煮。”

**参考复方**

1. 治卒肿满,身面皆洪大:大鲤鱼一头,以醇苦酒三升煮之,令苦酒尽讫,乃食鱼,勿用酢及盐豉他物杂也。(《补辑肘后方》)

2. 治上气咳嗽,胸膈痞满气喘:鲤鱼一头。切作鲙,以姜醋食之,蒜虀亦得。(《食医心镜》)

3. 治黄疸:大鲤鱼一条(去内脏,不去鳞)。放火中煨熟,分次食用。(《吉林中草药》)

4. 治痈肿:烧鲤鱼作灰,醋和敷之。(《千金翼方》)

红烧黄河鲤鱼

材料:黄河鲤鱼 1 条,色拉油 100 克,大葱段 50 克,姜片 20 克,蒜片 10 克,料酒 20 克,酱油 10 克,生抽 20 克,盐 3 克,鸡粉 5 克,白糖 10 克,米醋 20 克,味精2克，八角5克，淀粉50克，味满香调味料10克。

制作方法：

1. 将杀好的鲤鱼控干水，两边斜剞5刀，抹少许盐并倒入少许料酒腌制10分钟。

2. 沥鱼身上水分，拍一层淀粉，将油倒入锅内烧热。

3. 将鲤鱼放入锅内，煎至金黄色后，再翻面煎成金黄色，大约3分钟左右。

4. 将煎好的鱼装盘待用。锅内留少许油，下八角、葱段、姜片、蒜片煸炒一分钟左右。

5. 将煎好的鱼放入锅内，加两碗水烧开，再加入料酒、盐、味精、鸡粉、酱油、生抽、白糖、米醋以及味满香调味料。

6. 盖上锅盖，改中小火炖煮20分钟。

7. 待汤汁快收干时，先将鱼装盘，再将汤汁淋到鱼上即可。

注意事项：制作此道菜肴，煎鱼环节非常重要，油一定不能过热，煎制的时间不宜过长。另外，在炖煮过程中，在汤里加入适量味满香，则会使汤汁更美味，鱼香诱人。

## 17. 残茶剩饭

**【出处】**

如今天色晚了也，有什么残茶剩饭，与俺两个孩子些吃。

——元・马致远《黄粱梦》第四折

**【释义】**

残留下的一点茶水，剩下来的一点食物。

**【养生提示】**

我们提倡勤俭节约，所以一般吃多少做多少或者点多少，争取做到不留剩饭，但是残茶有时候却是难免的。茶水的功效大家都知道，那么剩余的茶叶有什么作用呢？细心的读者朋友会发现，影视剧中有的名人喝茶的时候会有一个细节，那就是喝完茶时候会把残茶放在嘴里咀嚼，这是为什么呢？因为残茶也有利于养生，扔掉了岂不可惜？

从西医的角度分析，茶叶的药理作用主要由其所含的黄嘌呤衍化物——咖啡因及茶碱所产生，另外尚含大量鞣酸，故有收敛、抑菌的作用。

作为脑力劳动者，茶叶是不错的健康伴侣，为什么这么说呢？

（1）消除疲劳，振奋精神

茶叶中所含有的咖啡因能兴奋高级神经中枢，使精神兴奋、思想活跃，消除疲劳。但是，过量则会引起失眠、心悸、头痛、耳鸣、眼花等不适症状。

（2）缓解哮喘

茶叶中的茶碱能松弛平滑肌，症状比较轻的支气管哮喘等患者可以适量饮用。

（3）利尿健胃

茶叶中的茶碱有利尿作用，咖啡因能增强胃分泌，但是消化性溃疡患者不宜多饮茶。由于茶叶性寒，脾胃虚寒的人也不宜多饮绿茶，可以适量饮用红茶。

（4）抑菌

绿茶的抗菌效能大于红茶，对沙门氏菌、金黄色葡萄球菌、乙型溶血性链球菌、白喉杆菌、炭疽杆菌、枯草杆菌、变形杆菌、绿脓杆菌等均有抑菌作用。

（5）增强毛细血管抵抗力

茶叶中的鞣质有高度的维生素P活性，能保持或恢复毛细血管的正常抵抗力。

从中医的角度来分析，茶叶也有很多药效。

（1）茶叶是一种让人开心的饮料

很多人心情不好或者压力大的时候喜欢喝茶，为什么呢？《千金·食治》中给出了答案，茶叶“令人有力，悦志”。

（2）茶叶是天然的健胃消食药

对于脑力劳动者来说，运动比较少，吃的食物不易消化，这个时候茶叶又来帮忙了，《唐本草》中明确记载茶叶“主下气，消宿食”。《食疗本草》中也记载茶叶“利大肠，去热”。

（3）茶叶让你告别白天犯困的苦恼

很多人有嗜睡的问题，特别是白天容易犯困，茶叶能起到提神醒脑的作用，比如《汤液本草》中记载“多睡不醒宜用此”。

（4）茶叶能解油腻，治头痛

很多餐厅都会为客人备上茶水，为什么呢？因为茶叶有解油腻的作用，比如《日用本草》中记载茶叶“除烦止渴，解腻清神”。茶叶还可以帮助缓解头痛等症状，《本草纲目》中记载茶叶“同芎䓖(川芎)、葱白煎饮，止头痛”。

（5）茶叶是天然解酒药

很多人以为喝酒之后不适合喝茶，会加重醉酒的症状，实际上是不能喝浓茶，而不是不能喝茶，淡茶热饮是有助于排尿解酒的。在《本草通玄》中已经明确记载茶可以“解……酒毒”。

（6）茶叶可以祛除肝胆之热

《随息居饮食谱》中记载茶叶能“清心神……凉肝胆，涤热消痰，肃肺胃”。

**饮茶注意事项**

（1）因为茶叶能兴奋神经中枢，因此失眠者忌服。

（2）凉茶不利健康，喝茶最好热饮，《本草品汇精要》告诫大家茶叶“宜热饮入，若冷啜则聚痰。久食令人瘦，去人脂，使不睡”。

（3）茶叶能解酒也能解一些药性，比如《本草纲目》中记载“服威灵仙、土茯苓者忌饮茶”。

## 18. 脑满肠肥

**【出处】**

琅邪王年少，肠肥脑满，轻为举措，长大自不复然，愿宽其罪。

——唐・李百药《北齐书琅邪王俨传》

**【释义】**

脑满：指脑袋肥耳朵大；肠肥：指腹部肚子大身子肥。肥头鼓脑、肥胖丑陋的样子。形容不劳而食，养尊处优，无所用心，养得肥头大耳的样子。也比喻终日饱食没有心思的庸夫。

**【养生提示】**

说起脂肪很多人第一反应就是不喜欢，所以降脂成为很多人认为的健康话题。实际上，脂肪能够提供能量，也在新陈代谢和激素生成过程中发挥了关键性的作用，并有助于保护脏器。但是，当过多的脂肪堆积在体内，就会造成严重的健康风险。那么，脂肪到底长在什么地方有害健康呢？降脂又有哪些注意事项呢？

**脂肪长在四个地方最危险**

美国"每日健康"网站介绍了四处隐藏在身体内的"坏脂肪"，以及它们对健康造成的潜在影响。

1. 心脏。美国纽约市西奈山医院预防医学教授鲁斯·卢斯说："如果体内储存脂肪的仓库装满了，脂肪就会存储到心肌细胞间。当多余的脂肪来到心脏时，就会干扰其正常功能。"鲁斯医生建议，少吃多运动，想方设法让消耗掉的脂肪多于摄入的脂肪是非常重要的。

2. 肝脏。鲁斯说："肝脏相当于人体的实验室，很多化学反应在这里发生。如果这些过程被扰乱，人们就有可能患上糖尿病、高胆固醇和其他疾病。"根据美国肝脏基金会的定义，当肝脏重量中脂肪的比例超过5%～10%时，人们就患上非酒精性脂肪肝。体重超重的人或患有糖尿病（或高胆固醇）的人患上此病的风险最大。好消息是，肝脏和肌肉中的脂肪是可以消除的。鲁斯说："改变饮食和增加运动量，增强体内代谢功能，有助于减轻体重，消除脂肪肝。"

3. 眼睛。脂肪会在角膜周围堆积，遮盖住眼睛的前部。这种被称为角膜环的疾病常见于老年人群，它的标志是角膜边缘有一个白色的圆环。老年人出现"角膜老年环"时，一般不痛不痒，视力也无下降，往往容易被忽视。因此，提醒中老年朋友，平时不妨用镜子照照，检查一下自己的眼睛，若发现在黑眼球边缘出现"角膜老年环"，应尽早请医生检查看否患了高血脂症和动脉粥样硬化。

4. 腹部。过多的腹部脂肪与代谢综合征之间存在关联，会增加人们患上糖尿病、心脏病和中风的风险。纽约勒诺克斯山医院的外科减肥医生米切尔·罗斯林认为，苹果体形（腰围较粗）的人比梨形体形（臀部和大腿粗）的人腹部脂肪更多。因此，这些人患上代谢类疾病（如糖尿病）的风险较高，患高血压和冠状动脉疾病的可能性也较大。减肥和体育锻炼是减少腹部脂肪的最佳方法。为降低健康风险，美国路易斯安那州彭宁顿生物医学研究中心门诊部主任弗兰克·格林韦建议，男性的腰围（腹部脂肪的间接测量方法）不要超过85厘米，女性的腰围不要超过80厘米。

**降脂要打“食疗＋运动＋药物治疗”的组合拳**

降脂既不能单纯地依靠运动，也不能仅仅依靠药物，更不能只寄希望于食疗。三者结合起来才是比较科学的降脂方法，尤其是药物治疗和运动，要学会两条腿走路！

豆制品有一定降脂功能，冻豆腐的降脂作用在所有豆制品中是最强的。冻豆腐是由新鲜豆腐冷冻而成，所含的营养物质并没有因冷冻过程而流失，有些营养物质经过转变，反而对人体有好处。

冻豆腐含有丰富的不饱和脂肪酸、膳食纤维和植物固醇，有降低胆固醇的作用，其中的卵磷脂在人体内形成胆碱，有防止动脉硬化的效果。

有研究显示，整粒大豆的消化率为65%，豆浆为84%，而冻豆腐为95%。豆腐经过冷冻后，蛋白质、钙等营养物质几乎没有损失，所以冻豆腐基本具有普通豆腐的营养。此外，冻豆腐具有孔隙多、营养丰富、热量少等特点，不会造成明显的饥饿感，是肥胖者理想的减肥食品。因此，经常在外应酬或者血脂高的朋友不妨多吃些冻豆腐。需要提醒大家注意的是，冻豆腐中的嘌呤成分较多，痛风病人和血尿酸浓度增高的患者在急性期应禁食。

一般血脂检测包括甘油三酯、总胆固醇、高密度脂蛋白、低密度脂蛋白几个项目，其中甘油三酯比较容易受饮食影响，所以有的体检者在检测前吃得太丰盛可能引起该项指标出现异常。相对的，只要饮食控制严格，那么这项指标也比较容易被控制住。至于低密度脂蛋白和高密度脂蛋白两项，就是读者朋友们常听说的“坏胆固醇”和“好胆固醇”，这是因为低密度脂蛋白偏高会增加心脑血管事件的风险，而高密度脂蛋白在合理水平状态，可以对心脑血管起到保护作用。但这两项指标的调控不能单纯靠饮食干预来完成。因此，现在医生会在生活方式干预，以及中药调理的基础上，根据患者的不同情况，选择合适的中西医结合治疗方案。

单纯用西药降脂会有一些副作用，患者的依从性也不好。现代研究证实：中药有很好的降低血脂的作用，与西药相比毒副反应相对较小，因此，运用中草药降血脂成为近年来研究的热点。中医认为，决明子具有清肝明目、润肠通便的功效。大量科研文献研究表明决明子有良好的降脂作用。高血脂者可以在中医师的指导下，用炒熟的决明子泡茶喝，但不建议高血脂患者因此停药，而且降脂需要运动的配合，不能仅仅寄希望于食疗。此外，由于决明子性寒且有降压的作用,所以泄泻和血压低的人群一定要慎用,这类人群可以服用降血脂的中药膏方来调理。

专家建议,20~40岁成年人至少每5年测量1次血脂;40岁以上男性和绝经期后女性建议每年检测血脂。

有的人经常运动却感觉没有降脂的效果,这是因为没有进行有氧运动。虽然各种运动形式都能够消耗能量,但最有效的方式还要属有氧运动。运动消耗的能量是由人体内储备的糖和脂肪氧化供应的。实验证明了与其他运动形式相比,进行中小强度的有氧运动可以消耗最大量的脂肪。

以下介绍不同人群的运动减肥降脂方法:

(1)肥胖儿童

① 运动项目:宜散步、踢球、跳绳、骑自行车和娱乐性比赛。② 运动强度:肥胖儿童由于自身的体重大、心肺功能差,运动强度不宜过大。③ 运动频率:肥胖儿进行运动减肥,一是要减掉现在体内的脂肪;二是要培养其长期坚持运动的良好习惯,以使成年后达到理想的体重。适当的运动频率可使肥胖儿不至于对运动产生厌恶或害怕的心理而中止运动,一般每周锻炼3~4次为宜。④ 运动时间:根据肥胖儿的肥胖程度、预期减肥要求,以及可接受的运动强度和频率来安排运动的持续时间,从数月至数年不等。每次运动的时间不应少于30分钟。运动前应有10~15分钟的准备活动,运动后应有5~10分钟的整理活动。此外,选择运动时机也很重要,由于机体的生物节律周期性变化,参加同样的运动,下午与晚间比上午多消耗20%的能量。

(2)青年肥胖者

青年肥胖者相对于儿童和中老年肥胖者来说,体力好、对疲劳的耐受性强,因此运动强度和运动量可适当加大。①运动项目:长跑、步行、游泳、划船、爬山等,也可练习有氧体操如健美操和球类运动等。②运动强度:一般运动强度可达本人最大吸氧量的60%~70%,或最高心率的70%~80%。③运动频率:由于青年肥胖者多有减肥的主观愿望,自觉性较强,为提高减肥效果,运动频率可适当增大,一般每周锻炼4~5次为宜。④运动时间:每次运动时间不少于1小时,持续时间可视减肥要求而定,晚饭前两小时运动最佳。

(3)中老年肥胖人群

由于中老年人的各器官机能相对衰退,肥胖者更是如此,特别是有些中老年肥胖者往往伴有不同的合并症,故而在制定中老年运动处方时更要注意安全性。

①运动项目：散步、慢跑、骑自行车、游泳、爬山等，并辅以太极拳、乒乓球、羽毛球、网球、广场舞等。②运动强度：一般40岁心率控制在140次/分；50岁控制在130次/分；60岁以上控制在120次/分以内为宜。③运动频率：中老年人，特别是老年人由于机体代谢水平降低，疲劳后恢复的时间延长，因此运动频率可视情况增减，一般每周3～4次为宜。④运动时间：每次运动时间控制在30～40分钟，下午运动最好。

## 19. 虎背熊腰

**【出处】**

这厮倒是一条好汉……狗背驴腰的，哦，是虎背熊腰。

——元·无名氏《飞刀对箭》

**【释义】**

虎一样的背，熊一样的腰。形容人身体魁梧健壮。

**【养生提示】**

最近有读者询问网上比较流行的“背薄一寸，命长十年”的说法到底有没有道理？后背的厚薄真的与寿命长短有联系吗？这里的“薄”具体指的是什么样的状态？如何让自己的后背变“薄”呢？

提起成语“虎背熊腰”，很多人认为是形容一个人身体健壮，但是，如果以前身材还好，但是随着年龄的增长却出现了背部脂肪堆积，变成“虎背”，那就不一定是健康的表现了。

脊背是人体的一个重要部位。从西医的角度来看，脊柱中有脊髓，这是大脑的延伸，神经从脊髓分支出来，散布到全身各处，大脑通过脊髓和神经网络指挥全身的活动。从中医的角度来看，脊背正中间是督脉，督有“都督”“总督”的意思，督脉就是总督全身阳气的一条经脉。脊背两旁，是足太阳膀胱经循行的部位，膀胱经是人体循行部位最广的一条经脉，阳气最多，而且膀胱经跟肾经相表里，肾主水，膀胱于是总管全身的水液代谢。因此，脊背是全身气血运行的大枢纽。

膀胱经还联系着其他的腑脏，比如肺腧、厥阴腧（心包腧）、心腧、膈腧、肝腧、胆腧、脾腧、胃腧、三焦腧、大肠腧、小肠腧、膀胱腧都在膀胱经上，分布于督脉两侧。所谓“腧”，就是转输、输注之穴，对于保养脏腑和治疗脏腑疾病都有重要的作用。

老人如何保健自己的脊背呢？可试试中医的捏脊。捏脊疗法手法简易，操作方便，疗效明显。大家比较熟悉的捏脊是小儿推拿中治疗小儿食欲不振、消化不良等疾病的一种常见推拿按摩手法，所以也使很多人误认为，捏脊疗法仅适用于幼儿。实际上，老年人通过捏脊可以帮助止痛，促进背部气血循环，减少背部脂肪堆积，还能提高自身的免疫功能，消除疲劳。

捏脊是在后背的膀胱经和督脉上操作的，上捏脊是从长强穴（尾骨尖附近）向上捏至大椎穴。督脉主一身之阳气，督脉上几个主要穴位都是升阳的穴位。根据经络按摩“顺经为补，逆经为泻”的原则，顺督脉自下而上捏脊的目的是升阳，属补法，所以高血压患者不太合适。下捏脊顺序跟上捏脊相反，逆泻督脉，有清热泻火通便之效，属于泻法，平时多用于实热证，比如发烧或热性便秘的治疗。

施术时，患者的体位以俯卧位或半俯卧位为宜，务使卧平、卧正，以背部平坦松弛为目的。

手法一：用拇指指腹与食指、中指指腹对合，挟持肌肤，拇指在后，食指、中指在前。然后食指、中指向后捏动，拇指向前推动，边捏边向项枕部推移。

手法二：手握空拳，拇指指腹与屈曲的食指桡侧部对合，挟持肌肤，拇指在前，食指在后。然后拇指向后捏动，食指向前推动，边捏边向项枕部推移。

捏脊疗法操作时，如果您感觉比较疼痛，可以在捏脊前轻揉脊背部，慢慢适应。

捏脊时，要注意保暖，避免受凉，捏脊后注意补充水分；若脊柱部位的皮肤有外伤或感染的地方，不适合捏脊；饭后不宜立即进行捏脊，需休息 2 小时后再进行；伴有高热、高血压、心脏病或有出血倾向者应慎用捏脊疗法。

## 20. 藕断丝连

**【出处】**

妾心藕中丝，虽断犹牵连。

——唐·孟郊《去妇》

【释义】

藕已折断,但还有许多丝连接着未断开。比喻没有彻底断绝关系。多指男女之间情思难断。

【养生提示】

作为成语,藕断丝连常被一些文人墨客用于男女之情的描写,有过做菜经验的读者也很好理解这其中"藕丝"的含义。从中医养生的角度来说,这藕不但与情谊相连,还和我们的健康相连!

中医认为,莲藕不仅是较好的食材,还是一种良药。现存最早的中药学著作《神农本草经》中已有记载藕"补中养神,益气力,除百病,久服,轻身耐老"。《本草纲目》更是夸赞其"四时可食,令人心欢,可谓灵根矣"。《神农本草经疏》也不吝赞美之词:"藕实得天地清芳之气,禀土中冲和之味,故味甘气平。"清代著名的中医食疗养生著作《随息居饮食谱》中对藕的食疗功效记载得更为详细,称其"生食生津,行瘀,止渴除烦,开胃消食,析酲,治霍乱口干,疗产后闷乱。罨金疮,止血定痛,杀射罔、鱼蟹诸毒。熟食补虚,养心生血,开胃舒郁,止泻充饥"。

不仅中医对藕的疗效赞叹不已,国外《印度时报》亦曾载文,刊出营养专家桑杰纳·古普塔总结出的秋季吃莲藕的七大保健功效(参见本书第20页相关内容)。

## 21. 数米而炊

【出处】

简发而栉,数米而炊。

——《庄子·庚桑楚》

【释义】

炊:烧火做饭。数着米粒做饭。比喻计较小利,也形容生活困难。

【养生提示】

经常做饭的读者朋友都知道做干饭的时候用的米多,做粥的时候用得米少,虽然不至于像这个成语所说的数米而炊，但是用较少的米做成的米汤却是一味良药，而且有比较好的养生保健功效。

不久前，影视演员孙俪在微博上透露儿子生病了，老公邓超“平均一个小时要问800次去不去医院”，与老公反应不同的是，孙俪在请教医生后，认为只要多喝些水以及喝一些热米汤就行，还自黑“不像个亲妈”，但大部分网友都非常赞同孙俪的做法，认为普通感冒七天左右可自愈，“做得很对”。

很多读者可能觉得孙俪比较“抠”，连个医药费也不愿意出，就让自己的孩子喝喝米汤。实际上，这跟“抠不抠”没有多大关系，因为米汤确实也是一味药，在《红楼梦》中提及的127味中药里，米汤是出现频率最高的中药之一，如第八十七回里，紫娟对林黛玉说：“给姑娘做了一碗火肉白菜汤……还熬了一点江米粥”。江米属于糯米的一种，这种米粥有补肺、暖脾胃、补益中气等作用，林黛玉体弱多病，对于她来说，糯米粥确实有很好的养生保健功效。

临床上也有很多这样的例子。治疗风寒感冒的桂枝汤，汉代名医、被后世尊为医圣的张仲景在介绍其用法时是这样描述的：“服已须臾，啜热稀粥一升余，以助药力。温覆令一时许，遍身絷絷微似有汗者益佳”。意思是说，服完桂枝汤后，应喝上一碗热粥作为药引，以增强发汗解表的功效。这种以米汤助药力的方法，在“医圣”张仲景的处方中非常多见。清代名医王士雄对米汤也有很高的评价：“贫人患虚症，以浓米汤代参汤，每收奇绩。”

中医认为，米汤性味甘平，有益气、养阴、润燥的功效，表面浮起的一层细腻的黏稠物——“米油”，营养更为丰富，能健脾胃。清代药学著作《本草纲目拾遗》中曾记载：“（米油）力能实毛窍，最肥人……黑瘦者食之，百日即肥白，以其滋阴之功，胜于熟地也。”此外，米汤还能增加乳汁分泌。若产妇因生产或脾胃虚弱，不能消化吸收而表现出气血亏虚的症状，这时可以适量服些米汤以健脾胃，有助于促进乳汁分泌。

需要提醒的是，米汤和牛奶不宜同时食用，因为米汤中的一种脂肪氧化酶会破坏牛奶中的维生素A，造成营养浪费。由于米汤太容易吸收，含糖量较高，糖尿病患者也不适合过多食用。此外，大米中的维生素B2经过碾磨加工和一次次淘洗会大量流失，所以，缺乏B族维生素的人应尽量多食糙米，尽量用糙米来熬制米汤，以最大限度保留其中的维生素B2。

## 22. 油头滑脑

**【出处】**

歌德派拉君之事，我未注意，此君盖法国礼拜六派，油头滑脑，其到中国来，大概确是搜集小说材料。

——鲁迅《书信集》

**【释义】**

形容人又轻浮，又狡猾。

**【养生提示】**

有的读者的头皮每天大量出油并脱发，因而不得不天天洗头，后来到皮肤科才找到了病根：脂溢性皮炎。

很多有"油头发"的患者自以为勤洗就能够解决问题，其实这样反而会加重病情。频繁洗头破坏了皮脂腺的正常分泌，改变了皮肤正常的酸碱值，抑菌能力下降，重者可使毛发生长代谢紊乱，导致脱发。

头发过油者应少吃甜、辣等刺激性食物，多吃蔬菜水果；洗头不要过勤，不要用刺激性强的洗头液。

脂溢性皮炎，中医称为面游风、白屑风，是因皮肤油腻，出现红斑、覆有鳞屑而得名。大多认为本病病因、病机为风热外受，郁久化燥，耗伤阴液，以致血虚不能濡养肌肤，或先天脾胃虚弱，湿热内生。中医内治法以消风散为主方加减，治以疏风为主，辅以健脾清热除湿、滋阴养血润燥；外治法侧重于清热燥湿、杀虫止痒。

脂溢性皮炎是临床较为常见的一种炎症性皮肤病，近年来较为多发，给患者生活造成很大困扰。

临床上常见的西医治疗脂溢性皮炎的方法为给患者口服抗感染药物，同时对患处皮肤进行杀菌止痒，这种方法虽然见效较快但是复发率很高，容易导致慢性皮肤病，严重的可以波及全身皮肤。中医认为本病源于感受风邪导致湿热内蕴，治疗该病应于利湿清热、凉血润燥入手，通过内服中药、外涂中药制剂等法，调理脏腑与肌肤。

干性型脂溢性皮炎需祛风止痒、养血润燥。(方选)生地、赤芍,善养血;荆芥、蝉蜕,可疏风清热;柴胡和白鲜皮胜湿止痒。湿性型脂溢性皮炎需清热化湿、通腑解毒,(方选)栀子、大黄可通腑解毒;薏苡仁清热利湿;丹皮清热活血。

## 23. 气吞湖海

**【出处】**

气吞湖海豪犹昔,老阅沧桑骨已仙。

——清・查慎行《送田间先生归桐城兼寄高丹植明府》

**【释义】**

气势可以吞掉湖和海。形容气魄很大。类似于气吞山河。

**【养生提示】**

杜甫的诗《曲江二首》里有一句诗连中学生都会背:“酒债寻常行处有,人生七十古来稀”。

杜甫生活的唐代却有一位养生达人用一个很简单的方法得到了长寿,活过了 80 岁。他就是唐代著名书法家柳宗元的堂兄柳公度!史书记载他一直做到了光禄少卿的位置。南朝的时候这个官职主要是掌宫殿门户。北齐的时候开始称光禄寺卿,除掌宫殿门户外,兼掌皇室膳食、帐幕器物。他的养生经验被记载在《旧唐书》中:“公度善摄生,年八十余,步履轻便。或祈其术,曰:吾初无术……气海常温耳。”

这个气海指的就是气海穴,和与之相邻的关元穴、神阙穴、命门穴,同属事关阳气的四大要穴。

这个穴位怎么找呢?人体气海穴位于下腹部,前正中线上,当脐中下 1.5 寸。取穴时,可采用仰卧的姿势,气海穴位于人体的下腹部,直线连结肚脐与耻骨上方,将其分为十等分,从肚脐向下 3/10 的位置,即为此穴。

这个穴位要常温的前提是不要受凉,但是很多人却忽视了这一点,不信你用手去摸这个地方,是不是平时只注重风度,而忽视了这个部位的温度呢?

从中医的角度来说,一般常温气海穴可以采用灸法。这个穴位常用的灸法有气海温和灸、气海隔姜灸和气海附子灸等。这里为大家做一个简要的介绍。

**气海温和灸**

方法

将艾条点燃后，在距气海穴约3厘米处施灸，如局部有温热舒适感觉，即固定不动，可随热感而随时调整距离。

时间

每次灸10～15分钟，以灸至局部稍有红晕为度，隔日或3日1次，每月10次。

**气海隔姜灸**

方法

取0.3～0.5厘米厚的鲜姜一片，用针穿刺数个针孔，覆盖在气海穴上，然后置小艾炷或中艾炷于姜片上点燃施灸。

时间

每次3～5壮，以灸至局部温热舒适，灸处稍有红晕为度。隔日或3日1次，每月灸10次。

**气海附子灸**

方法

取0.3厘米左右厚的附子片，以水浸透后在中间用针刺数个针孔，放在气海穴上，于附片上置黄豆大或枣核大艾炷施灸，以局部有温热舒适感或稍有红晕为度。

时间

每次3～5壮，隔日或3日1次，每月10次。

如果想简单一点，可以选择温灸器灸，在灸盒中置艾条或艾绒后放在气海穴上，每次施灸15～30分钟，每天1次，10天为一灸程；也可每周施灸1～2次，长期应用。

# 24. 病入膏肓

**【出处】**

医至,曰:“疾不可为也。在肓之上、膏之下,攻之不可,达之不及,药不至焉,不可为也。”

——《左传·成公十年》

**【释义】**

膏肓:古人把心尖脂肪叫“膏”,心脏与膈膜之间叫“肓”。形容病情十分严重,无法医治。比喻事情到了无法挽救的地步。

**【养生提示】**

形容一个人的病很严重的时候,大家常会想到一个词——病入膏肓,所以一提到“膏肓”大家都不太喜欢往自己身上沾。实际上,你提或不提,它就在那里。为什么这么说呢?因为“膏肓”本就是我们身上的一对穴位,而且是有重要保健养生作用的穴位。

“膏肓穴”在哪里呢?该穴的简单取法是:在第四胸椎下两旁相去各3寸(约4横指)处。为了避免被肩胛骨遮盖,古代医家特别提醒应“正坐,曲脊,伸两手,以臂著膝前”,胛骨自然相离。大家一定要注意,取穴方法十分重要,若姿势不正确,穴位被肩胛骨挡住,便起不到应有的效果。

膏肓穴属足太阳膀胱经,有药王美誉的唐代寿星级名医孙思邈曾在其所著的《千金方》中好好地夸了按摩这个穴位的保健功效:“至虚羸虚损、梦中失精、上气咳逆、狂惑忘误”,均有作用。比如,久病不愈、身体呈现羸弱消瘦状态时,最宜取膏肓穴施灸以扶阳固卫、济阴安营、调和全身气血,从而取得恢复强壮的效果。《现代针灸全书》中也记载:“膏肓俞为一切血症常用穴”,有临床报道针刺此穴可改善恶性贫血及调整亚健康状态,收到良好效果。

除了针刺和灸疗,大家在家里也可以按摩这个穴位达到缓解疲劳、振奋精神的作用,尤其是长期伏案引发上背部、肩颈部位不适的读者朋友不妨经常按摩这个穴位。怎么按摩呢?主要要领是按摩者肘部屈曲,转摇肩关节,带动肩胛骨,以作用于被按摩者背部的膏肓穴。

有的读者朋友会问,如果一个人的时候怎么去按摩背部这个膏肓穴呢?不用着急，很简单，这里为大家介绍三种自己按摩的方法。

第一种是中医传统体操“八段锦”中的“双手托天理三焦”，双手向上托举时，可刺激到背部的膏肓穴，增加头脑气血，令人神清气爽。像伸懒腰一样，但一定有“托天”的意念。眼向上看手背，两足跟提起离地，约 1 寸左右，持续数秒。两手放松，足跟轻轻落地，还原成预备式。如此反复做 7～8 次。

第二个就是类似于广播体操里面提到的扩胸运动：两手握拳，两肘关节弯曲，抬与肩平；两肩向后展，肘关节带领扩胸，头微微向后仰，挤压项部和上背部；两手腕在胸前交叉，手臂尽量外撑，含胸拔背，如此一前一后，也能起到对膏肓穴的刺激作用。一般重复以上动作 3–5 次。

第三个方法最简单，把椅子反过来坐，人趴在椅背上，充分展开两个肩胛，两个肩胛骨向后挤压，也能刺激到背部的膏肓穴。

这些方法不但有助于消除疲劳，还可以益寿延年，对肩周炎等有一定的防治作用。

## 25. 百年好合

**【出处】**

百年和合，千载团圆！

——《粉妆楼》第一回

**【释义】**

夫妻永远和好之意。

**【养生提示】**

中国自古以来就有把成语与现实物品相结合以传情达意的传统。比如新婚大吉的日子一定要给两位新人喝一碗百合做的粥，寓意百年好合。百合是一种历史悠久的药食同源的食物，现存最早的中药学著作《神农本草经》中已经有百合的记载了！

很多人觉得百合很合乎美女的形象，这是可以理解的，因为百合是多年生草本，鳞茎球状，白色，肉质，先端常开放如莲座状，长 3.5～5 厘米，直径 3～4 厘米，非常美丽。但是，需要提醒大家的是，药用的百合与大家经常在花店见到的百合是两回事，千万不可混淆！

药用的百合有家种与野生之分，家种的鳞片阔而薄，味不甚苦；野生的鳞片小而厚，味较苦。

一般草药房里的百合都是炮制过的百合。比如蜜百合的炮制方法大致如下：取净百合，加炼熟的蜂蜜（百合100斤用炼蜜6斤4两）与开水适量。拌匀，稍闷，置锅内用文火炒至黄色不沾手为度，取出，放凉。所以说，一般炮制后黄一点的百合反而是好百合！

百合被大家广为熟知的功效主要针对心和肺。

对心而言，作用主要是安心，除心下急、满、痛。比如《神农本草经》中记载百合“主邪气腹胀、心痛。利大小便，补中益气”。唐代药学著作《药性论》中记载百合可以“除心下急、满、痛，治脚气，热咳逆”。《日华子本草》记载百合能“安心，定胆，益志，养五脏”。

对肺而言，作用主要是清肺部的痰火，补肺部的虚损。比如明代著名中医著作《医学入门》中记载百合治“肺痿……疮痈”。清代药学著作《本草纲目拾遗》中记载百合能“清痰火，补虚损”。

此外，约成书于汉代的《名医别录》中还记载了百合的其他功效：“除浮肿，胪胀，痞满，寒热，通身疼痛，及乳难，喉痹肿，止涕泪。”

对于很多喜欢煮粥或者炒菜用百合的读者来说，更建议蒸食百合。因为明代药学著作《本草品汇精要》中记载，百合“蒸熟用”。

虽然百合的补益作用不少，但是依然有禁忌人群。比如《本经逢原》中提示：“中气虚寒，二便滑泄者忌之。”《本草求真》中指出：“初嗽不宜遽用。”

## 26. 千金一笑

**【出处】**

倩人传语更商量，只得千金一笑、也甘当。

——宋·张孝祥《虞美人》词之六

道千金一笑相逢夜，似近蓝桥那般欢惬。

——明·汤显祖《紫钗记》第六出

【释义】

花费千金，买得一笑。旧指不惜重价，博取美人欢心。

【养生提示】

千金一笑这个成语很多读者都听说过，其中的典故是周幽王为了博美人一笑不惜烽火戏诸侯，所以说原本是个贬义词。但是，从中医养生的角度来看这个成语，却有积极的意义。这个成语从字面意思的理解是一笑抵得上千金，生活中我们快节奏的工作和生活学习，是不是已经常忘记把笑容挂在脸上了呢？这对我们的健康是多大的损失啊！这可是千金都买不回的！

早在1948年，世界精神卫生组织已经将每年的5月8日确定为世界微笑日，这是世界上唯一一个庆祝人类行为表情的节日。微笑看似简单，实际上是人世间最美丽、廉价的保健品。

**"微笑疗法"促进消化排毒养颜**

微笑是一种廉价却又美丽的"疗法"。为什么这么说呢？

微笑不仅能使人心情舒畅，精神振奋，兴奋中枢神经，促进消化液的分泌；还可以缓解紧张，消除郁闷，促进体内各系统良性循环，改善免疫系统功能。自然而持久地微笑，有助于使肺气布散全身，舒畅心情还有助养肝。此外，微笑还可以促进面部血液循环，改善皮肤营养，使皮肤细嫩有光泽。

**微笑让你更自信，有助保持积极心态**

微笑能让人更加自信，有助于保持积极的心态。人际交往的时候，你对对方面带微笑，实际上就是在传递一种快乐和积极的信号，有助于增进彼此好感并拉近距离，对方也容易和你产生共鸣，体会到你的快乐，更愿意和你接近，你因此而更加自信，并能保持积极心态。

我们常常遇到和别人眼光对视的情况，如果你的表情冷淡甚至不友好，那么对方的心情也会受到一定的影响。反之，如果你面带微笑，则很有可能收到意想不到的效果，不少突发矛盾也会因此比较容易化解，因为对方会感觉到你的真诚和友好。对于求职者和经常出入社交场合的人而言，微笑更是给人树立良好印象的法宝。

**适当缓解压力　别让微笑抑郁**

微笑虽然很值得提倡,但是强颜微笑却是不利健康的。抑郁症的一个分支叫“微笑抑郁症”。这种病常见于那些学历、身份地位较高,事业有成的职业女性,其中以服务行业最为典型。

“微笑抑郁症”比一般的抑郁症危害更大,可能导致身心双重疾病,甚至导致神经系统的损害。经常抑郁的人会出现气血运行不畅的症状,最终使得内分泌紊乱,从而导致免疫能力下降而诱发多种疾患。因此,遇到不开心的事情要及时调节,让微笑真正地轻松、自然!

**延伸阅读**

*微笑的10个科学奥秘*

微笑背后究竟隐藏多大力量?美国《读者文摘》杂志回顾了多项有关微笑的研究,盘点出“微笑的10个科学奥秘”。

1.笑容可增加寿命。美国韦恩州立大学研究发现,年轻时拥有灿烂笑容的人,平均寿命比经常不笑的人要高出7岁。

2.笑容可预测婚姻。美国迪堡大学一项心理学研究发现,笑容强度在某种程度上能够预测日后的婚姻状况。毕业照里笑容越多的人,离婚的可能性越低;笑容越少的人,离婚的可能性越高。

3.微笑使人显年轻。荷兰一项研究发现,微笑能让人更显年轻,但这仅限于40岁以上人群。

4.女人微笑增魅力。美国《情绪》杂志刊登一项研究发现,女性认为男人不笑时魅力大,而男性则认为女人微笑时最有魅力。

5.真诚微笑促消费。美国《应用社会心理学》杂志刊登的一项研究发现,服务员微笑服务会让消费者更乐意多掏钱。

6.微笑能减压护心。美国《心理科学》杂志刊登的一项新研究发现,在完成艰难任务或面对尴尬局面的时候,笑可以减轻压力水平,降低心率,保护心脏健康。即使是强颜欢笑,也比不笑好。

7.微笑让大脑更活跃。英国一项研究发现,一个微笑能够带来相当于2000块巧克力产生的脑部刺激。

8.宝宝微笑妈妈乐。美国休斯敦贝勒医学院的一项研究发现,当一个女人看见自己5～10个月大的宝宝微笑时，她大脑的多巴胺奖励系统就会被激活，幸福感油然而生，快乐感受无可比拟。

9. 女人微笑稍多点。美国《心理学通报》刊登的一项研究发现，女性微笑多于男性，但是差别并不是特别大。

10. 儿童微笑次数多。研究发现，儿童每天笑400次，而1/3的成人每天微笑20多次，14%的成人每天最多笑5次。人类天生就会微笑，即使在子宫中，正在成形的胎儿似乎也面带微笑。

## 27. 气喘吁吁

**【出处】**

李勉向一条板凳上坐下，觉得气喘吁吁。

——明·冯梦龙《醒世恒言》第三十卷

**【释义】**

形容呼吸急促，大声喘气。

**【养生提示】**

如果问你哪种疾病跟“气喘吁吁”这个成语最接近，你可能会很容易联想到哮喘。实际上“哮病”和“喘证”在中医范畴内是两个不同的概念，两者不能混为一谈。患哮病者处于静息状态时也会发作，可见咳嗽，喉中哮鸣有声，呼吸气促困难，甚则喘息不能平卧，面青肢冷。喘病患者的症状则以活动后发作较为常见，以呼吸困难、张口抬肩、鼻翼翕动、不能平卧为主要临床表现，喉中并无明显声响。分辨清楚是“哮病”还是“喘证”，才有助于针对性地进行治疗。

从推拿防治的角度，着重于宣肺、理气、止咳、化痰及平喘，帮助缓解哮喘带来的不适。

1. 擦后背肺俞部位和前胸膻中部位至局部发热。膻中穴位于两乳头连线中点；肺俞穴位于第三胸椎棘突下旁开5厘米处。可将手掌紧贴皮肤，稍用力下压，轻推（缓缓推动、均匀用力）膻中穴和肺俞穴，可调肺气、补虚损、理气化痰、止咳平喘。

2. 揉定喘穴 1~3 分钟。第七颈椎棘突下为大椎穴,定喘穴位于大椎穴旁开约 2 厘米处。用拇指指端擦揉,可止咳平喘、通宣理肺。

3. 揉丰隆穴 2~3 分钟。丰隆穴位于外踝尖上约 30 厘米处,胫骨前缘外侧,胫腓骨之间。拇指或中指指端着力,稍用力在丰隆穴揉动,可和胃气、化痰湿。

4. 按摩中府穴、云门穴 10 分钟。中府穴位于胸前第一根肋骨间隙;云门穴位于胸前壁外上方,肩胛骨喙突上方,锁骨下窝凹陷处。用大拇指或食指分别轻推中府穴、云门穴,可通经活络、疏散风热、肃降肺气、止咳平喘、清泻肺热。

要有效地防治哮喘,还要远离以下六大误区!

**误区一:哮喘主要表现为呼吸困难,光有咳嗽不是哮喘**

哮喘并不是一定有呼吸困难症状,也可以表现为反复咳嗽、夜间症状加重等表现。

**误区二:症状好转就停药**

很多哮喘患者感觉症状减轻了,就擅自减药或停药,往往造成病情得不到很好控制而反复发作,甚至病情逐渐加重。稳定期的维持治疗是防治哮喘最重要的环节之一,可以明显减少哮喘急性发作次数。

**误区三:治疗要用抗生素**

很多患者以为抗生素是万能的,一遇哮喘发作甚至主动向医生提出用抗生素的要求。但是,哮喘诱发因素由细菌感染导致的只占少部分。抗生素不能消除支气管黏膜的变态反应性炎症,所以它不能解决哮喘的根本问题。

**误区四:做肺功能检查没必要**

有的患者会认为做肺功能检查是多余的,实际上,肺功能检查在哮喘的诊断中是最有价值的指标,也是金标准,它不仅对于哮喘的诊断与评估很有价值,也是医生在治疗时判断疾病严重程度和治疗效果的重要参考。医生要根据肺功能检查结果评估治疗效果,及时调整治疗方案及药物剂量等。

**误区五:哮喘患者不能运动**

因为有的患者觉得运动可能诱发哮喘,所以认为哮喘患者应该远离运动,这种说法是一种常见的误区。哮喘患者在缓解期是可以参加一般运动的,即便是“运动性哮喘”患者也可在运动之前适当进行一些药物预防。运动员中也有不少是哮喘病患者,包括奥林匹克运动会金牌得主游泳健将菲尔普斯和“跳水王子”洛加尼斯等运动健将。

**误区六:要么纯西医要么纯中医治疗**

门诊中,很多患者喜欢中医的就希望只用中医治疗哮喘,喜欢西医的就不愿尝试用中医药来治疗哮喘,这是一个治疗的误区。采用中西医结合疗法治疗哮喘临床效果更加显著,而且可以弥补两种疗法的不足,对患者康复更加有利。

## 28. 知足常乐

**【出处】**

祸莫大于不知足,咎莫大于欲得,故知足之足常足矣。

——《老子》第四十六章

**【释义】**

知道满足,就会经常感到快乐。

**【养生提示】**

从精神层面的养生来说,知足常乐是一种有利于养生的心态,从生理层面的养生来说,知足也是一种帮助养生保健的途径。为什么这么说呢?精神层面的“知足”是懂得满足,生理层面的“知足”是懂得通过按摩足部来养生。

连接人体脏腑的十二经脉有一半起止于被称为人体“第二心脏”的脚上,还有至少60多个穴位汇集在这里,脚底部还存在着人体脏器的反射区,某些脏器发生病变后,会在其对应反射区上反映出来。经常按摩和刺激我们的足部,可促进足部气血顺畅,经脉调和,从而达到防病保健的目的。正所谓“经常揉脚,胜吃补药”,尤其以下这三种揉法你更要知道。

**揉脚趾增加记忆养脾胃**

脚趾远离心脏，血液循环较差，但是胃经经过我们的脚趾，如果平时注意对脚趾的保健按摩，就能起到调养脾胃的作用。此外，揉脚趾有增强记忆力的作用。记忆、计算能力是与脑相关的，而中医认为"肾主藏精，通于脑"，所以亦与肾关系密切，而小趾是足少阴肾经起始部位，故而揉搓小趾有助于增强记忆和计算能力。

揉搓脚趾的方法很简单，可以用手抓住双脚的大脚趾做圆周揉搓运动，每天揉几次不定，但每次需要 2～3 分钟。也可以用手做圆周运动来揉搓小趾及其外侧，只要在睡觉前或休息时揉 5 分钟就行了。

**揉脚踝减少起夜助睡眠**

很多人随着年龄的增长夜尿也会逐渐增多，按揉脚踝有助减少起夜次数。照海穴位于足内侧，内踝尖下方凹陷处。照，意为照射；海，象征大水；"照海"，顾名思义，指肾经的经水在此大量蒸发，具有吸热的作用，是八脉交会穴之一，左右脚各一处，经常按揉此穴，可激发人体下部阳热之气，使其从脚部向上蒸腾，让体内水液得到气化，尿液生成就会相对减少。

此外，按压此穴还能缓解失眠等由于阴虚火旺引起的症状。按压时感到酸、麻、胀就可以了。按压时间不宜太长，5～10 分钟即可。

**揉脚底温肾驱寒提精神**

揉脚底实际就是揉涌泉穴。涌泉穴位于足底部，在足前部凹陷处，为全身腧穴的最下部，乃是人体十二经脉肾经的首穴。涌泉穴在人体养生、防病、治病、保健等各个方面均显示出它的重要作用，怕冷、肾虚、没力气、精神不振的老年朋友尤其适用。俗话说："若要身常安，涌泉常温暖。"如果每日坚持推搓涌泉穴，可使老人精力旺盛，体质增强，防病能力增强。

虽然揉脚有利健康，但是也要注意时间、力度和禁忌症。很多读者朋友似乎觉得按摩的时间越久、力度越大、频率越高就越好，但实际上过犹不及。足部保健按摩的时间以 20～30 分钟为宜。按摩时间过长、手法不当、频率过高，会使大脑皮层持续兴奋，反而对身体保健不利。

此外，脑出血、内脏出血及其他原因所致的严重出血者，严重肾衰、心衰、肝坏死者，肺结核活动期的患者，心血管疾病患者都要谨慎做足部按摩，最好先咨询医生，以免加重病情。

## 29. 气凌霄汉

**【出处】**

公精贯朝日，气凌霄汉，奋其灵武，大歼群慝。

——南朝宋・傅亮《策加宋公九锡文》

**【释义】**

形容气势宏大，直冲天宇。现也用来形容大无畏的革命精神。

**【养生提示】**

凌霄是天宇的意思，但是从中医药的角度这是一种中药。这种花为著名的园林花卉之一，其花朵漏斗形，大红或金黄，色彩鲜艳。花开时枝梢仍然继续蔓延生长，且新梢次第开花，所以花期较长，很多园林都喜欢种植。它就是凌霄花。

凌霄花不是最近才流行的花，早在春秋时期的《诗经》里就有记载，当时人们称之为陵苕，"苕之华，芸其黄矣"说的就是凌霄。

很多人不知道凌霄花还有个别名，《植物名实图考》把它叫堕胎花，明朝药学著作《本草品汇精要》中也称其"妊娠不可服"。

凌霄花为什么它会有堕胎花这个名号呢？

中医认为凌霄花性味酸寒，《履巉岩本草》中还记载这种花有毒。虽然有毒，但是能治疗很多妇科疾病。比如《神农本草经》中记载其"主妇人产乳余疾，崩中，症瘕，血闭，寒热，羸瘦"。《天宝本草》中记载它可以"行血通经，治跌打损伤，痰火脚气"。《药性论》中记载凌霄花能"止产后奔血不定，淋沥"。

由此我们可以得出凌霄花被称为堕胎花的理论依据：第一，性寒；第二，作为妇科用药有行血之功，孕妇服用容易动胎气；第三，《履巉岩本草》中提到此花有毒！

虽然凌霄花有毒，但是与很多有毒的中草药一样，也能以毒攻毒。比如《履巉岩本草》中记载其"降诸草毒"。

此外，有的人头顶总是感觉痛，这可能是肝风引起的，凌霄花正是一味对证的良药，比如《医林纂要》中记载凌霄花可以“缓肝风，泻肝热……治肝风、巅顶痛”。

喜欢吃卤菜的人不要将这种药物与卤菜同吃，因为《药性论》中提示凌霄花“畏卤咸”。不但是孕妇不适合服用凌霄花，血气虚弱的妇人也不适合服用，这在《本草经疏》中有明确记载，因为凌霄花“长于破血消瘀，凡妇人血气虚者，一概勿施，胎前断不宜用”。

## 30. 食而不化

**【出处】**

然读书以明理，明理以致用也。食而不化至昏愦僻谬，贻害无穷。

——清·纪昀《阅微草堂笔记·姑妄听之四》

**【释义】**

吃了没有消化。比喻对所学知识理解得不深不透，没有吸收成为自己的东西。

**【养生提示】**

夏季虽然新陈代谢加快，但是很多人会觉得胃口并不好，因为闷热和湿热的天气不利于人的肠胃蠕动，如果饮食不节，过食肥甘，食滞不化，更易伤脾胃，久而久之会引起“食而不化”的食滞的症状，如何应对呢？

除了饮食清淡，还可适量多摄入一点性味偏苦的蔬菜，如苦瓜等。因苦味食物具有除燥祛湿、清凉解暑、促进食欲等作用。不过，苦味食物偏寒凉，虽然能清热泻火，但属于清泻类食物，体质较虚弱者尤其是虚寒体质者不宜食用，否则会加重病情。

对于虚寒体质不适合吃“苦”的人如何预防食滞呢？这里推荐大家可以试试按摩。比如每天下午1～3点这个时间段顺时针按摩腹部，促进消化的效果最好。这是因为此时段小肠经经气最旺，按揉肚子可以加速小肠吸收，促进消化。中医认为，人体的腹部为“五脏六腑之宫城，阴阳气血之发源”。经常按摩肚腹，能协调脾胃,调和五脏六腑气血运行,促进肚腹血液循环,有提神、补气、添精等作用。具体的操作方法是:以肚脐为中心,按顺时针方向,稍用力缓缓推摩腹部,至左下腹(结肠部)可稍稍加力。摩腹保健宜在晨起空腹或睡前操作,每次36圈,每天操作2次,以腹部温热、舒适为佳;如治疗食积、腹胀、便秘等,则不拘时间,次数和力量可适当加重,以腹部肠鸣、排气、排便为佳。

此外,大家还可以尝试自我点穴进行缓解。

(1)点按足三里穴。足三里是调理脾胃的要穴,足三里位于膝盖下面约4指宽的凹窝,距离胫骨外侧约1横指尖的地方。按压时,用左手按左足、右手按右足,用食指顶住大拇指第二指尖的关节,用大拇指推按穴位。一般推拿两到三次,每次49下,对于脾胃虚弱导致食滞的人群有较好的促进消化的作用。

(2)点按中脘穴。中脘穴在上腹部,前正中线上,当脐中上4寸。由上往下,随呼吸缓缓下压2～3秒,然后快速撤离,操作2～3次,会有气往下行的感觉,则胃胀自消。部分人操作后有排气、排便感,此为正常反应,效果更佳。

(3)按揉大陵穴。大陵穴位于人体手掌根,腕横纹的中点上。这个穴位在五行中属土,对应脾胃,按揉此穴可以降胃火、祛心火,提升胃动力。脾胃不和、消化不良等都可以通过按摩这个穴位来调理。一般以按揉有酸胀感为度。

## 31. 看朱成碧

**【出处】**

谁知心眼乱,看朱忽成碧。

——南朝梁・王僧孺《夜愁示诸宾》

**【释义】**

将红的看成绿的。形容眼睛发花,视觉模糊。

**【养生提示】**

对于很多视觉模糊的患者,中医会通过中药来帮助其“明目”,从食疗的角度来说,猪肝是最常用的明目食物之一。虽然有传言猪肝富含重金属等有毒物质,但是正规市场销售的正常猪肝一般质量较好,大可不必过度担心。

“吃猪肝能明目”的说法几乎已经成为大家的健康常识。可是,从中医的角度说,让明目功效更好发挥出来需要一定的食疗方法,为什么这么说呢?

**西医认为猪肝富含维生素 A　有助视力健康**

肝脏是动物体内储存维生素 A 的重要器官,100 克猪肝中大约含有 5000 微克维生素 A。而维生素 A 的重要生理功能之一就是维护眼角膜的正常结构,维持视网膜的正常功能,对于维持正常视力有重要作用。如果缺乏维生素 A,会出现干眼病、夜盲症等症状。所以,对于缺乏维生素 A 的人来说,猪肝的确可以较快地帮助补维生素 A,对于维持视力健康有一定作用。

**中医认为猪肝能明目　但是食用方法很讲究**

唐朝著名养生专家、有“药王”美誉的孙思邈在其所著的《千金·食治》中记载猪肝“主明目”。

中医著名古籍《黄帝内经》里说过:“肝开窍于目。”肝的经脉从脚开始,沿下肢内侧上行到腹部,再由内在的脉络进一步和眼睛联系起来。肝的经脉上联于目,只有肝的精血循着肝经上注于目,才能使眼睛发挥视觉功能。猪肝中含有大量的铁,由于大部分贫血病人属于缺铁性贫血,所以经常吃猪肝可很好地调节和改善贫血病人造血系统的生理功能,从而起到补血的功效。中医所谓“目受血而能视”也蕴含这个道理。

我国现存公元 10 世纪以前最大的官修方书,北宋医学家王怀隐、王祐等奉宋太宗赵光义之命编写的《太平圣惠方》中记录了一则以猪肝为主料的食疗方——猪肝羹,主要用于治疗肝脏虚弱,远视无力:猪肝一具(细切,去筋膜),葱白一握(去须,切),鸡子三枚。上以豉汁,中煮作羹,临熟,打破鸡子,投在内食之。

《普济方》中也记录了一个以猪肝为主的方剂——雀盲散,治遇夜目不能视:雄猪肝一叶(竹刀披开),蛤粉(如无,以夜明砂代)三钱(为末)。蛤粉纳肝中,麻线扎,米泔煮七分熟,又别蘸蛤粉细嚼,以汁送下。

**猪肝不是吃得越多越好**

虽然猪肝中富含维生素 A,但是维生素 A 并不是吃得越多越好。维生素 A 是脂溶性的,不易从身体中排出,摄入过量时可能带来毒性,导致骨骼生长异常,对孕妇的影响更大。因此,成年人摄取维生素 A 的上限是每天不超过 3000 微克。我国居民膳食营养指南推荐,成年男性的每日维生素A推荐摄入量(RNI)是800微克,成年女性是700微克,转换成猪肝的重量,一般在14～16克。

此外,猪肝的胆固醇含量也很高,100克猪肝的胆固醇含量为288毫克。胆固醇摄入过高,尤其是低密度胆固醇摄入过高,会增加心血管疾病的风险。若为健康考虑,每天从食物中摄取的胆固醇含量不要超过300毫克。

## 32. 菊老荷枯

**【出处】**

辜负却桃娇柳嫩三春景,捱尽了菊老荷枯几度秋。

——明·沈采《千金记·通报》

**【释义】**

比喻女子容颜衰老。

**【养生提示】**

这个成语中的"荷枯"用来比如女子衰老的容颜非常形象。因为《诗经》中有将荷花比作美女的记载。《国风·陈风·泽陂》中说:"彼泽之陂,有蒲与荷。有美一人,伤如之何!寝寐无为,涕泪滂沱!"描写一男子将莲花比作久已倾慕的美女,许久未能见到,伤心不已。不管是醒着还是睡着,眼泪和鼻涕如下雨般情不自禁地淌下来。

荷花也叫莲花,是我国的十大名花。从古至今,描写荷花的诗词数不胜数。和很多美丽的花一样,荷花也有自己美好的寓意。荷花又被叫做青莲,青莲与"清廉"谐音,因此荷花也被用以比喻为官清正。荷与"和"谐音。古代以莲花和鱼剪成图纸张贴,称为"连年有余"。民间吉祥画"和合二仙"便是一人手中持荷,一人捧盒,以示和合。

荷花、荷叶的药用历史也十分悠久,荷花全株都有药用价值,是我国医药宝库中不可多得的一枝奇葩。

荷花也是一种美容的药材,在《日华子本草》中记载有"镇心……益色,驻颜"的功效。荷花还可以治疗一些妇科疾病,比如《滇南本草》中记载其能"治妇人血逆昏迷”。对于男性而言，荷花也是一种较好的中药，比如《日用本草》中记载其可以“涩精气”。此外，《本草再新》中还记载了荷花可以“清心凉血，解热毒，治惊痫，消湿去风，治疮疥”。

荷叶可以治疗一些产科疾病，还有解毒的作用。比如《本草拾遗》中记载荷叶“主血胀腹痛，产后胞衣不下，酒煮服之；又主食野菌毒，水煮服之”。《日华子本草》中记载荷叶能“止渴……并产后口干，心肺燥闷”。

荷叶还常用于治疗一些血症疾患，比如《日用本草》中记载其可以“治呕血、吐血”。《本草纲目》记载其能“生发元气，裨助脾胃，涩精滑，散瘀血，消水肿、痈肿，发痘疮。治吐血、咯血、衄血、下血、溺血、血淋、崩中、产后恶血、损伤败血”。

此外，荷叶还有很多功效，比如《滇南本草》中记载荷叶可以“上清头目之风热，止眩晕……清痰，泄气，止呕……头脑闷疼”。《本草通玄》记载荷叶能“开胃消食，止血固精”。

荷叶是药食同源的中药，很多食疗药膳中都有它的参与，这里为大家介绍两款荷叶食疗方：

荷叶茶：荷叶 9 克，山楂 9 克，陈皮 9 克。洗净，混合，沸水冲泡，代茶饮，有理气祛湿减肥之功效。

荷叶饭：将好大米 500 克洗净，放在盆里，一斤大米配清水一斤、猪油 100 克，搅匀，放在锅内隔水蒸熟。然后取出难开晾凉，保持松散。将虾肉、叉烧肉、瘦猪肉、鸭肉、冬菇等切成小丁，炒熟，鸡蛋煎熟切片，将其混合作馅，拌入饭中，用新鲜荷叶包裹，再放入笼中用大火蒸 20 分钟即可。

## 33. 燕瘦环肥

**【出处】**

杜陵评书贵瘦硬，此论未公吾不凭。短长肥瘦各有态，玉环飞燕谁敢憎。

——宋 · 苏轼《孙莘老求墨妙亭诗》

**【释义】**

燕：汉成帝皇后赵飞燕；环：唐玄宗贵妃杨玉环。形容女子体态不同，各有各好看的地方。也借喻艺术作品风格不同，而各有所长。

**【养生提示】**

这个成语中的“环肥”说的是杨贵妃的丰腴身姿。杨贵妃因其具有沉鱼落雁、闭月羞花之貌而受到当朝皇帝的迷恋。但是,她却没能为皇帝留下子嗣。

天宝四载(公元745年),27岁的杨玉环被唐玄宗李隆基册封为贵妃。此时的杨贵妃“回眸一笑百媚生,六宫粉黛无颜色”“面如芙蓉,眉若柳叶”“玉容寂寞泪阑干,梨花一枝春带雨”,所以她迷倒了李隆基。但是,后宫佳丽三千人,李隆基为什么独宠杨贵妃一个人呢?很多学者认为,这和杨贵妃丰腴的体形有关。唐朝人以胖为美,据史料记载,杨贵妃走几步路就会娇喘不已,香汗淋漓,可见她的体态偏胖。然而,体形肥胖也恰恰是导致杨贵妃不孕的原因。她的肥胖从史料记载来看属于中医所说的阳虚型肥胖!

三伏天时冬病夏治的“三伏贴”会在各大医院火爆起来,很多接受冬病夏治的人群是肥胖人群,但是肥胖又不属于“冬病”啊,这是怎么回事呢?

很多年轻人夏季过于贪凉,喜欢吃冷饮、冰镇水果,喝冰镇饮料、啤酒,整天待在空调房且温度打得比较低,这些都容易耗伤人体的阳气。大家都知道脂肪有类似棉被的保温效果,当自身能量、阳气不足时,身体会多存留些脂肪,以保护虚弱的阳气。阳气越虚,脂肪堆积得就越多。这类肥胖的人看似壮实,实则外强中干,就是老百姓常说的虚胖。阳虚严重的甚至还容易怕冷,吃了凉的就腹泻。

元代名医朱丹溪在其所著的《丹溪治法心要》中首次提出了“肥白人多痰湿”的观点,现代名老中医蒲辅周也认为“食少而肥者,非强也,乃病痰也”。肥胖的人阳气不足,阴寒内生,气不化水,水湿内停,痰湿易生。所以,也有“肥者多痰湿”的说法,肥胖并非正常丰腴之态,而是痰湿充胜所致。

阳虚型的肥胖虽然不是典型的“冬病”,但依然适用于“夏治”,以便更好地培育体内的阳气,驱走寒湿之邪。三伏天的时候,针灸通过刺激穴位,疏通经络,加强脏腑功能,调整气血阴阳平衡,达到扶助阳气,祛除停滞于体内的邪气,既能取得整体减肥的效果,还能消除局部脂肪达到局部减肥的目的。

“三伏贴”是穴位敷贴的一种特色方法,充分体现了中医“因时制宜”的思想。其将中药制成一定的剂型,通过敷贴的方式作用于某些穴位或特定的部位上,发挥药物疗效和穴位刺激的双重作用,达到调整机体功能和治疗疾病的目的。所以,很多阳虚体质的人经过“夏治”之后能达到比较理想的减肥效果。

**延伸阅读**

五脏阳虚各有哪些表现？

心阳虚：兼见心悸心慌，心胸憋闷疼痛，失眠多梦，心神不宁。

肝阳虚：兼见头晕目眩，两胁不舒，乳房胀痛，情绪抑郁。

脾阳虚：兼见食欲不振，恶心呃逆，大便稀溏，嗳腐吞酸。

肾阳虚：兼见腰膝酸软，小便数频或癃闭不通，阳痿早泄，性功能衰退。

肺阳虚：咳嗽气短，呼吸无力，声低懒言，痰如白沫。

## 34. 泪如泉涌

**【出处】**

（王）允曰："汝可怜汉天下生灵！"言讫，泪如泉涌。

——明·罗贯中《三国演义》第八四

**【释义】**

眼泪像泉水一样直往外涌。形容悲痛或害怕之极。

**【养生提示】**

这个成语倒过来念很多读者会立刻想到一个经典的中医穴位名称——涌泉。实际上，不仅涌泉穴，人体身上还有很多带有"泉"字的穴位，如果你懂得运用，这可是你身上的健康之泉呢！尤其是炎热的夏季，大家别忘了自己身上的"涌泉""极泉"和"阴陵泉"这三眼"泉"！

**出汗过多伤阴上火　按摩涌泉滋阴降火**

炎热的夏季不少人出汗较多，中医认为，人体有"五液"，汗为心之液，正常出汗能散热清火，而出汗太多则会伤气伤阴，阴伤多了容易出现阴虚火旺的症状，所以在夏季里，更需要注意滋阴降火。涌泉穴位于脚掌前部1/3处（不算脚趾），脚缘两侧连线处。

《黄帝内经》中提到"肾出于涌泉，涌泉者足心也"，就是说肾经之气犹如源泉之水，涌出灌溉周身四肢各处。这个穴位对于滋阴降火很有意义，可以缓解上火引起的口干、眩晕、焦躁等。方法是将拇指放在穴位上，用较强的力气揉20～30次，晨起和睡前按摩效果较好。

**冷热不均易情绪化　按摩极泉宽胸宁神**

炎热的夏季，很多人在室外会感觉热得心烦，即便是回到空调房间也不能很快平静情绪，遇到棘手的工作更是容易情绪化。这个时候大家不妨按摩自己的极泉穴。这个穴位就在腋窝处的顶点上，经常按摩可以宽胸宁神、调和气血，缓解燥热引起的心情烦躁、情绪不稳。

从现代医学上讲，腋窝处淋巴组织非常丰富，经常按摩可以促进血液循环、提高免疫力。按摩极泉穴的具体方法如下：双臂交叉于胸前，双手按对侧腋窝，用手指适度地按摩捏拿，每次按捏约3分钟。然后，左手上举，用右手手掌拍打左腋下，再上举右手，用左手手掌拍打右腋下，每次拍打30～50次，反复操作5遍。

**湿热脾胃易受湿邪阻　按摩阴陵泉利水除湿**

中医认为一年分为春、夏、长夏、秋、冬五个季节，长夏位于夏末秋初，涵盖了小暑、大暑、立秋、处暑四个节气，气候特征是湿热蒸腾。这个时间内，湿热天气比较多，中医认为，"湿"其实是滞留人体内的多余水分。夏末秋初的天气变化无常，雨水较多，潮湿的天气会让人感觉烦闷湿重、浑身不舒服。此外，很多人觉得天气炎热，会通过吃冰淇淋、雪糕等寒凉食物消暑降温，而这些寒凉食物吃多了，就会导致脾失健运。

脾是运化水湿的，如果脾的运化受阻，体内的多余水分就不能全部运出去。脾的特点是喜燥而恶湿，一旦脾受湿邪而受损，就会导致脾气不能正常运化，而使气机不畅。这时就会出现脘腹胀满、不爱吃东西、吃什么也没有滋味、胸闷想吐、大便稀溏，甚至水肿等症状。阴陵泉穴属足太阴脾经，为合穴，善助脾胃运化，专利水液输布，利水除湿，调理三焦。阴陵泉穴位于我们的小腿内侧，胫骨内侧髁后下方的凹陷处。取穴时，正坐屈膝，用拇指沿着小腿内侧骨的内缘由下往上推按，拇指推按到膝关节下的胫骨向上弯曲凹陷处，即为此穴。点按本穴能促进脾胃的消化吸收，预防夏季消化道疾病的发生。

## 35. 养精蓄锐

**【出处】**

且待半年,养精蓄锐,刘表、孙权可一鼓而下也。

——明·罗贯中《三国演义》第三十四回

**【释义】**

保养精神,蓄积力量。

**【养生提示】**

中医养生学非常重视"养精蓄锐"。"精"在中医里是很重要的元素,精气学说也是对中医影响最大的中国古代哲学理论之一。

精,有广义与狭义之分。广义之精,是人体的最基本物质;狭义之精,指生殖之精。精气,乃气中之精粹,是生命产生的本原。如《管子·内业》说:"精也者,气之精者也。""凡人之生也,天出其精,地出其形,合此以为人。"

中医认为人体健康的基础是精、气、神。精是生命之力,气是生命之源,神是生命之光。精、气、神各具功能,又互相影响。中医养生,主要是调养精、气、神。这里我们主要讲讲中医如何养精。

从饮食的角度来说,五谷杂粮最能养精。中医食疗学认为,五谷杂粮是养精的精华食物。《素问·藏气法时论》中明确记载:"五谷为养……气味合而服之,以补精益气。"

谷物作为主食能维持旺盛的生命,保证身体健康。中医认为"四时以胃气为本""有胃气则生,无胃气则死",而谷物是胃气的主要来源。《黄帝内经》中也有"五谷为养,五果为助,五畜为益,五菜为充"的饮食原则,认为五谷杂粮才是养生的根本。

在中国居民平衡膳食宝塔中,五谷杂粮位于宝塔的底端,是整个膳食结构的基础。在食物多样化的前提下,日常饮食不妨多摄取一些谷类,它们能提供人体所需的能量和一半以上的蛋白质,同时需注意粗细搭配。谷物中的粗粮与细粮相比,膳食纤维含量高很多,对脂肪的吸收有一定的阻碍作用,能够降低血液中低密度胆固醇和甘油三酯的浓度,从而降低高血压、糖尿病和高血脂症的发病风险。

在由中国营养学会主办的第三届全民营养周上，评选出“中国好谷物”品类前10名：全麦粉、糙米、燕麦米(片)、小米、玉米、高粱米、青稞、荞麦、薏米、藜麦。这里为大家介绍其中比较常见的三种谷物。

(1)糙米：保留了胚芽、糊粉层和部分谷皮，B族维生素、维E、矿物质、膳食纤维都比白大米高。将大米和糙米按1∶1煮饭，对健康有利，尤其是对糖尿病患者。

(2)小米：又叫粟米。小米有滋阴养血、清热解渴、健胃除湿、和胃安眠、防治消化不良的功效，营养价值很高。小米粥富含丰富的碳水化合物、蛋白质、脂肪、微量元素和维生素，尤适宜食欲欠佳、肠胃不好以及贫血的人食用。

(3)玉米：B族维生素、β-胡萝卜素和膳食纤维的含量高于稻米和小麦，还含有黄体素、玉米黄质等有益于健康的植物活性物质。

## 36. 夜不成寐

**【出处】**

明日而先公言：“汝夜何所往？吾闻抱关老卒云，楼故多怪，每夕必出。”予因道昨所见者。是日徒于郁孤，竟夜不成寐。

——宋·洪迈《夷坚志·乙志卷八·虔州城楼》

**【释义】**

寐：睡着。形容因心中有事，晚上怎么也睡不着觉。

**【养生提示】**

睡觉对于很多人来说不是一件容易的事，原因很简单：失眠！失眠的原因也有很多，有的人是因为心里有事睡不着，如“夜不成寐”这个成语的解释一样，有的人是心里没事依然睡不着。怎么办呢？

年过90岁的国医大师张震是云南省中医中药研究院主任医师，也是全国老中医药专家学术经验继承工作指导老师、云南省荣誉名中医。他是疏调气机学派的创始人，他认为“人活三口气”：天气、地气和人气，要睡眠好且少做噩梦，三气的协调很重要。如何调理？张震介绍了助眠四穴按摩法，具体如下：

**睡觉先睡心　按揉劳宫穴＋神门穴**

中医认为心藏神，心为神舍，心脏有两条经脉连接到体外：小指处和掌心处。睡不着时，可左手按右手劳宫，交替按摩，按压3～5分钟，感觉发热、发胀即可。此外也可按摩神门穴处3～5分钟，发热、发胀即可。

劳宫穴在手掌心，当第2、3掌骨之间，偏于第3掌骨，握拳屈指时，位于中指指尖处。劳宫穴，最初称“五里”，后又名“掌中”，最后因“手任劳作，穴在掌心”而定名为劳宫穴。劳宫穴五行属火，具有清心火、安心神的作用，可用于治疗失眠、神经衰弱等症。

神门穴在腕横纹尺侧端，尺侧腕屈肌腱的桡侧凹陷处。神门穴能帮助入眠，调节自律神经，补益心气，安定心神。按摩这个穴位还可以辅助治疗心痛、心烦、惊悸、怔忡、健忘、失眠、痴呆、癫狂痫、晕车等心与神志的病证。

**要想睡得好　神庭常“打扫”**

如果心神想休息好，所居住的地方一定要打扫好。可用中指按压神庭穴处3～5分钟，感觉胀酸即可，按摩此处如同给心神清扫房间。按摩完神庭穴后，再用中指揉搓双眉之间印堂处3～5分钟，感觉胀酸即可，目的在于排解烦恼，打开心扉，起到凝神聚气的效果。

神庭这个穴位名出自《针灸甲乙经》，别名发际，属督脉，在头部，当前发际正中直上0.5寸。本穴有清头散风、镇静安神的作用。印堂是人体腧穴之一，出自《扁鹊神应针灸玉龙经》，属于经外奇穴。此腧穴位于人体额部，在两眉头的中间，有明目通鼻、宁心安神的作用，临床上主要用于配合治疗失眠等病症。

**全身放轻松　百会涌泉空**

最后，张老强调，要学会全身放松，从头顶百会至脚底涌泉，不再有紧张的感觉，这样就能一觉睡到大天亮。

## 37. 多事之秋

**【出处】**

况逢多事之秋，而乃有令患风。

——唐·崔致远《前宣州当涂县令王翱摄扬子县令》

**【释义】**

多事：事故或事变多；秋：时期。事故或事变很多的时期。

**【养生提示】**

秋季虽然气温相对夏季低了很多，经常给人一种秋高气爽的感觉，但是也是很多疾病的“多事之秋”，如果不注意养生，也会被“秋后算账”。

如何在秋季到来的时候食疗养生呢？这里为大家介绍有着“立秋汤品第一补”之称的莲藕玉米汤！

民谚曰：“荷莲一身宝，秋藕最补人。”藕的做法有很多，如炒藕片、炸藕夹、蒸蜜汁藕等等。把藕与玉米一起煮，有哪些养生功效呢？

经过三伏天的“煎熬”，很多人到了立秋之后胃口依旧不太好；立秋也是需要润肺的时候；“秋老虎”发威让人的血压也容易起伏；户外活动少容易长胖……对这些健康问题这道汤都能帮助您解决一些！

从中医的角度来分析，莲藕玉米汤有助于健胃养肺。《本草纲目》中记载玉米可以调中开胃。《医林纂要》中记载玉米能够益肺宁心。《本草推陈》中记载玉米为“健胃剂”，煎服有利尿之功。《日华子本草》中记载藕：“蒸煮食，大开胃。”《滇南本草》中记载藕：“多服润肠肺，生津液。”

从西医营养学的角度分析，这道汤有助于预防便秘、降低心脏病风险和抗衰老。藕富含膳食纤维，热量却不高，因而能有助于控制体重，有助于降低血糖和胆固醇水平，促进肠蠕动，预防便秘及痔疮。

藕中富含B群维生素（特别是维生素B6）。补充B族维生素有益减少烦躁，缓解头痛和减轻压力，进而改善心情，降低心脏病危险。在块茎类食物中，莲藕含铁量较高，因此缺铁性贫血者最适宜吃藕。

煮玉米的时间越长抗衰老效果越好，从抗自由基角度来看，美国康乃尔大学在《农业与食品化学》期刊上的文章显示，在 115℃ 下，将甜玉米分别加热 10 分钟、25 分钟和 50 分钟，其抗自由基的活性依序升高了 22%、44% 和 53%，也就是说，加热越长时间，玉米的抗衰老的作用越好。所以，在家中煮玉米，也最好能多煮一段时间，但是也要注意一定的口感，不要煮得太久。

**玉米莲藕排骨汤怎么做?**

步骤：

（1）准备食材：粉藕 1 节；玉米 1 根；排骨 6 两。

（2）排骨飞水后放入汤钵，一次性加入足够的冷水，先大火后小火炖 40 分钟。

（3）莲藕与玉米切段并一起放入汤钵中，中火煮 30 分钟。

（4）放盐、放枸杞、关火，焖 15 分钟。这样，一道营养丰富、制作简单、色泽亮丽的养生汤就制作完成了。

## 38. 乳臭未干

**【出处】**

虽有两个外甥，不是姐姐亲生，亦且乳臭未干，谁人来稽查得他？

——明·凌濛初《二刻拍案惊奇》第二十卷

**【释义】**

臭：气味。身上的奶腥气还没有退尽。对年轻人表示轻蔑的说法。

**【养生提示】**

从这个成语的本意上来理解是指幼儿身上的奶腥味儿还比较浓，实际上对孩子来说是一种有口福的反应，说明母乳喂养很充分。但是很多孩子生下来的时候，因为妈妈乳汁分泌较少甚至分泌不出来，而在一段时间内品尝不到人生中的第一口“甘露”。从中医的角度来说，除了按摩乳房促进乳汁排出之外，针对性的中医穴位按摩也有助于催奶，对乳房也有养生保健作用，比如以下 5 个穴位。

1. 膻中

位置：在胸部，当前正中线上，平第4肋间隙，两乳头连线的中点。取穴：仰卧，女子于胸骨中线平第4肋间隙处定取。

功能：膻中为心包络经气聚集之处，是任脉、足太阴、足少阴、手太阳、手少阳经的交会穴，又是中气聚会之处，能理气活血通络，宽胸理气。该穴具有调理人身气机之功能，可用于一切气机不畅之病变，具有宽胸理气、通络催乳的作用，经乳部，可调畅乳部气血。

按摩方法：用一手拇指或中指螺纹面着力，定在膻中穴上，其余四指轻扶体表或握空拳，腕关节轻轻摆动，或小幅度环旋转动，使着力部分带动该处的皮下组织作反复不间断地、有节律的轻柔缓和的回旋揉动。

2. 乳根

位置：人体的胸部乳头直下，乳房根部，当第5肋间隙，距前正中线4寸。

功能：乳根穴是治疗产后缺乳的要穴，按摩该穴有助于通经活络，行气解郁，疏通局部气血，促进乳汁分泌。

按摩方法：覆掌于乳房，大拇指在乳房上，其余四指在乳房下，用中指和无名指的指腹稍微用力按揉这个穴位，每天早晚各按揉1次，每次约3～5分钟。

3. 少泽

位置：在小指末节尺侧(外侧)，距指甲角0.1寸。

功能：少泽为手太阳小肠经之穴，《黄帝内经》中记载小肠经是"主液所生病者"，"液"包括乳汁、白带、精液及现代医学所说的腺液等。所以，凡与"液"有关的疾病，都可以先从小肠经来寻找解决办法。刺激这个穴位，可以使经脉里的水流动起来，乳汁也就顺势而出了。按摩这个穴位能够调整局部气血运行，疏通局部经气，加上少泽穴的清润之性，两者共同作用可以加强温经通乳之效。

按摩方法：以手指指尖或指腹向下按压，并做圈状按摩。用力适中，以局部有酸胀感和轻度温热感为度，一天2次。

4. 足三里

位置：在小腿外侧，犊鼻下3寸，犊鼻与解溪连线上；或者站位弯腰，同侧手虎口围住髌骨上外缘，其余4指向下，中指指尖处。

功能：根据中医“脾胃为气血生化之源，乳汁为气血所化生”的理论，足三里穴作为足阳明胃经的主要穴位之一，有助于促进乳汁生成和分泌。

按摩方法：用拇指指面着力于足三里穴位之上，垂直用力，向下按压，按而揉之。其余四指握拳或张开，起支撑作用，以协同用力，让刺激充分达到肌肉组织的深层，产生酸、麻、胀等感觉，持续数秒后，渐渐放松，如此反复操作数次即可。

**5. 期门**

位置：位于胸部，当乳头直下，第6肋间隙，前正中线旁开4寸。

功能：期门穴为足太阴、足厥阴、阴维三经之会，属肝经，为肝之募穴。该穴有化瘀解郁、通乳之功效，可治疗乳痛、胸胁胀满疼痛等。

按摩方法：按摩时取坐位或仰卧位，中指指腹按于期门穴，顺时针方向按揉2～3分钟，用力适中，以局部有酸胀感和轻度温热感为度。

## 39. 熬姜呷醋

**【出处】**

下官自从选了这个穷教官，坐了这条冷板凳，终日熬姜呷醋，尚不能够问舍求田，哪里再经得进口添人。

——清·李渔《怜香伴·毡集》

**【释义】**

比喻生活清苦。

**【养生提示】**

熬姜呷醋这个成语的本意是比喻生活清苦。如今大家的生活富裕了，很多人喜欢吃醋，其中一个原因就是近年来网上流传着很多关于喝醋能软化血管的说法，以至于“醋泡黄豆”“醋泡洋葱”“醋泡花生”等食物大受欢迎，很多人想以此来防治心脑血管疾病，甚至防治动脉硬化。那么，喝醋真的能软化血管吗？

**醋对于促进胃酸分泌有好处　对软化血管功效并没有那么神**

醋的主要成分是醋酸,另外还有各种有机酸、氨基酸等,对于促进胃酸分泌有好处。但是醋对软化血管的功效并没有那么神。因为血管硬化、血管狭窄往往是由于高血脂、高血压慢慢形成动脉粥样硬化,动脉粥样硬化的斑块附着在血管上造成的。临床上主要采取药物治疗的方法治疗动脉硬化。

也许有读者会问,日常生活中把骨头和鱼刺泡在醋里可以变软,为什么其不能软化血管呢?

与用醋泡鱼刺能使鱼刺慢慢变软不一样,人体自身是一个很强大的缓冲体系,醋要参与人体正常代谢,代谢成二氧化碳和水,不可能直接到达血管里,体内环境也不会轻易地受到食物来源的酸碱体系的影响,因此不可能通过多喝醋就软化血管。不仅如此,直接大量喝醋,因醋的酸度太大,还会损伤胃黏膜,食用过量会灼伤消化道。

**醋具有散瘀、开胃等功效**

中医认为,醋性味酸苦,入肝、胃经。中医历代古籍中记载了很多醋的功效,但是没有提到过醋能软化血管。

《本草备要》中记载醋能“散瘀解毒,下气消食,开胃气”。从“散瘀”这个角度分析,醋是有一定的降压功效的,但是这个跟软化血管是两回事。

《医林纂要》中记载醋能“补肺,杀鱼虫诸毒,伏蛔”。《本草再新》中则分类进行了描述:“生用可以消诸毒,行湿气;制用可宣阳,可平肝,敛气镇风,散邪发汗。”

《随息居饮食谱》则说醋能“开胃,养肝,强筋,暖骨,醒酒,消食,下气,辟邪,解鱼蟹鳞介诸毒”。

**四类人群最好不要吃醋**

(1)正在服用某些西药者不宜吃醋。因为醋酸能改变人体内局部环境的酸碱度,从而使某些药物不能发挥作用。磺胺类药物在酸性环境中易在肾脏形成结晶,损害肾小管,因此服此类药物时不宜吃醋。使用庆大霉素、卡那霉素、链霉素、红霉素等抗生素药物时,不宜吃醋,因这些抗生素在酸性环境中作用会降低药效。正在服碳酸氢钠、氧化镁、胃舒平(复方氢氧化铝)等碱性药时,不宜吃醋,因醋酸可中和碱性，而使药失效。

（2）服“解表发汗”的中药时不宜吃醋。中医认为，酸能收敛，当复方银翘片之类的解表发汗中药与之配合时，醋会促进人体汗孔的收缩，还会破坏中药中的生物碱等有效成分，从而干扰中药的发汗解表作用。

（3）胃溃疡和胃酸过多患者不宜食醋。因为醋不仅会腐蚀胃肠黏膜而加重溃疡病的发展，而且醋本身有丰富的有机酸，能使消化器官分泌大量消化液，从而加大胃酸的消化作用，使胃酸增多、溃疡加重。

（4）对醋过敏者及低血压者应忌用。对醋过敏的人食醋会导致身体出现过敏，而发生皮疹、瘙痒、水肿、哮喘等症状对醋有不适应者应谨慎食用。患低血压的病人食醋过多会出现头痛头昏、全身疲软等不良反应。

**预防血管疾病　关键还是要“管住嘴、迈开腿”**

要预防血管疾病，还是平时要做到营养均衡，以清淡的饮食为主，多吃蔬菜，少吃高盐、油腻、高脂的食物，坚持运动锻炼，保持心情愉悦，从而降低血脂、保持血管弹性。

另外，肥胖容易引发心脑血管疾病，因此保持健康体重也同样重要。被确诊为高血压、动脉粥样硬化的患者，不能一味地相信偏方，应及时赴医院就诊，根据医嘱，对症用药。

## 40. 装大头蒜

**【出处】**

好你个贾大头！装什么大头蒜？真的不认得我张一刀吗？

——秦兆阳《贾大奇自述》

**【释义】**

故意装作什么也不清楚，糊里糊涂的样子。

**【养生提示】**

蒜是非常经典的药食同源的食物。中医认为大蒜有行滞气、暖脾胃、消癥积、解毒、杀虫的功效。对于防治饮食积滞、脘腹冷痛、水肿胀满、泄泻、痢疾、疟疾、百日咳、痈疽肿毒等都有一定的好处。

《唐本草》中记载大蒜能“下气，消谷，除风，破冷”。唐代食疗学著作《食疗本草》中记载大蒜能“除风，杀虫”。唐代药学著作《本草拾遗》中记载大蒜能“去水恶瘴气，除风湿，破冷气，祛痃癖，伏邪恶，宣通温补，无以加之……疗疮癣”。五代的著名本草著作《日华子本草》中还记载大蒜能“健脾，治肾气……除邪，辟温……疗劳疰、冷风癖、温疫气……”。

大蒜含有蒜氨酸和蒜酶，把大蒜碾碎之后，它们互相接触，会形成没有颜色的大蒜素，有助于预防流感。

**大蒜外用可治疗部分呼吸系统疾病**

家中若有人咳嗽了，但是不能判断到底是风寒咳嗽还是风热咳嗽，可用蒜姜泥外敷涌泉的方法止咳。具体方法是：取大蒜一瓣和两倍于大蒜量的生姜，混合捣烂成泥，捏成饼状，每晚洗脚后敷于双足底涌泉穴，再以胶布固定，每次2个小时，7天为1个疗程。对风寒、风热、燥热咳嗽，以及百日咳、慢性支气管炎、肺气肿引起的咳嗽，有很好的疗效。由于这个大蒜外治方的刺激性较大，故成人适宜，儿童需遵医嘱。

还可以用大蒜防治流鼻血、小儿脐风等病。比如《简要济众方》中记载大蒜“治鼻衄不止，服药不应：蒜一枚，去皮，研如泥，作钱大饼子，厚一豆许，左鼻血出，贴左足心，右鼻血出，贴右足心，两鼻俱出，俱贴之”。

**五类人不宜吃大蒜**

一是眼病患者。中医认为：“蒜治百病唯害一目”。长期、大量吃蒜，对眼睛是有害的。嵇康在《养生论》中说“薰辛害目”，蒜味最辛，而且它是走清窍的，通眼睛，容易造成眼睛的损伤。所以吃蒜要注意不要过多，尤其是有眼病的人，在治疗时必须忌掉辛辣食物。

二是虚弱有热者。多食蒜会耗散人的气，同时也耗散人的血，《本草从新》记载“（大蒜）辛热有毒……生痰动火，散气耗血……虚弱有热之人，切勿沾唇”，所以身体差、气血虚弱的人要注意。

三是肝病患者。很多人用吃大蒜的方法来预防肝炎，甚至有人在患上肝炎后仍然每天吃大蒜，这都是不对的。《本草纲目》记载蒜“久食伤肝损眼”，大蒜性热,能助火;味辛,刺激性强。肝有内火者如果食用,肝火会更旺,时间久了当然会造成损伤。

四是脾虚腹泻患者。生大蒜的刺激性很强,平常少吃点可以促消化,但是如果患有非细菌性的肠炎、腹泻时再吃大蒜,强烈的刺激会使肠黏膜充血、水肿加重,促进渗出,使病情恶化。

五是重病者慎食。蒜属发物,所谓发物,是指特别容易诱发某些疾病,或加重已发疾病的食物。食用像大蒜、辣椒等辛辣食品,对患有重病、或者正在服药的人来说,很可能出现明显的副作用,不但可能引发旧病,还可能使药物失效,或与药物产生连锁反应,影响身体健康。

## 41. 金玉满堂

**【出处】**

金玉满堂,莫之能守。

——《老子》第九章

王长史谓林公:“真长(刘惔)可谓金玉满堂。”

——南朝宋·刘义庆《世说新语·赏誉》

**【释义】**

堂:高大的厅堂。金玉财宝满堂,形容财富极多,也形容学识丰富。

**【养生提示】**

金玉满堂这个成语大家并不陌生,尤其是很多读者会联想到饭店的菜单上经常出现的一道菜的名字,一字不差也叫金玉满堂。

金玉满堂是一道广东的地方传统名菜,属于粤菜系。最经典的原料为罐装玉米、黄瓜、胡萝卜。

这道菜荤素搭配,油而不腻,色鲜味美,可谓粤菜中经典菜肴,从中医食疗养生的角度看也是非常接地气的平民养生菜,为什么这么说呢?

这道菜的主料之一的玉米在《本草纲目》中记载有“调中开胃”的功效。在《医林纂要探源》中记载玉米有“益肺宁心”的功效。《本草推陈》中记载有玉米

“为健胃剂,煎服亦有利尿之功”。

这道菜的主料之二的黄瓜有清热、解渴、利水、消肿之功效。黄瓜肉质脆嫩,汁多味甘,生食生津解渴,且有特殊芳香。据分析,黄瓜含水分为98%,富含蛋白质、糖类、维生素B2、维生素C、维生素E、胡萝卜素、烟酸、钙、磷、铁等营养成分。黄瓜还是一种减肥食品,鲜黄瓜内含有丙醇二酸,可以抑制糖类物质转化为脂肪。黄瓜中还含有纤维素,对促进肠蠕动、加快排泄和降低胆固醇有一定的作用。黄瓜的热量很低,对于高血压、高血脂以及合并肥胖症的糖尿病,是一种理想的食疗良蔬。

这道菜的主料之三的胡萝卜,在《医林纂要》中甚至与温肾助阳的蛇床子相提并论,书中记载胡萝卜“甘补辛润,故壮阳暖下,功用似蛇床”。书中还记载其可以“润肾命,壮元阳,暖下部,除寒湿”。肠胃不好的人也可以适量多吃一点胡萝卜,尤其是下气不顺的人,这个功效在很多中医古籍中都有明确记载。比如《日用本草》中称其可以“宽中下气,散胃中邪滞”。《本草纲目》中记载胡萝卜能“下气补中,利胸膈肠胃,安五藏,令人健食”。

更有意思的是,黄瓜性寒、玉米性平、胡萝卜性暖,三者搭配没有偏寒或者偏热的弊端。而且,玉米和胡萝卜都有助于健胃,黄瓜的热量很低,是一道低热量、利肠胃的养生美味!

**金玉满堂的做法**

用料:主料为玉米400克,火腿400克,猪肉200克,青豆250克,胡萝卜1根。辅料为食盐1勺,植物油2匙羹。

(1)准备好食材:玉米、火腿、猪碎肉、青豆、胡萝卜;(2)将所有食材切成小丁,备用,青豆要焯水两分钟,捞出来备用;(3)大火,倒入2勺植物油,然后倒碎肉进锅,放入半勺盐;(4)碎肉变白后,倒入胡萝卜一起炒1分钟;(5)倒入玉米粒,炒到玉米变色;(6)调至中火,倒入青豆;(7)倒入火腿粒,再倒入半勺盐,翻炒均匀即可起锅。

烹饪技巧

1. 可以根据自己爱好选用自己喜欢的蔬菜作为配菜。

2. 为了让碎肉有咸味,在起锅炒碎肉的时候就可以放盐了。

## 42. 伤春悲秋

**【出处】**

绮靡秾艳，伤春悲秋，至于“春蚕到死”“蜡炬成灰”，深情罕譬，可以涸爱河而干欲火。

——明末清初·钱谦益《李义山诗笺注》序

**【释义】**

因季节、景物的变化而引起悲伤的情绪。形容多愁善感。

**【养生提示】**

秋季容易让人产生悲秋的情绪，如何走出抑郁，给自己、家人、朋友等一个健康的环境呢？别忘了中医的绿色疗法！

**音乐疗法驱抑郁**

美妙动听的音乐，可以让人身心舒畅，甚至忘却烦恼。中医认为，听音乐是一味“价廉物美”的养生良方。

中医经典古籍《素问·举痛论》中说“百病生于气也”，《灵枢·五音五味》又详细论述了宫、商、角、徵、羽等5种音阶调治疾病的理论，最后归纳出“百病生于气而止于音”的音乐治病理论。

中医阴阳学说认为，热烈活泼明快的音乐属阳，轻缓柔和安静的音乐属阴。选用阴阳属性不同的音乐能调节人体之阴阳，使之恢复平衡，达到“阴平阳秘，精神乃治”的治疗效果。从西医的角度来说，听音乐时，有规律的声波振动可与人体的呼吸、心率、胃肠蠕动等生理振动相吻合，产生共振和共鸣效果，从而发挥颐养身心、防治疾病的作用。此外，音乐还可以调节植物神经系统的功能活动，调节激素释放等，如促进内啡肽释放，产生镇痛、镇静效应；调节应激激素的水平，使血压下降、心率减慢、缓解肌紧张，减轻焦虑和紧张等情绪反应。

需要提醒的是，用音乐来治病防病，一定要“量身定制”，找到适合自己的“音乐处方”。比如根据阴阳属性，音乐可以分为文曲和武曲。文曲(阴)轻柔、秀丽、婉约、细腻，旋律流畅、乐曲悠长、音色柔和、节奏舒缓，适合脾气比较暴躁，容易冲动，烦躁不安或心情紧张、爱失眠的人聆听，如《春江花月夜》《二泉映月》《梅花三弄》等。武曲（阳）则豪放、雄壮、刚健、嘹亮，气势磅礴、节奏有力、速度明快，如《金蛇狂舞》《男儿当自强》《赛马》等，适合血压偏低，情绪低落，容易忧郁、伤感的人聆听。

按"五行"属性，不同的音乐又可以分为以下5种类型。其中，水乐至阴，火乐至阳，土乐阴阳平衡。

木乐：悠扬舒展，生机勃勃，适合肝郁气滞的人聆听。如《翠湖春晓》《春江花月夜》《草原晨曲》《牧笛》《秋收民乐大合奏》《枣园春色》等，能缓解胸胁疼痛、脘腹胀满、脾气暴躁等。

火乐：欢快喜悦，跳跃动感强，适合畏寒肢冷、心悸怔忡等心阳虚弱的患者聆听，如《花好月圆》《喜洋洋》《翻身的日子》。

土乐：温和浑厚，庄重亲切，适合消化不好、脾胃不和的患者聆听，如《霓裳曲》《禅院钟声》《寒江残雪》。

金乐：铿锵肃劲，高亢悲壮，适合呼吸气促、咳喘气短等有肺气虚症状的人聆听，如《黄河大合唱》《男儿当自强》《战飓风》等。

水乐：柔和宁静，清凉通透，适合阴虚火旺的患者聆听，如《出水莲》《沉醉东风》《汉宫秋月》等。

**按摩穴位解抑郁**

穴位按摩也有助于行气解郁，比如以下两个穴位。

乳根

穴位位置：在乳房的下面根部。如果乳房没有过度下垂，乳根穴应在乳头直下，第五肋间隙内，距前正中线4寸。

按摩要点：以手指指面或指节向下适度按压，并做顺时针圈状按摩。用力适中，以局部有酸胀感和轻度温热感为度。

功效解读：按摩该穴可以通经活络、行气解郁，从而疏通局部气血，促进乳汁分泌。

期门

穴位位置：仰卧时在乳头直下方，第6肋间隙中。

按摩要点：按摩时取坐位或仰卧位，中指指腹按于期门穴，顺时针方向按揉2～3分钟，用力适中，以局部有酸胀感和轻度温热感为度。

功效解读：期门穴为足太阴、足厥阴、阴维三经之会，属肝经，为肝之募穴。该穴有化瘀解郁之功效，可治疗胸胁胀满疼痛等。

中医气功疏肝郁

国医大师邓铁涛从50岁左右开始打八段锦，对于八段锦极为推崇。他认为这种柔性运动对老人、体弱者及儿童妇女更为适合，可调理脏腑、强筋炼骨。

八段锦的每一式动作对身体某一个部位都能起到一定的调理、锻炼效果。比如“五劳七伤往后瞧”，这个动作强调的是脊柱的拧转，有助于调畅气机、行气活血和疏肝解郁。脊柱两侧有31对脊神经，中医所指的“肝”是指人体的神经系统，不仅包括中枢神经系统，还包括周围神经系统以及自主神经的调节；而西医所说的“肝”，其实归于中医的“脾”，参与人体的消化功能。

缤纷花茶逐气郁

气郁体质的患者很容易罹患抑郁症或出现抑郁情绪。古医家有云：“暴怒伤肝，五志化火”，气郁体质的人还容易发一些无名火，遇事心烦易怒，从而导致肝郁气滞而肝火上炎。

为大家介绍一种气郁体质调理茶：绿梅花6克，玫瑰花6克，月季花6克。绿梅花用于治疗郁闷心烦，肝胃气痛，瘰疬疮毒等；玫瑰花能行气解郁，和血，止痛；月季花的祛淤、行气、止痛作用明显，感兴趣的读者朋友不妨在中医师的指导下服用缓解一下抑郁的症状。

## 43. 神采飞扬

**【出处】**

她居然很能够安逸的，高贵的，走过去握那少年导演的手，又用那神采飞扬的眼光去照顾一下全室的人。

——丁玲《梦珂》

**【释义】**

形容兴奋得意、精神焕发的样子。

【养生提示】

这个成语中有一个中医穴位的名称——飞扬。从中医的角度阐释，膀胱经气血在此穴吸热上行，故名飞扬。

飞扬穴名出自《灵枢·经脉》篇，它还有个别名叫厥阳。厥，厥通掘，乃翘起、掘起之意；阳，阳气也，意指膀胱经气血在此掘起上扬。这个名称更直接地突出了飞扬穴的本质。

飞扬穴在十二经脉里面归属足太阳膀胱经，是足太阳之络穴。什么是络穴呢？简单地说，络穴是络脉在本经别出部位的腧穴。十二经脉的络穴位于四肢肘(膝)关节以下，比如飞扬穴就是位于膝关节的下方。络穴可沟通表里两经，故有"一络通两经"之说，不仅能治本经病，也能治相表里的经脉的病证。所以，飞扬穴是足太阳膀胱经上面的一个很重要的穴位。

飞扬穴如何定位呢？其在小腿后面，外踝后，昆仑穴直上 7 寸，承山穴外下方 1 寸处。大家伸直小腿或上提足跟时，小腿肚的肌肉尖角下方凹陷处距离 1 寸的位置就是飞扬穴。

刺激按摩这个穴位主要有三个方面的功效：(1)治疗头痛，目眩；(2)治疗腰腿疼痛；(3)治疗痔疮等疾患。另外，刺激飞扬穴还可促进双腿的血液循环，对小腿部位的减脂亦有一些效果。

由于飞扬穴所在的位置肌肉较厚，按揉时需稍稍用力，才能达到刺激穴位的目的，一般以有酸胀感为度。如果配合按揉委中穴，效果会更好。委中穴的位置也很好找，在膝弯的正中处。

按摩方法：正坐、垂足，分别用食指和中指的指腹按揉左右两侧穴位，每次按揉 1~3 分钟。

艾灸方法：每次 30 分钟，每日 1 次或隔日 1 次。

## 44. 横行霸道

【出处】

一任薛蟠横行霸道，他不但不去管约，反助纣为虐讨好儿。

——清·曹雪芹《红楼梦》第九回

【释义】

横行:行动蛮横仗势做坏事;霸道:蛮不讲理。指依仗权势为非作歹。

【养生提示】

这个成语如果作为一个谜语的谜面,打一个动物,估计很多聪明的读者都会想到秋季最受欢迎的水产品——螃蟹!

从中医的角度来看螃蟹是一味动物药,清代药学著作《本草新编》对于螃蟹的性味和药效有这样的记载:螃蟹,味咸,气寒,有毒。散血解瘀,益气养筋。

这里有三个值得注意的地方:

第一,螃蟹是性寒的食物,吃多了会被寒邪伤身,这个大家基本都知道。

第二,很多人觉得螃蟹是没有毒的食物,但是从药性上分析它是属于有毒的一类,毒就毒在性味太过寒凉,尤其是虚寒体质的人,螃蟹吃多了就会出现一些受寒的症状,比如拉肚子、咳嗽、低烧怕冷、消化不良等等。此外,该书还提到"夙疾人食之,其病复发",也就是老病号吃螃蟹容易使疾病复发。

第三,螃蟹有两种中药功效,既能散血解瘀,又可以益气养筋。

**螃蟹为何孕妇不宜吃?**

很多怀孕的女性朋友忍不住想吃螃蟹的时候经常会被家里的老人劝阻,因为孕妇不适宜吃螃蟹。一方面是因为螃蟹性寒,另一方面是因为螃蟹在中药里面属于堕胎药的一种。比如《本草新编》中记载:怀孕妇食蟹,令人横生。此物最不利人,而人最喜噬。然得此以解散胸热,亦有可取。若入药,则只用之于跌损之内也。

螃蟹最不适合孕妇吃的部位是蟹爪,《本草新编》中记载:"或问蟹爪主破胞堕胎,岂以其爪性过利乎?曰:'蟹性最动,而爪尤动之至者。子死腹中,胞不能破,用之实神,正取其动也。'"

这段话的意思是蟹爪主动,容易损伤胎气,所以可能吃多了导致破胞堕胎的风险,孕妇还是敬而远之!

**螃蟹有哪些中医经典验方?**

对于螃蟹的吃法,很多吃货已经烂熟于心,比如清蒸、爆炒、做羹等等。但是,你知道古代的中医怎么吃螃蟹的吗?

下面介绍2个以螃蟹为主的验方,供大家参考。

1. 续筋活血

酒浸生蟹:鲜河蟹250克,捣烂,以黄酒煨热,温浸20分钟左右,取汁多次饮之,并用其渣敷患处。

这个方子源于《唐瑶经验方》。本方取蟹之全体,用以续筋活血,以黄酒行血脉、助药力,兼以外敷,对"骨节离脱"(脱臼)有较好的疗效。原方说"半日内,骨内谷谷有声即好"。

2. 辅助治疗跌打骨折筋断,瘀肿疼痛

合骨散:河蟹30~50克,焙干研末。每次10克,白酒送服。

此方摘自《泉州本草》。本方用河蟹续筋接骨,活血行瘀,仍以酒助药力。用于跌打骨折筋断,瘀肿疼痛。

## 45. 花生满路

**【出处】**

子得和丈夫一处对舞,便是燕燕花生满路。

——元·关汉卿《调风月》第四折

**【释义】**

比喻荣耀、美满。

**【养生提示】**

这个成语,如果不懂本意的话,估计会直接解释为花生铺满了道路。实际上,这是一个褒义的成语。姑不论成语的意思为何,具体到对这个成语中的"花生"这个词汇而言,也是一个不错的养生食物。

喜欢喝酒的读者朋友一般都有一个喜好,那就是搭配着花生吃。有的酒友在一起,就着一盘花生就能有一场浓浓醉意又不失温情的聚会。

那喝酒的人为什么喜欢吃点花生,你知道吗?

**花生能帮助醒酒**

清代著名医家汪绂在其所著的《医林纂要探源》中对花生醒酒的功效给予了明确记载:“和脾,醒酒,托痘毒”。

**花生有助于润肺**

很多读者都知道抽烟伤肺,喝酒伤肝。但是,经常喝酒的人,尤其是过量饮酒的人也会伤及肺部!

美国芝加哥洛约拉大学斯特里奇医学院研究人员在《胸腔》月刊上发表的研究报告证实:“酒精会打乱肺部的健康平衡。”所以,喝酒过多也容易伤肺,何况很多人喝酒的时候还喜欢抽烟,更加伤肺!

喝酒的时候吃点花生有助于保养肺部,为什么这么说呢?

清代著名中医专家黄宫绣在《本草求真》中记载花生:“此香可舒脾,辛可润肺……诚佳品也”。清代著名医家汪昂在其所著的《本草备要》中也记载花生有“补脾润肺”之功效。

深秋时节,按照季节与脏腑养生的理论,是非常需要润肺养肺的,所以,秋季适量吃一些花生是比较好的。

**吃花生有助于帮助消化**

喝酒的人有的人吃东西不多,但是有的人会胃口好,这容易导致消化不良。而花生对此有食疗价值,清代著名医家张璐著的《本经逢原》中记载花生又叫做长生果,能“健脾胃,饮食难消运者宜之”。所以,喝酒的时候吃些花生还有健胃消食的功效!

**生花生、炒花生和盐水花生　养生功效各不同**

喝酒吃的花生一般分为三种:生花生、炒花生和盐水煮的花生。

清代药学名著《食物考》中记载花生“生研下痰,炒熟味可,开胃醒脾,滑肠……干嗽宜餐,滋燥润火”。意思是生花生有助于下痰,炒花生有助于开胃,干咳的人适合吃点。

## 46. 灰头土面

**【出处】**

灰头土面,带水拖泥,唱九作十,指鹿为马,非唯孤负先圣,亦乃埋没己灵。

——宋·释普济《五灯会元》卷二十

**【释义】**

满头满脸沾满尘土的样子,也形容懊丧或消沉的神态。

**【养生提示】**

红光满面的人让人感觉容光焕发,也是气色好的表现。随着生活和工作节奏的加快,不健康生活方式的增多,越来越多的人面色变暗,“灰”头“土”面,甚至面色晦暗,尤其是经常熬夜和疏于面部护理的人,更是如此。

那么,如果排除疾病因素,有没有什么方法能够简单地让面色改善呢?用毛巾热敷是个不错的选择。很多读者都有这样的体会,劳累了一天,晚上洗脸的时候用热毛巾敷脸会感觉很舒服,敷完之后对着镜子也会感觉面色改善不少,这是为什么呢?这其实属于临床上的一种古老的疗法——热敷疗法!它能使局部的毛细血管扩张,促进气血运行,起到消炎、消肿、祛寒湿、减轻疼痛、消除疲劳的作用。热敷疗法一般可分为药物热敷疗法、水热敷疗法、盐热敷疗法等多种。热毛巾热敷的方法是最常见的一种。

这种疗法的原理可归结为两个方面:一是温热作用。皮肤层充满血管和毛细血管,当热的物质接触皮肤时,皮肤的血管即扩张充血,使机体代谢加快,促进炎症的消散、吸收。热敷后肌肉内的废物也加快排泄而减少疲劳,缓解僵硬和痉挛,使肌肉松弛而舒服。热也可使汗腺分泌增加,促进身体散热。

第二个方面是药理和物理的双重作用。这个主要用于治疗疾病。热敷增强了局部新陈代谢,可使伤口迅速修复,形成新的皮肤。如用药液敷于患部,因水分和药液与皮肤的直接接触,药物有效成分就会渗透到组织中去,起到外治给药的作用。对于痹证,如风湿性关节炎引起的疼痛;跌打损伤,尤其是软组织损伤;消化系统疾病,如胃痛、胃胀、黏连性肠梗阻、肠胀气等,以及妇女痛经、乳腺炎等病症有较好的疗效。

需要提醒大家的是，面色变暗也不都是亚健康状态，也可能是疾病导致的，这种情况仅仅靠热毛巾热敷是不能改善的。比如甲状腺功能减退也称黏液性水肿面容，表现为面色苍白或枯黄，目光呆滞，颜面浮肿，唇厚舌大，眼睑变厚，皮肤干燥无弹性，皱纹虽少但深，头发稀疏干枯，以眉毛脱落最为明显。中医认为属脾气虚与肾阳虚证。

热敷的具体方法是：干净的毛巾浸泡过热水之后，对清洁过的面部进行热敷，一般时间以热度基本消失为宜，晨起和睡前热敷一次即可，有条件的读者也可以在中午进行热敷，尤其是午休之后热敷有利于提神醒脑。

热敷有四大误区需要注意：

1. 老人、小孩、糖尿病伴有神经病变及中风者，不宜盲目热敷。如果需要热敷，则一定要注意控制温度，否则很容易烫伤。

2. 皮肤有溃烂或皮肤病者，要避免在皮损表面进行热敷，以防感染或刺激皮肤病，加重症状。另外，扭伤、拉伤等急性软组织损伤初期，皮下有瘀血，24～48小时之内是不宜热敷的，否则会加重局部肿胀。

3. 热敷主要是针对寒性病症，所以温热病症的患者不宜热敷。这类人群常表现为容易上火，特别怕热，或伴有口臭、便秘，女性还表现为月经量过多等。

4. 热敷的温度不宜过高，通常 40～50℃即可，热敷 20 分钟左右。如果在皮肤比较娇嫩的部位热敷，温度需要再低一些。同时，要避免长时间固定在一个部位热敷。

## 47. 放龙入海

**【出处】**

此放龙入海，纵虎归山也，后欲治之，其可得乎？

——明·罗贯中《三国演义》第二十一回

**【释义】**

比喻放走敌人，留下后患。

**【养生提示】**

中医养生方法很多都和成语一样比较形象生动。比如这个“放龙入海”容易让人想到中医经典的养生方法“赤龙搅海”。那么,中医是把什么比作赤龙,把什么比作海的呢?又是如何放这条“赤龙”搅“海”的呢?

赤龙搅海其实是一个中医传统口腔保健养生方法。提起口腔卫生,很多人会想到西医,实际上,中医自古以来就对口腔健康非常重视,尤其注重预防保健。

唐代名医孙思邈是古代文献记载的屈指可数的年过百岁的医生之一,他在其所著的《养生铭》中说了“晨兴漱玉津”的祛病益寿的方法。据传,他每天早上醒来时,都会活动舌头,直至用舌搅出唾液,然后徐徐咽下。这种咽津养生功,道教称为“玉液还丹”,并把它发扬光大,隋唐时期非常流行,后世称之为赤龙搅海,俗称“舌功”,即用舌头在口腔里搅动,从而促进唾液的产生。

明代中药专家李时珍在《本草纲目》中对唾液也是不吝赞美之词:“人舌下有四窍,两窍通心气,两窍通肾液,心气流入舌下为神水,肾液流入舌下为灵液,道家谓之金浆玉醴,溢为醴泉,聚为华池,散为津液,降为甘露,所以灌溉脏腑,润泽肢体,故修养家咽津纳气,谓之清水灌灵根。”南京市中西医结合医院口腔科周俊波副主任医师介绍说,现代医学也研究证实,人体口腔的唾液里面的腮腺激素能增加肌肉、血管、结缔组织、骨骼软骨和牙齿的活力,尤其能强化血管的弹性,提高结缔组织的生命力。唾液还能有助于中和、消除食物中的致癌物质。

练习这个口腔保健方法,首先要心平气静。然后,将舌在口中上下左右依次轻轻地搅动各9次,先左后右,以舌搅津,通过搅动舌体,促进唾液的产生,再将练功产生的这些唾液鼓漱十余下,分作三口慢慢咽下。注意用意念送入下丹田。咽津的时候,要汩汩有声,但不宜太猛。经常练习可以固齿健脾。有学者研究发现,古人造字时取意“舌上的水”为“活”字,别有一番深意。

还有一种口腔保健养生方法也值得大家学习,那就是茶水漱口。隋朝著名的医家巢元方在其所著的《诸病源候论》中认为,龋齿的原因是饭后不漱口。宋末元初的养生著作《三元参赞延寿书》中有用浓茶漱口的记载:“辄以浓茶漱口于食后,烦腻既去而脾胃不知,凡肉之在齿者,得茶漱涤,乃不觉脱去,不烦挑剔也。盖齿性便苦,缘此渐坚牢,而齿蠹且日去矣。”现代医学研究发现,茶叶含有茶多酚,绿茶的多酚含量较高,具有很强的清除自由基的作用和一定的抗菌活性,对致龋的变形链球菌有良好的抑制作用。

## 48. 感人肺肝

**【出处】**

今考其文,至论事疏,感人肺肝,毛发皆耸。

——唐·刘禹锡《唐故相国李公集纪》

**【释义】**

使人内心深深感动。

**【养生提示】**

在古代,全身之脉称为百脉,中医认为肺朝百脉,即全身血液都朝会于肺。肺朝百脉的生理意义在于:全身血液通过肺脉流注于肺,通过肺的呼吸功能,进行气体交换,然后再输布全身。肺主一身之气,调节全身之气机,而血液的正常运行,亦赖于肺的输布和调节,故有"血非气不运"之说。

《素问》说:"肺者,相傅之官,治节出焉。"这是将肺比喻为辅助一国之君主的宰相,协助心君,调节全身。肺的治节作用,概括起来,主要体现于四个方面:一是肺主呼吸;二是肺有节律地呼吸运动,协调全身气机升降运动,使脏腑功能活动有节;三是辅佐心脏,推动和调节血液的运行;四是通过肺的宣发与肃降,治理和调节津液的输布、运行与排泄。因此,肺的治节功能,实际上是肺的主要生理功能。若肺主治节的功能失常,既可影响到中气的生成与布散,又因肺气虚衰,影响到血液的正常运行;既可影响到津液的调节与排泄,又可影响到气机的升降运动。

从中医的角度,肝与肺的关系是非常密切的,所以说感人肺肝就是使人内心深深感动的意思。

到了秋冬季节,雾霾天气开始增多,那么,如何养肺健肺防雾霾呢?

**衣:出门护口鼻　围巾绝不当口罩**

一般雾霾天气出门的时候最好戴上医用口罩,它比一般的常用口罩防霾效果相对好一些,虽然很小的颗粒也防不住,至少能起到一定的保护作用。秋季是呼吸系统疾病的高发季节,外出护好口和鼻,对自己的健康是一种保护;而咳嗽感冒的人，戴口罩对别人也是一种尊重。

**食：润肺食材首选“白色食物”**

中医认为，秋季对应五脏中的肺，秋季易生燥邪，而肺燥更容易出现，所以平时吃一些润肺养肺的食物对于预防呼吸系统疾病以及强身健体都有好处。中医食疗理论认为白色食物大都与肺对应，比如杏仁就不错。杏仁有两种，一种味苦，名为苦杏或北杏，多用于临床治疗；还有一种味甜，名为甜杏或者南杏，是食疗的佳品。居家做杏仁露很简单，用豆浆机把杏仁磨浆去渣后加水、糖、奶煮开即可。杏仁具有润肺、清积食、散滞的功用，富含蛋白质、微量元素和维生素。秋季的早上，一杯杏仁露，配上全麦面包、鸡蛋等，就是一顿营养丰盛的早餐。

晚上回家做饭的时候，大家可以选择时令蔬菜——藕，因为秋天干燥，莲藕正是润燥佳品之一。鲜藕中含有丰富的钙、磷、铁及各种维生素，膳食纤维含量高。而白萝卜更是少不了！白萝卜能消食、健脾、顺气，白萝卜炖排骨汤就挺好，周末的时候炖这个汤，一家人围在一起吃，既暖和又营养！

秋凉时节，晚上气温低，经常熬夜加班的人可以给自己准备一些莲子百合银耳羹作为加班的夜宵。百合有养心安神、润肺止咳的功效；莲子则可以补脾止泻、益肾固精；而银耳富有天然植物性胶质，加上它的滋阴作用，长期服用可以润肤。

**住：天冷也要勤通风　烹饪之前就防烟**

遇到秋雨过后的阳光天气，经常开窗通风是最节省、有效的居家保健方式，比如在早晨上班前、下午下班后或者周末中午阳光好的时候进行通风换气。如果遇到寒冷天气，可采用交替通风的办法，即先让一个房间开窗通风，30分钟后关上窗户，再开另一房间的窗户通风。如果是通气性不好的房屋，建议安装通风性能良好的换气设备。注意室内大环境的同时，室内局部小环境的空气质量也不能忽视，比如厨房和卫生间这两处空气一般来说不太好，卫生间最好早晚各开窗通风半小时。

经常在家烹饪的女性，不要等到厨房油烟四起才想起开油烟机，一定要在开火时就把抽油烟机打开，炒完菜后还要让油烟机抽3～5分钟再关闭，以完全吸走有害物质。

**行:户外运动渐减少　室内锻炼也挺好**

很多人因为工作繁忙,难得有时间锻炼,如果雾霾天到来,就更少会户外运动了。其实雾霾天在家里做做家务也是不错的锻炼,有时候一遍家务做下来也会累得满头大汗!对于一些经常锻炼的读者朋友,如果觉得室内锻炼力度不够,可以试试爬楼梯,这也是一项较好的有氧运动,它有利于增强心肺功能,使血液循环畅通,保持心血管系统的健康;对于想控制体重减肥的人来说,也是在雾霾天继续减肥运动的较好选择。

爬楼梯时膝关节部位承受负荷较大,有膝关节部位损伤和疾病的人不宜参加此项运动。上下楼梯要把握好节奏,节奏不能快,以防摔倒。

## 49. 数九寒天

**【出处】**

数九寒天下大雪,天气虽冷心内热。

——《刘胡兰》第一幕

**【释义】**

数九:从冬至起,每九天为一"九",三九、四九最寒冷。形容最寒冷的那些日子。

**【养生提示】**

这个成语与一个节气密切相关,这个节气就是冬至。因为,数九从每年阳历12月下旬的冬至开始。数九习俗至少在南北朝时已经流行。数九寒天,就是从冬至起,每九天算一"九",一直数到"九九","九尽桃花开",天气就暖和了,又有"九九又一九,耕牛遍地走"的说法。

中医养生理论认为"冬至一阳生""阴极之至,阳气始生"。简单地说便是这个时候阳气开始逐渐萌发生长,如果大家保健养生比较科学,不仅有利于健康过冬,甚至能为来年春天的健康贮备能量。

俗话说"冬至饺子带喝汤 不怕身上起冻疮"。不少老南京人至今都保留着冬至吃饺子的习俗。

饺子最初是一种防治冻疮的食疗方，是有医圣美誉的汉代名医张仲景为治疗百姓耳朵冻伤发明的美食：将驱寒活血的药材搅拌在肉馅里，用面皮包裹成耳朵的形状，热汤煮熟后施舍给冻伤的百姓。随着生活节奏的加快，如今自己动手包饺子的读者朋友相对较少了，饺子馆里美味一顿成为便捷之选。夏公旭副主任中医师提醒大家，如果冬至以后比较怕冷的读者朋友，不妨吃些韭菜鸡蛋、胡萝卜羊肉、香菜肉馅的饺子，有助于温补气血，增加热量。

有的地方有“一九一只鸡”的风俗。就是从冬至算起，每进“一九”喝一次鸡汤。老母鸡汤虽然有补益功效，但却不是什么人都适合喝，补得不适宜，只会适得其反，补身不成反伤身。

一般来说，脾胃虚弱、痰湿和湿热体质的人群都不宜喝老母鸡汤进补。而且老母鸡汤属于比较厚腻的滋补食疗汤品，脾胃运化功能较差的读者朋友不但不能充分吸收其中的有益物质，反而会给脾胃带来负担。

对痰湿体质和湿热体质一般读者不好鉴别，但有个基本的鉴别方法，那就是看舌苔。可以把舌头伸出来，对着镜子看一下，舌体胖大，舌苔滑腻、白腻，舌边常有齿印成排的读者朋友一般属于痰湿体质，脾虚的读者朋友舌边一般也有齿印。湿热体质的读者朋友舌苔不但比较腻，还会带些黄，这是比较粗略的判断方法。所以，如果你想知道自己适不适合喝老母鸡汤进补，不妨先伸出自己的舌头看一看，如果出现上述特征，最好不要喝老母鸡汤进补，可以先到医院尝试膏方调理，等到体质比较健康的时候再进补，这样才能真正达到进补的效果！

## 50. 滴水成冻

**【出处】**

严冬冱寒，滴水成冻。

——宋·钱易《南部新书》

**【释义】**

水滴下去就冻结。形容天气十分寒冷。

**【养生提示】**

俗话说,“冷在三九”,“三九”一般在每年的1月9日至17日,恰在小寒节气内。民谚说:小寒大寒,冷成冰团。从字面上来说,大寒好像要比小寒还要冷,但实际上,小寒却比大寒冷,是全年二十四节气中最冷的节气。中医专家提醒,气虚、阳虚、血虚这三类人群这个时候最怕冷。即使用药膳驱寒也要对证,以上三类人群不妨试试以下三种汤品驱寒取暖。

**气虚怕冷喝黄芪牛肉汤**

中医认为,人体中的“气”具有调节人体体温和控制毛孔开阖的功能,因此,当人“气虚”时,机体调节体温的能力减弱,难以控制毛孔的开阖和汗腺的分泌,从而出现怕冷但又爱出汗的症状。气虚体质的人除了怕冷和爱出汗外,还往往表现为肌肉松软,体力较差,只要体力劳动的强度稍大就容易累。身体的防御能力一般不怎么好,容易感冒,感冒后康复的时间也比别人慢。如果气虚不是太明显的人可以尝试食疗调理,如果比较严重的气虚者要在冬季通过补气的膏方进行调理。

**【推荐食疗方】**

黄芪牛肉汤

原料:牛肉(瘦)1000克,黄芪12克,党参12克,大葱20克,姜15克,料酒20克,小葱5克,胡椒粉1克,盐10克,味精2克。

做法:将黄芪、党参洗净,经过加工,装于双层纱布袋内,封住口做成中药包;牛肉洗净,切成5厘米长、3厘米宽的块;姜、葱洗净;砂锅置大火上,倒入鲜汤2000克,放入鸡骨架,加入牛肉块、中药包煮沸,撇去浮沫;加姜、葱、料酒,移至小火上炖熟透;拣去中药包、姜、葱、鸡骨架;加入精盐、胡椒粉、味精、葱花即成。

点评:黄芪具有补气升阳、固表止汗的功效;党参具有健脾补肺、益气养血生津的功效;牛肉有补中益气、滋养脾胃、强健筋骨、化痰息风、止渴止涎之功效。此汤适于中气下陷、气短体虚、筋骨酸软、贫血久病及面黄目眩之人食用。

**阳虚怕冷喝干姜肉桂羊肉汤**

不少读者都认为怕冷就是阳虚,这种认识不完全正确。如何了解自己是不是真的阳虚呢?中医认为“阳虚则外寒”,人阳气不足时,不能抵抗外来寒邪的侵袭,会出现怕冷的现象。一般阳虚的人有怕冷、手脚冰凉、精神萎靡不振、大便稀溏,甚至是完谷不化等症状。根据心、肝、脾、肺、肾五脏的不同,表现的症状各不同。比如心阳虚,除了通常阳虚都会有的症状外,还有心悸、心慌、憋闷、心前区疼痛、失眠多梦、心神不宁、易悲伤等表现。肝阳虚,可出现头晕目眩、两侧肋下不适、乳房胀痛、易惊恐或情绪抑郁等表现。脾阳虚,可出现食欲不佳、恶心、打嗝、嗳气、大便稀溏不成形等症状。肾阳虚,有腰膝酸软、小便次数多或不通、阳痿早泄、性功能衰退等表现。肺阳虚,通常表现出咳嗽、气短、呼吸无力、声音低且少言、气懒等症状。

但是无论哪种阳虚,怕冷、手脚冰凉都是最主要的表现。如果阳虚怕冷的症状不是很严重,不妨尝试食疗驱寒,如果症状比较严重的可以服用一些偏温补的膏方进行调理。

**推荐食疗方**

*干姜肉桂羊肉汤*

原料:羊肉(瘦)150克、干姜30克、肉桂15克,盐1克,大葱3克,花椒粉1克。

做法:羊肉切块,与干姜、肉桂共炖至肉烂,调入盐、葱花、花椒面即可。

点评:很多读者朋友对生姜比较熟悉,但是并不很了解干姜的功效。干姜其实是生姜晒干或烘干后的成品。生姜偏于散寒,干姜比生姜多了温中回阳,尤其是温暖脾阳的作用,著名古方理中汤中就有它的一席之地。凡阳虚怕冷、脘腹冷痛、四肢不温者都比较适合用。肉桂是寒冷季节最为常用的调味食品,有补元阳、暖脾胃、通血脉、散寒气的功用。古代凡治疗阳虚之名方,如右归丸、金匮肾气丸等,皆用肉桂为主药。肉桂甘辛大热,不仅能补阳气,还能散寒邪,故凡阳虚怕冷、四肢不温、腰膝冷痛之人最宜食用。干姜、肉桂与羊肉一起做成药膳,更有利于增强补阳祛寒的功效。

*血虚怕冷喝鸡丝阿胶汤*

很多女性朋友怕冷多是由于血虚,为什么这么说呢?经、带、胎、产都可能造成失血,而经期劳累、月经量过多、生产时出血过多等等都会导致血虚。女性血虚有寒者一般表现出面色萎黄或苍白、乏力、四肢怕冷等症状。如果症状不是很严重,不妨试试鸡丝阿胶汤。如果血虚比较严重可以服用补气血的膏方进行调理。

**推荐食疗方**

鸡丝阿胶汤

原料：鸡胸脯肉100克，阿胶80克，姜10克，盐2克。

做法：鸡脯肉洗净，切成鸡丝；阿胶浸透发开，洗净切块，放沸水锅内煮2小时，捞出沥水；生姜洗净，去皮切片；鸡肉丝、阿胶、姜片同放炖盅内，盖上盅盖，隔水炖1小时，取出，加入精盐调味即成。

点评：阿胶为补血之佳品，止血常用阿胶珠。李时珍在《本草纲目》中称之为"圣药"，与人参、鹿茸并称"中药三宝"。尤为适宜出血而兼见阴虚、血虚证者。阿胶既能补血，又能滋阴。中医认为鸡肉性味甘温，有滋补血液、补肾益精等功效。

## 51. 粥粥无能

**【出处】**

其难进而易退也，粥粥若无能也。

——《礼记·儒行》

**【释义】**

粥粥：柔弱无能的样子。形容谦卑、柔弱而没有能力。

**【养生提示】**

这个成语中的"粥"形容柔弱，似乎是不健康的代名词。但是从中医的角度来看，粥却是一剂健康养生的良药。

中医用粥治病的历史可以追溯到东汉时期。著名医家、后世有医圣美誉的张仲景写了一本叫做《伤寒杂病论》的中医著作。书中所列的方剂桂枝汤中提到了服药后喝粥可以增强疗效。古代诗人也不吝啬对它的赞美。比如宋代著名诗人陆游诗云："世人个个学长年，不悟长年在目前。我得宛丘平易法，只将食粥致神仙。"

清代名医王世雄在《随息居饮食谱》中更是对粥的养生作用大为赞赏："粥饭为世间第一补人之物。"

国家级老中医、北京中医医院肛肠科主任医师王嘉麟年近90岁时仍坚持出诊。他多年来坚持调养,养生方法之一就是每天坚持吃养生粥。王嘉麟每天5点多起床,将百合、枸杞子、银耳、山药、核桃、花生米、麦片、玉米面等共煮为粥,煮好后再加上1～2匙蜂蜜。每天早饭喝上一大碗药粥,然后再吃一个鸡蛋。几十年如一日从未间断过。他还会视身体情况灵活组方,随季节变更适时选用大枣、桂圆、黑芝麻等。

为什么早餐喝粥好呢?晨起胃肠空虚,一碗温热的药粥最为滋润胃肠,且极易吸收,很适合老年人及病后体虚之人。药粥由药物、谷米及调料三部分组成,它是取药物之性、米谷之味,食借药力、药助食威,二者相辅相成,相得益彰。且取材方便,制作简易,服用安全。

喝粥不但能养生,还能美容。著名的京剧大师梅兰芳上妆后的脸谱及身段被张大千认为"浑身都是画稿子"。因为这种脸谱和身段凝结了唐宋以来古人们审美的全部精华。梅兰芳生前尤爱美肤食疗——核桃粥,因而皮肤舒展,面润细嫩。

白芨自古就是美容良药,被誉为"美白仙子",还可治疗痤疮、体癣、疖肿、疤痕等皮肤病。《药性论》云其"治面上疱,令人肌滑"。常单味或配方制成面膜、洗剂、糊状、霜剂等外用,如人参润肤霜、白芨面膜等,也可煮粥内服。

需要提醒广大读者朋友的是,适当喝粥确实有益,但不可顿顿喝。尤其是糖尿病患者喝粥要适量。反流性食管炎的患者也不适宜喝粥养胃,因为粥会促进胃酸分泌,继续喝粥,反而会加重病情。

## 52. 黄汤辣水

**【出处】**

咱们奶奶万金之体,劳乏了几日,黄汤辣水没吃,咱们只有哄他欢喜的,说这些话做什么?

——清·曹雪芹《红楼梦》第七十一回

**【释义】**

泛指饮食。

**【养生提示】**

中国的成语里形容饮食的有很多,“黄汤辣水”是比较有特点的,中医的五味酸、苦、甘、辛、咸基本涵盖了日常饮食尤其是中餐的五味,但是为什么成语中突出了“辣”呢？这至少从一个侧面说明了“辣”在中国饮食中的地位,甚至有了“无辣不欢”的现代新词汇。

随着冬天的到来,吃辣的读者朋友也越来越多,最直接的原因之一就是有助于驱寒。辣味治病也成了中医的一大特色。相传,东汉末年名医张仲景曾用“祛寒娇耳汤”为冬季耳朵生冻疮的百姓治病,其做法是用羊肉、辣椒和一些祛寒药材在锅里煮熬,煮好后再把这些东西捞出来切碎,用面皮包成耳朵状的“娇耳”,下锅煮熟后分给患者服用。每人两只娇耳,一碗汤,非常有效。后来,人们称这种食物为“饺耳”“饺子”或扁食,成为经典的养生美食。

中医认为辣椒性温,味辛,入脾、胃经,有健脾胃、祛风湿等功效,主治消化不良、寒性胃痛、风湿痛、腰肌痛等病症。此外,由于辣椒辛温,能够通过发汗降低体温,并缓解肌肉疼痛,因此具有较强的解热镇痛作用。很多人喜欢吃饭的时候吃些辣椒,也是为了增加食欲,帮助消化。其原理是,辣椒强烈的香辣味能刺激唾液和胃液的分泌,增加食欲,促进肠道蠕动,帮助消化。辣椒所含的辣椒素,能够促进脂肪的新陈代谢,防止体内脂肪积存,有利于降脂减肥防病。

食用辣椒会影响很多中药的疗效,因此服用中药的同时,应禁食辛辣食物。也可能引起病症复发。慢性胆囊炎、胆石症、胰腺炎患者也不宜多吃。辣椒素的刺激会引起胃酸分泌增加,胃酸多了可引起胆囊收缩,胆道口括约肌痉挛,造成胆汁排出困难,从而诱发胆囊炎、胆绞痛及胰腺炎。有此类病症的患者应多吃含粗纤维的食物,忌食萝卜、辣椒、洋葱等刺激性强的食物,否则会容易得胆绞痛,使病情更加严重。甲亢患者因为本身就心率快,食用辣椒后更加快心跳,所以不要多吃。

## 53. 因人而异

**【出处】**

然而风格和情绪、倾向之类,不但因人而异,而且因事而异,因时而异。

——鲁迅《准风月谈 · 难得糊涂》

【释义】

因人的不同而有所差异。也指根据人的个体差异,而采取不同的态度或方式对待。

【养生提示】

中医有一个很重要的养生和治疗理念叫“三因制宜”,分为因人、因地、因时制宜三个方面,主要见于《素问·五常政大论》《素问·六元正纪大论》《素问·异法方宜论》《灵枢·五变》等篇。其中的“因人制宜”与成语“因人而异”的意思非常接近,就是强调要根据患者年龄、性别、体质、生活习惯等不同特点,因人而异地来考虑治疗用药或者养生保健的原则。

具体到养生保健来说,很多养生方法本身是好的,但是必须适合自己的体质。对于中医说的九种体质,要对号入座,懂得辨“质”而养,才能达到事半功倍的效果。

平和体质人的特征是睡眠好,性格开朗,社会和自然适应能力强。一般来说,年龄越大,平和体质的人越少。

气虚体质人的特征是说话没劲,经常出虚汗,容易呼吸短促,经常疲乏无力。这种人一般性格内向,情绪不稳定,比较胆小,容易感冒,生病后抗病能力弱且难以痊愈。平时要适量多吃点有益气健脾作用的食物,如黄豆、白扁豆、鸡肉、泥鳅、蘑菇、大枣等。少食具有耗气作用的食物,如生萝卜等。不宜做大负荷运动和出大汗的运动,冬季也可以采用中医膏方调理。

湿热体质人的特征是脸部和鼻尖总是油光发亮,还容易生粉刺、疮疖,一开口就能闻到异味,大便黏滞不爽,小便发黄,性格多急躁易怒。喜欢吃煎炸烧烤等食物或嗜好烟酒的读者容易成为这种体质。平时要饮食清淡,适量多吃点甘寒、甘平的食物,如绿豆、空心菜、苋菜、芹菜、黄瓜、冬瓜、藕、西瓜等,少食辛温助热的食物,应戒除烟酒。

阴虚体质人的特征是怕热,经常感到手脚心发热,面颊潮红或偏红,皮肤干燥,口干舌燥,容易失眠,经常大便干结,外向好动,性情急躁,易患咳嗽、干燥综合征、甲亢等。要适量多吃点甘凉滋润的食物,比如瘦猪肉、鸭肉、绿豆、冬瓜、芝麻、百合等,少食羊肉、狗肉、韭菜、辣椒、葱、蒜、葵花籽等性温燥烈的食物。

气郁体质人的特征是多愁善感、忧郁脆弱。身体比较瘦,经常闷闷不乐,无缘无故地叹气，容易心慌、失眠。容易患失眠、抑郁症、神经官能症等。平时要适量多吃点小麦、蒿子秆、葱、蒜、海带、海藻、萝卜、山楂等具有行气、解郁、消食、醒神作用的食物，要多参加集体性的运动，避免自我封闭的状态。

阳虚体质人的特征是手脚发凉，不敢吃凉的东西，性格多沉静、内向。长期偏嗜寒凉食物会形成这种体质。这类人易患水肿、腹泻等疾病。平时要适量多吃点甘温益气的食物，比如牛肉、羊肉、狗肉、葱、姜、蒜、花椒、鳝鱼、辣椒、胡椒等。比较严重的阳虚人群可以服用中医膏方进行调理，少食生冷寒凉食物如黄瓜、藕、梨、西瓜等。

痰湿体质人的特征是腹部松软肥胖，皮肤出油，汗多，眼睛浮肿，容易困倦。性格温和稳重，善于忍耐。喜欢吃甜腻食物，不爱运动爱睡觉。生活安逸的中老年男性这种体质的居多。这类人易患冠心病、高血压、高脂血症、糖尿病等疾病。饮食以清淡为原则，少食肥肉及甜、黏、油腻的食物，可适量多吃点葱、蒜、海藻、海带、冬瓜等食物。

血瘀体质人的特征是刷牙时牙龈容易出血，眼睛经常有红血丝，皮肤常干燥、粗糙，常常出现疼痛，容易烦躁、健忘，性情急躁。容易患中风、冠心病等病。可适量多吃点黑豆、海藻、海带、紫菜、萝卜、胡萝卜、柚、山楂、醋等具有活血、散结、行气、疏肝解郁作用的食物，少食肥猪肉等。

特禀体质（过敏体质）人的特征是对花粉或某种食物、植物过敏。易患药物过敏、花粉症、哮喘等过敏性疾病。饮食宜清淡，少食荞麦、蚕豆、牛肉、鹅肉、鲤鱼、虾、蟹、茄子、酒、辣椒、浓茶、咖啡等辛辣之品及腥膻发物等食物。

## 54. 废寝忘食

**【出处】**

元帝在江、荆间，复所爱习，召置学生，亲为教授，废寝忘食，以夜继朝。

——北齐·颜之推《颜氏家训·勉学》

**【释义】**

顾不得睡觉，忘记了吃饭。形容专心努力。

**【养生提示】**

现在很多人无论是工作还是娱乐，都会因为种种原因“废寝忘食”，这样是非常不健康的，而且“废寝”和“忘食”之间还互相有联系，形成恶性循环，为什么这么说呢？“废寝”即经常熬夜，容易导致阴虚体质，从中医的角度来说，静则阴生，动则阳生，如果晚上该睡的时候不睡，阴气就会受到损失。胃阴不足的人胃口就不好。中医叫做“饥不欲食”，所以很多人肚子饿得咕咕叫却因为忙碌没时间吃饭，好不容易事情忙完了，却又一点不饿了。

从西医的角度分析，人之所以会有饿的感觉，有两方面原因。一方面是由于胃中食糜排空产生出的自然反应。另一方面，人活动的能量主要来源于“血糖”，当血糖浓度减少的时候，大脑便会传递出饥饿的“信号”来催促我们进食，提升血糖水平。当我们“废寝忘食”的时候，注意力高度集中，暂时忽略了饿的感受。当“饿过头儿”的时候，即使大脑已不再传达饥饿的信号，也不是身体不需要能量了。如果饿过头再次进食，胃部要重新进入预备状态。

“废寝忘食”的人如果要进食，应该要小量地吃，不要突然吃得比平常多，也不要用喝水的方法抗饿，因为水很容易被排空，长期如此容易患上胃病。还有些人饿到没感觉，会干脆少吃一餐当成减肥，长期下来可能导致饥饿性胃痛。如果有胃炎或胃损，饿太久没有东西中和胃酸，胃酸刺激到损毁的胃黏膜就会痛。就算胃没有损伤，胃酸分泌过多而没有食物中和也会导致胃痛。

经常“废寝忘食”的人容易耗伤胃阴，那么中医有什么方法来养护我们的胃阴呢？第一，还是要尽量少熬夜，要按时进餐；第二，不要吃太多辛辣的食物，其也会耗伤阴液，使胃失濡养，容易诱发胃病；第三，胃阴不足的人可以多喝一些百合山药粥来进行食疗调理，比较严重的需要服用膏方来调理。

## 55. 加油添酱

**【出处】**

太后方要开言，又是泪珠直滚，觉得心中一股又酸又苦的闷气，把个喉咙抵住，要想说一个字，都说不出来。刚好周选侍加油添酱的，便说皇上怎样不孝，怎样把懿旨吊销。

——清·坑余生《续济公传》第九十七回

【释义】

为夸张或渲染的需要,在叙事或说话时增添原来没有的内容。

【养生提示】

如今大家的生活越来越好了,春节期间,不少市民顿顿都是鸡鸭鱼肉,加上觥筹交错,不少人对荤菜越来越不感兴趣,假期一结束都纷纷做起了素食主义者。节后聚餐时也开始有意多点素菜。有的蔬菜吃得太多未必有益健康。粗纤维含量高的蔬菜,如芹菜、春笋等,大量进食后很难消化,胃肠疾病患者不宜多食。怀孕的妇女和生长发育期的儿童、青少年,如果为刮油而大量食用蔬菜,减少或禁食肉类、鱼类,不但会影响机体摄取和吸收必需的脂肪酸、优质蛋白质,更阻碍了从荤食中吸收丰富的钙、铁和锌等营养物质。女性尤其要注意避免因为过度素食导致的缺铁和缺钙。

对于在家吃饭的市民朋友而言,春节后市场的蔬菜还是比较贵,不如吃一些酱菜来得实惠,于是酱菜就自然而然成了节后佐餐的抢手货。很多人会把酱菜作为刮油的食物,认为"添酱"不但不会"加油",还能帮助"刮油",但是专家提醒市民不要吃得太多。

酱菜在发酵过程中会产生乳酸菌,不少酱菜还含有植物纤维,有助消化、调节肠胃功能的作用,的确适合作为节后拌菜食用。需要提醒大家注意的是,酱菜毕竟是含有较多盐分的食物,其中的天然抗氧化成分也有较大损失,故而不能与新鲜蔬菜的营养价值相比。少量吃一点作为开胃食品是无妨的,但如果多吃就不是很健康了,尤其是一些看不到生产日期和保质期甚至生产厂家的酱菜更要注意,不要购买。

上等的酱菜应该色香味俱全。优质酱菜脆嫩爽口而有弹性,色泽鲜艳透亮,并且散发出酱菜的清香,不能有酸味和异味,要有新鲜度。酱菜的口感不能过咸,无苦涩味、生菜味。劣质的酱菜不仅缺少优质酱菜所具有的浓厚、纯正的酱香味道,而且会有酸臭味及其他不良气味,汁液浑浊,还经常有许多杂质。有的劣质酱菜菜体表面发黏,还会出现白膜斑点。由于"山寨"酱菜识别起来不容易,所以到正规的商场、超市选购名牌产品是最方便的。

## 56. 耳提面命

**【出处】**

匪面命之，言提其耳。

——《诗经·大雅·荡之什·抑》

**【释义】**

对着耳朵告诉，表示教诲的殷勤恳切。多指（长辈对晚辈、上级对下级）恳切地教导。

**【养生提示】**

耳朵不仅是长给大家用来听东西的，按摩耳朵还有不少保健功效呢。

中医认为“肾开窍于耳”“心寄窍于耳”。耳听觉功能的正常发挥，有赖于精、髓、气、血的濡养，尤其与肾与心的关系较为密切。比如《黄帝内经》中记载：“肾气通于耳，肾和则耳能闻五音矣”。《中藏经》也记载：“肾者，精神之舍，性命之根，外通于耳”。唐代医学著作《千金要方》中记载：“心气通于舌，舌非窍也，其通于窍者，寄见于耳……荣华于耳”。明代的著名医著《医贯》中记载得更明确：“盖心窍本在舌，以舌无孔窍，因寄于耳，此肾为耳窍之主，心为耳窍之客尔”。

春回大地以后，经常按摩耳朵，有助于心血管系统和泌尿生殖系统的保健和全身气血的顺畅。最常用的三种按摩方式是拉耳垂、提耳尖和摩耳廓。

**拉耳垂**　用两手的拇指、食指同时按摩耳垂：先将耳垂揉捏、搓热，然后向下拉耳垂15～20次，发热发烫为度。

**提耳尖**　用双手捏住双耳上部耳轮，适量提拉耳尖，提拉的时候大拇指和食指顺便对耳尖进行按摩，以微微发热为度。

**摩耳廓**　拇指位于耳轮内侧，其余四指位于耳轮外侧，揉搓2～5分钟，再往上提揪，以耳部感到发热为止。

## 57. 一窍不通

**【出处】**

杀比干而视其心,不适也。孔子闻之曰:“其窍通则比干不死矣。”(高诱注:“纣性不仁,心不通,安于为恶,杀比干,故孔子言其一窍通则比干不见杀也。”)

——《吕氏春秋·过理》

**【释义】**

没有一窍是贯通的。比喻一点儿也不懂。

**【养生提示】**

对于健康而言,如果“一窍不通”会影响五脏乃至全身的健康,因为中医认为“五脏通五窍”,如何运用一些简单的养生方法帮助通窍呢?

**助通“心窍”漱华池**

心开窍于舌,所以保养心窍要注意口腔养生。中医古代养生术中有一招叫做“鼓漱华池”:口唇轻闭,舌在舌根的带动下在口内前后蠕动,有津液生后要鼓漱有声,唾液充满全口后分3次咽下,有助于养护口腔和包括心在内的五脏的润养。古人称唾液为“华池之水”“玉泉”,有“金津玉液”之美称。三国时期有位百岁老人名叫皇甫隆,曹操向他请教长寿之术,他说:“要想寿命延,朝朝服玉泉。”

**助通“肝窍”按睛明**

肝开窍于目,所以保养“肝窍”要注意养护好我们的眼睛。提到保护眼睛,最知名的穴位无疑就是睛明穴了,很多做过眼保健操的读者都熟悉这个穴位,其中在第二节所做的就是挤按睛明穴。睛明穴属于足太阳膀胱经,在目内眦角稍上方凹陷处,挤按睛明穴,有助于缓解眼睛的干涩、酸胀等症状。

**助通“脾窍”揉太白**

脾开窍于口,所以“脾窍”不通,脾胃的正常功能就会减退,胃口不好,影响健康。太白穴是调理脾功能的主要穴位，对脾虚有关的病证，均有一定治疗作用。该穴位于第一跖趾关节后缘、赤白肉交界处。每日按揉100～300次，以有酸胀感为宜，有健脾益胃的功效。

**助通"肺窍"搓迎香**

肺开窍于鼻，因此"肺窍"不通会表现为鼻塞、流涕，严重者连香臭味都难以闻出。可搓揉迎香穴（位于鼻翼外缘中点旁，在鼻唇沟中），有助于疏通肺窍和缓解鼻塞等症。

**助通"肾窍"擦肾俞**

肾开窍于耳，若"肾窍"不通，容易出现耳聋、耳鸣等症状。肾俞穴位于人体的腰部，是补肾要穴，取定穴位时，通常采用俯卧姿势，当第二腰椎棘突下，左右二指宽处。大家临睡前，坐于床边垂足解衣，闭气，舌抵上腭，双目微闭，两手摩擦双肾俞穴，每次10～15分钟。每日散步时，也可以把双掌摩擦至热后，将掌心贴于肾俞穴摩擦，如此反复3～5分钟至腰部微微发热。

## 58. 欲哭无泪

**【出处】**

酒将微醉，昭又问曰："颇思蜀否？"后主如郤正之言以对，欲哭无泪，遂闭其目。昭曰："何乃似郤正语耶？"后主开目惊视曰："诚如尊命。"昭及左右皆笑之。

——明·罗贯中《三国演义》第一百十九回

**【释义】**

想哭可是没有泪水，哭不出来。代表了一种焦急、忧虑而又无法溢于言表的复杂感受。

**【养生提示】**

日常生活中，"欲哭无泪"这个成语不但是一种心理情感的描述，也是一种症状的体现，尤其是对于干燥综合征患者来说，简直就是一种典型的症状。干燥综合征是一种以侵犯唾液腺和泪腺等外分泌腺为主的慢性炎症性自身免疫病，最典型的表现是口干、眼干，眼干能干到什么程度呢？欲哭无泪！

干燥综合征比较偏爱女性，尤其好发于中老年女性，且多为继发性，如由类风湿关节炎等疾病引起。年轻人患干燥综合征多为原发性，对上班族来说，长时间待在办公室里，室内空气干燥、不流通，加上久坐电脑前，容易诱发此病。

干燥综合征，中医称之为“燥症”。西医对于口干、眼干等干燥症状主要采取对症治疗，治疗效果往往不尽如人意。中医对于干燥综合征的治疗，主要对“证型”辨证论治，即将其分为不同的证型而针对性地用药治疗。比如，患者的干燥表现重点在眼睛时，如果为肝阴亏损证型，可使用中成药“杞菊地黄丸”来治疗。通过中医药治疗，能够改善局部及全身症状，尤其在缓解口眼干燥症状方面效果明显。

对于干燥综合征防治，大家在平时的生活中需要注意以下五点：

第一，平时尽量不要长时间盯着电脑屏幕和手机屏幕，注意眼部休息。

第二，饮食上少吃辛辣、香燥温热之品，如酒、瓜子、辣椒等。

第三，眼部干燥时勿用手揉眼睛，可用温热毛巾热敷眼部缓解不适。

第四，皮肤干燥时，每天用温水擦拭皮肤后涂一些含油脂的护肤膏，保持皮肤湿润，忌用碱性肥皂。

第五，一旦确诊为干燥综合征，要到正规医院接受中西医结合治疗，遵医嘱服药。

## 59. 敝帚自珍

**【出处】**

一旦放兵纵火，闻之可为酸鼻。家有敝帚，享之千金。

——汉 · 刘珍《东观汉纪 · 世祖光武皇帝纪》

遗簪见取终安用，敝帚虽微亦自珍。

——宋 · 陆游《秋思》

【释义】

把自己家里的破扫帚看成价值千金的宝贝，很爱惜。比喻东西不好，自己却很珍惜。

【养生提示】

对于很多读者来说，家里的破扫帚的确很难做到像宝贝一样对待，因为没有什么经济价值。但是从中医养生的角度则不同。比如宋代著名诗人陆游就把扫帚看为养生保健的宝贝，还专门写了一首《扫地诗》："一帚常在旁，有暇即扫地。既省课童奴，亦以平气血。按摩与引导，虽善却多事。不如扫地去，延年直差易。"

这首诗什么意思呢？是说：一把扫帚常常放在身边，有空的时候就扫扫地。既节省了请人打扫的费用，也有助于全身气血运行。按摩与引导，虽然是很好的养生法，但是习练起来却比较费事，还不如去扫地，延年益寿、祛病除疾，操作起来也很容易。

一把扫帚竟然能让诗人诗兴大发，而且融汇了中医的养生要素，不得不佩服陆游深厚的中医养生功底。宋代养生专家蒲虔贯所撰的《保生要录》中也提倡人既宜经常劳动，又不可过分劳累，比如书中说："养生者，形要小劳，无至大疲，故水流则清，滞则污。""手足不时曲伸，两臂如挽弓，手臂前后左右摆动"的扫地之类的"小劳"恰恰是很好的养生方法，陆游重视这样的养生方法所以其长寿，值得我们借鉴与学习。

国外研究也证实，像扫地这类做家务的活动是性价比高的运动。加拿大麦克马斯特大学研究了17个国家的13万人后发现，每周做5次家务，每次半小时，可达到健身效果，甚至可以降低死亡率。

## 60. 良莠不齐

【出处】

且说彼时捐例大开，各省候补人员十分拥挤，其中鱼龙混杂，良莠不齐。

——清·李宝嘉《官场现形记》第五十六回

【释义】

指好人坏人都有，混杂在一起。适用对象只能是人，侧重于品质，不能用于形容水平、成绩等。

【养生提示】

它是我们童年时知名度最高的草；它在夏秋季节生长于荒野和路旁，几乎遍布我国大部分地区，它有个别名叫莠，而且是出自中国最具文艺范的古籍之一《诗经》。

我们都知道有个成语叫良莠不齐，莠，很像谷子，常混在禾苗中，比喻坏人。于是，这种草为这个成语担负了多年的“恶名”。后来因为一部中医著作《本草纲目》把它的身份从这个成语中的贬义词提升到治病的高度。它就是狗尾草！

这种草与很多夏季生长的草一样具有清热的功效，《陆川本草》中记载它性凉。《本草纲目》中把狗尾草称作光明草！因为书中记载它不但清热有效果，还能“主治疣目，贯发穿之，即干灭也。凡赤眼拳毛倒睫者，翻转目睑，以一二茎蘸水戛去恶血甚良”。这说明狗尾草也是治疗眼疾的良药！

治疗皮肤病，中药里面，狗尾草也是一种选择，比如《本草纲目拾遗》中记载它“治疗痈癣：面上生癣，取草数茎揉软，不时搓之”。狗尾草还能治疗黄水疮，比如《陆川本草》中明确记载狗尾草“去湿，消肿，治黄水疮”。黄水疮是指脓疱疮，是一种常见的急性化脓性皮肤病，具有接触传染和自体接种感染的特性，易在儿童中流行。病原菌主要为凝固梅阳性的金黄色葡萄球菌或乙型溶血性链球菌单独或混合感染。治疗方法：内服：煎汤，2～4 钱（鲜者 1～2 两）。外用：煎水洗或捣敷。

## 61. 耳聪目明

【出处】

巽而耳目聪明，柔进而上行。

——《周易·鼎》

故乐行而伦清，耳目聪明，血气和平，移风易俗，天下皆宁。

——《礼记·乐记》

【释义】

指耳朵、眼睛反应灵敏,形容头脑清楚,眼光敏锐。

【养生提示】

如果要用一个成语来形容耳朵和眼睛比较健康,那非“耳聪目明”莫属了。生活中我们常会遇到耳朵和眼睛不太灵光的问题。比如有的人会出现突发性耳聋,这与经常熬夜、工作压力大、长期疲劳、睡眠不足有关系。糖尿病患者如果长期高血糖,也会损伤听力。

为大家推荐两个中医防治耳鸣的养生保健方法:

第一个叫弹风府,具体做法:用双手手掌掩耳,双手食指、中指、无名指三指轻轻叩击风府穴(此穴位于后发际正中直上1寸)附近36次。再用食指塞耳窍,压耳门,快速放开各3次。坚持此法,有增强听力、醒脑通窍的作用,能防治头晕、耳鸣、耳闭、脑鸣等疾患。

第二个叫鸣天鼓,具体做法:两手心掩耳,然后用两手的食指、中指和无名指分别轻轻敲击脑后枕骨,其发出的声音如同击鼓,所以称作“鸣天鼓”。坚持每天睡前重复做64次,或者早晚各32次,可以预防和治疗眩晕、耳鸣、耳聋、内耳疾病等。睡前鸣天鼓还有助改善睡眠。

那么眼睛如何保养呢?唐代的名医孙思邈虽然年过百岁但眼睛一点都不浑浊,也不花。“目宜长运”便是他平时常用又传播后世的养眼功法。清代著名养生著作《陆地仙经》中也记载了“运睛除眼翳”的养生防病微运动,具体做法是:闭目转睛,左右各七次,然后忽然睁大眼睛快速查看物体,自觉眼内有轻微的热气。转动眼睛时口鼻短暂闭气,睁眼时尽力用口呵出浊气,吸入清气,各七次。从解剖学的角度看,“运睛除眼翳”的本质是眼睛的自我主动按摩,它通过眼睛的主动运动,对眼皮内部神经进行按摩,使眼内气血通畅,改善神经营养,以达到消除睫状肌紧张或痉挛及消除初期翳状赘肉的目的。